Bibliografische Information der Deutschen Nationalbibliothek:
Die Deutsche Nationalbibliothek verzeichnet diese Publikation in der Deutschen Nationalbibliografie.
Detaillierte bibliografische Daten sind im Internet über http://www.d-nb.de abrufbar.

Alle Rechte der Verbreitung, auch durch Film, Funk und Fernsehen, fotomechanische Wiedergabe, Tonträger, elektronische Datenträger und auszugsweisen Nachdruck, sind vorbehalten.

Für den Inhalt und die Korrektur zeichnet der Autor verantwortlich.

© 2011 Vindobona Verlag

Gedruckt in der Europäischen Union auf umweltfreundlichem, chlor- und säurefrei gebleichtem Papier.

www.vindobonaverlag.com

Jürgen Schlaffke

Martas
Lebens- und Liebesgeschichten

Das Leben ist nicht zu Ende nur weil ein Traum nicht in Erfüllung geht.

Es hat nur einen Weg versperrt, damit man einen anderen sucht!

chinesisches Sprichwort

Vorwort

> Meine Protagonistin Marta steht für hunderte Martas in verschiedenen Regionen dieser Welt, mit all ihren Sehnsüchten und Träumen nach Liebe, Wärme und Geborgenheit, mit dem Wunsch auf Familie und Aussöhnung zerstrittener Menschen.

Dieses Buch widme ich allen geschundenen Menschen, allem voran den unbeteiligten Frauen und deren Kinder, egal welcher Religion und Ehtne zugehörig. Alles Ungerechte auf dieser Welt geschieht im Angesicht der Öffentlichkeit und das Wegschauen, das Geschehen lassen ist oft der leichteste und bequemste Weg, dies als gegeben zu akzeptieren.
Dies gilt für den einzelnen Nachbar, für die jeweiligen Regierenden und den großen globalen Organisationen.

Der Autor ist Realist, vielleicht aber ein zu großer Optimist, vielleicht gar ein Phantast, wenn er sagt, dass es noch Generationen dauern wird, um mit einem friedfertigen Nebeneinander, der Einheit der Ehtnen und in demokratischen und vertrauensvollen Strukturen leben zu können.
Eines jedoch ist wichtig auszusprechen:

Die Liebe zwischen zwei Menschen und ihr Glaube ist stärker, als alle Hemmnisse.

Anmerkung: Alle Namen, Länder, Orte und Geschehnisse sind fiktiv und dem Tatsächlichem nur angelehnt. Ev. Übereinstimmungen sind rein zufällig und nicht gewollt, für die sich der Autor schon hier ausdrücklich entschuldigt.

Meinen ausdrücklichen Dank gilt Lektorin, Frau Natalia Kuster, München, für ihre Mühe meine deutsche Sprache ins rechte, leserliche Licht zu rücken.

Autor

Inhaltsverzeichnis

Zitat

Foto – Autor

Vorwort

1. Kapitel	**Marta**	9
2. Kapitel	**Enrice**	138
3. Kapitel	**Marta liebt und verzeiht**	168
4. Kapitel	**Familie**	193
5. Kapitel	**Normalität meines Lebens**	224

Zitat

Autor

1. Kapitel: Marta

*

Meine Beichte

In zwei Tagen erst ist Allerheiligen, trotzdem ist die Kirche ist bis auf den letzten Platz besetzt. Es ist eine Kirche, in Stein gebaut, sicher noch von den Spaniern, alt, erhaben und schön, jetzt leider ohne heilen Glockenturm. Sie scheint mehr Zufluchtsort und christliches Informationszentrum zu sein, nur zwei Stunden zu Fuß vom Camp entfernt. Eine Unmenge von Zetteln, Fotos und anderer Dinge wedelten im Wind, manches war schon vergilbt, vieles unleserlich, verwaschen vom Regen und der nächtlichen Feuchtigkeit in diesem Sumpfgebiet. Vier Tage Zeltkrankenhaus, Untersuchung, kleine Mini- OP im Lager und nach stundenlangem heulendem Erzählen an Allicins Schulter bin ich mit ihr hierher zur Kirche gelaufen. Ich weiß nicht mehr wie lange, aber sicher eine halbe Ewigkeit. Ist Alicia nur eine professionelle Psychologin, oder neue Freundin, ich weiß es nicht, jedenfalls hat sie mein Vertrauen erobert, nach acht langen Monaten Pein, war sie diejenige, mit den ersten Worten der Wärme. Am Ende waren ja alle nett, aber sie waren im Stress, hatten für mich nur Zeit zur Untersuchung und Behandlung, andere Patienten warteten. Ja Wärme, Trost gab sie mir an sich nicht, denn ich sei ja jetzt in Freiheit, brauche nur einen verständnisvollen Partner, der sie sein will, so sollte ich sie sehen, so hat sie mir ihre Rolle vorgestellt und ich nahm sie dankbar an. Sie war es, die schnell meinen nicht ausgesprochenen Wunsch nach Gottes Segen erkannte und mich begleitete. Nach vielen Wochen, bald wohl ein Jahr, ich weiß es nicht, bin ich das erste Mal wieder in einem Gotteshaus.
Langsam kommen meine Erinnerungen wieder, denn beim letzten Mal war ich im Büro meiner neuen Kirchengemeinde um

mich anzumelden als neu zugezogener Christ.
Ich hatte über den neuen Job eine kleine Wohnung organisiert bekommen, nur ein Quartier entfernt von der Gemeinde. Hier hatte ich noch Erkundigungen eingeholt zu unserem Gedanken eventuell
hier, anstatt im spanischen Tarifa kirchlich sich trauen zu lassen.
Ja, Paulo, was ist mit ihm? Vor dem Beichtgestühl rücke ich immer einen Platz zurück, ich will als letzte Sünderin, wie ich mich fühle, den Pad're sprechen, ich brauche Zeit.

Ich hielt es nicht mehr aus, fand mich mit Schuld beladen, obwohl ich das Geschehene nicht wollte. Noch drei Personen sind vor mir. Ich habe Angst, wie fange ich an, erhalte ich Vergebung, darf ich wieder die heilige Hostie, das Brot Jesu Christi empfangen, ich weiß es nicht, mein Kopf zerspringt fast.
Ob Alicia Glück hat, sie wollte versuchen über das offizielle „Wie weiter"? mit einigen Leuten telefonieren und den Kontakt nach Tarifa versuchen aufzubauen, aber Wildnis ist nicht Hauptstadt, trotz wohl guter Militärtechnik mit Internetzugang und Satellitentelefonie, mal sehen, hoffentlich.

Plötzlich, ein älterer Mann kommt von seiner Beichte und sucht einen Platz um Abbitte zu tun und um Vergebung zu bitten, kommt der Pad're aus dem Beichtstuhl auf mich zu, ein fast greiser Schwarzer mit krausem grauem Haar: „Ich beobachte dich schon eine Weile, Du rückst immer nach hinten, reiß aber nicht aus, auch für dich nehme ich mir Zeit, aber auch ein Diener Gottes muss ab und wann auf die Toilette" und läuft schnell aus der Kirche in die Sakristei. Ich habe ihn schlecht verstanden, er spricht ein schlechtes Spanisch, dazwischen sind französischen Laute zu erkennen, ich weiß es nicht, bin ja in Punkto Sprachengewirr einiges gewöhnt, ich nicke freundlich verlegen.
Nicht lange danach betrete ich den Beichtstuhl. Meine Knie zittern, stotternd sage ich:

„Im Namen des Vaters, des Sohnes und des Heiligen Geistes.
„In Ewigkeit Amen" antwortet der Pater und nimmt meine Angst, in dem er ein normales Gespräch mit mir sucht und mich bittet, alles, was ich möchte zu erzählen.
Er fragt mich noch, ob ich sein schlechtes Spanisch verstehe, er könne noch schlechter Englisch sprechen, seine Muttersprache sei Französisch. Er fragt noch ob ich zu den jetzt Befreiten Geiseln aus dem Camp gehöre?
Ich nicke, aber merke, dass er mich durch seinen Vorhang nicht sehen kann und sage ja Hochwürden, meine Angst ist weg, ich fange an zu erzählen, wie mir Alicia, sie ist auch katholisch, Mut gemacht hat sofort zur Beichte zu gehen, und so erzähle ich dem Pater meine Geschichte, die Worte kommen jetzt von fast von allein über meine Lippen:

„Ich stamme aus der Region…. dort wuchs ich auf, ging zur Schule. Als ich 14 Jahre alt war, kam unsere Familie durch einen Drogenkrieg zweier Familienclans fast komplett ums Leben. Ich, zwei Brüder und eine Schwester kamen bei Verwandten unter. Dort lebte ich bis zum Studium. Hier lebte ich in einem christlichen Internat, St. Maria in ….
Hier hatte ich ein schönes Leben, bekam auch sofort bei einem spanischen Energiekonzern einen Job, wurde aber am ersten Arbeitstag, während einer Besichtigungstour zweier Wasserkraftwerke in der Region gefangen genommen und von Banditen verschleppt.

Sechs Frauen und zwei Mädchen wurden auf einen Jeep geworfen. Dabei verletzte sich eines dieser fast noch Kinder und schrie vor Schmerzen, ich sehe sie noch heute im Gesicht bluten. Einem dieser Bande platzte der Kragen, er zerrte das Kind vom Jeep, schnitt ihr vor unseren Augen und vieler anderer, die Kehle durch und warf sie in auf die Erde. So geht es euch auch wenn ihr euch nicht fügt. Fast ohnmächtig fanden wir uns dann in einem Militärcamp wieder,

wir wurden in ein großes altes Stallgebäude eingesperrt, wo noch andere Frauen campierten.
Einer der Militärs kam und sagte sinngemäß: Ihr gehört ab sofort zu unserem Camp und eure Aufgabe ist es zu arbeiten in der Küche, Wäsche waschen und wenn wir euch für Sex brauchen, müsst ihr auch dafür dienen. Ich war noch Jungfrau! Seht dies als eure Strafe an, was ihr unserem Volk angetan habt. Wer nicht unsere Befehle ausführt wird geschlachtet, lachte grässlich und schlug hinter sich die Türe zu. Ich war also, mit den anderen Frauen eine Sexsklavin und zu feige mich zu weigern. Einige Frauen waren schon zwei Jahre in der Hand dieser Rebellenbande, was auch immer, sie sprachen, dass sie die einzigen sind, die für die Freiheit und Gleichheit aller Menschen unseres Vaterlandes kämpften.
Ich lebte, sagte ich mir immer wieder und schon am gleichen Tag meiner Gefangenschaft wurde ich vergewaltigt. Fast ein Jahr war ich den Bastarden willig. Ich überlebte nur mit meinen Gebeten, so wie beim ersten Mal:
Pad're, ich betete und ließ mit mir geschehen, ich wollte nur leben, nur leben.
An meinen ersten Tag in dem Lager und dem Gebet erinnere ich mich genau. Ich wurde in einen Raum geführt, musste mich ausziehen, musste mich vor einer jubelnden Bande waschen und wurde vom ersten Mann in einen Nebenraum gezerrt, wo noch andere Frauen vergewaltigt wurden und hier auf eine Matratze geworfen. Während man sich verging, betete ich:
„Herr, was habe ich getan, dass ich so büßen muss. Nur um meiner Selbstwillen lasse ich geschehen, was man mir antut. Ich bin so schwach wie deine Jünger, die zu schwach, gar zu feige vor den eigenen Tod waren, so wie jetzt ich auch, sich nicht gegen deine Peiniger vor der Kreuzigung stellten. Ihnen und mir ist die Angst vor dem Tod vor Augen. Ich habe Angst, ich will nicht getötet werden, ich sehe das Blut der anderen Frauen, es rinnt auf mich zu, ich spüre nichts, habe keine Schmerzen, ich bin lebend tot,

nur das ging mir durch den Kopf, Pad're, glauben sie mir.
Es war bis zum letzten Tag, bis zum Tag der Befreiung durch die reguläre Militäreinheit, ich entkam so, zwar auch nur mit viel Glück, denn es wurde furchtbar geschossen und so fand ich mich im Camp wieder.

Pad're, was soll ich tun, ich habe jeden Tag gesündigt, viele Male. Ich habe auch Alkohol getrunken und Drogen genommen, ich war zu willig, ich schäme mich meiner Sünden. Ich konnte diese Menschen, die vielleicht keine Menschen sind, nicht ertragen, ihren Geruch von Schweiß, Dreck, ihrer bekifften Gier nach Wollust, Blut und Sex. Selbst bei meiner Scham konnte ich nicht mehr weinen, was soll ich nur tun, ob mir der Herrgott verzeihen kann"?

„Mein Kind, ich danke Dir dass Du zu mir gekommen bist und ich danke dem Herrgott, dass er dich geschickt hat. Marta, unser Herr hat dir eine Prüfung auferlegt, er hat dich am Leben gelassen. Du hast nicht gesündigt, denn du hast jeden Tag Buße getan, indem du nie an unserem Gott gezweifelt hast, er war immer da, er war bei dir, er hat mit dir und durch dich gelitten, gelitten, durch deine Schmerzen.
Wir beten jetzt gemeinsam ein Vaterunser. Ich erteile dir den Segen unseres Herrn. Du bist frei von Schuld und kannst das Brot Gottes empfangen.
Du wirst sicher bald bei deiner Familie und bei deinen Lieben sein. Gib Gottes Glauben weiter an deine Familie und deinen Freunden, ich segne dich im Namen der Vaters, des Sohnes und des Heiligen Geistes, gehe hin in Frieden".

Er machte eine Pause, Ich war im Begriff den Beichtstuhl zu verlassen, aber so schnell ging das gar nicht, denn meine Knie schmerzten vom langen Knien, denn ich war unendlich lange im Beichtstuhl, aber befreit von ihrer, schier unüberwindlichen Sündenlast.

Er war schon draußen und hielt die kleine Flügeltür auf, aus dem Vorhang kam ich als ein neuer Mensch hervor.

Draußen sprach der Pad're noch zu mir: „Ach Marie, bitte komm in einer Stunde in den Kirchengarten, wir wollen gemeinsam mit den Schwestern und dem zweiten Pater Sebastian, sowie einigen Gästen gemeinsam Essen, bringe Alicia mit, ich freue mich, sie wieder zu treffen, sie hat immer einen guten Humor in dieser so schweren Zeit und opfert sich auch auf für die vielen, teils Verzweifelten, bis gleich. Viel zu Essen haben wir nicht, aber es wird für alle reichen. Ihr bleibt solange bei uns, bis euer Doktor euch zwei abholt und mit ins Camp zurücknimmt. Noch eines, ich bin ein ganz kleiner Pad're, mehr ein Dorfpfarrer, nahe beim Menschen, kein Hochwürden, merke es Dir bitte. In der Hauptstadt laufen alles Hochwürden rum, hier beim Volk nicht", sagte er und läuft schmunzelnd davon, er winkt ohne nach Hinten zu mir zu schauen.

Wieder mit Alicia zusammen, dankte ich ihr nochmals ihr für die Fürsorge und dafür, einen Tag geopfert zu haben für den Gang zur Kirche. „Nein, nochmals Marie, ich bin deine Begleitung unter dem Motto *Zurück in die Welt* und ich will Dir helfen, alles zu verarbeiten und dich wieder fit zu machen für den Alltag. In den nächsten Tagen wirst du viel ertragen müssen, du bist jetzt im Augenblick, oder ab morgen im Mittelpunkt des Interesses, aber der Reihe nach. Ich habe die Zeit und die Möglichkeit genutzt und auch glücklicherweise gehabt mit der Zentrale von „EGI" und eben noch mit dem Sprecher des militärischen Einsatzes hier zu sprechen. Komm, wir lassen uns einen Mokka bringen von der Schwester, es erzählt sich dann besser. Der Einsatz ist beendet, es gab viele Tote, auch zwei Kräfte von unseren Leuten, ein Teil konnte fliehen und wird noch verfolgt, deshalb der Lärm von den Helikoptern der Armee. Neun Geiseln, du inbegriffen konnten nur lebend gerettet werden.

Alle anderen sind tot, leider.
Ab morgen geht hier der Rummel los, die Presse wird wie ein Heuschreckenschwarm sich hier auf alle Leute stürzen, die Ihnen habhaft werden. Diese Aktion wird dann solange im Fokus stehen, bis sich ein neues Ereignis verkaufen lässt.
Es wurde vereinbart, dass morgen am späten Vormittag im Camp eine Pressekonferenz stattfindet, aber da nur drei Frauen lebend herausgekommen sind und zwei sich noch in akuter Lebensgefahr schweben, werden nur militärisch und politische Geiseln auftreten.

Du wirst morgen früh zusammen mit mir in ein Hotel am Meer geflogen, natürlich mit mir und dort kannst du dich 10 Tage erholen und von dort auch deine privaten Belange langsam wieder in Augenschein nehmen. Hoffentlich akzeptierst du meine Anwesenheit. Wir werden getrennte Zimmer haben und damit hast du auch ein Rückzugsgebiet vor mir und meiner ständigen Bevormundung". Ich drückte Alicia herzlich und sie sprach unbeirrt weiter: „Ich weiß nicht ob du Seniora Mulis kennengelernt hast, sie war damals schon im Sekretariat des Bosses tätig und hat sich um die persönlichen Belange, was dich betraf, kümmern müssen. Sie kommt am Ende der Woche ins Hotel zu uns und bringt deine private Habe in Form von Kisten mit. Sie hat mir versprochen auch meine jüngste Tochter mitzubringen, damit ich meine Familie entlaste.
Dann kannst du dich einerseits erholen und andererseits anfangen wieder Pläne zu schmieden. Ich bin für dich abgestellt, jetzt noch als Therapeutin aber in einigen Tagen vielleicht schon nur noch als Freundin oder Begleiterin, zudem ist es für mich dann ein guter, zudem bezahlter Job. Zwar siehst du in den Militärklamotten schon einigermaßen zivilisiert aus, aber im Hotel morgen werden wir sicher einiges kaufen können. Es ist ein Touristenhotel der Extraklasse, könnte ich mir nie leisten, um mit meiner Familie hier Urlaub zu verbringen und wenn schon, meine Truppe könnte sich gar nicht benehmen in so

einem Ambiente, zumindest hat man mir es heute gesagt.

Ach, noch eines, es wäre gut, wenn wir über das Geschehene nicht zu Dritten sprechen, ich hoffe, dass dies ganz in deinem Interesse ist". Ich nicke und bin langsam froh, erste klare Gedanken fassen zu können.

Der Mokka tat mir einerseits gut, er schmeckte durch den vielem Zucker, nicht so bitter als der übel riechende Tee. Eine zweite Tasse verwehrte meine Alicia, es steht heute nur noch Wasser und die letzte Transfusion an, zudem die Tablette für die Nacht, man will, dass ich schlafe, nicht träume.
Ziemlich fertig kamen wir im Camp an, es war doch sehr anstrengend, um das gesellige Beisammensein im Kirchengarten. genießen zu können. Aber Alicia hatte mich voll im Griff, sodass ich den ersten Tag Freiheit, außerhalb medizinischen Geruchs stundenweise verleben konnte.

Die Tablette, auf dem Feldbett liegend, am Tropf hängend, muss ich wohl betend eingeschlafen sein, denn ich erwachte durch einen ohrenbetäubenden Lärm unweit des Zeltes, alles bebte um mich herum. Alicia saß vor dem Bett und hatte uns ein Frühstück vorbereitet, Maisbrei und Rührei, dazu etwas Brot und warme Milch. Wann hatte ich das letzte Mal Milch getrunken, ich weiß es nicht mehr. Ein Militärarzt kam noch um nochmals Herzfrequenz und Puls zu messen und gab Alicia einen ärztlichen Bericht. Er erklärte Alicia und mir nochmals, dass ich ab heute duschen könne, aber auf chemische Zusätze noch einige Tage verzichten muss, damit sich der Flüssigverband nicht so schnell auflösen kann. In einer Woche kann ich wieder nach Herzenslust baden. Nur bei wider erwartenden Reaktionen zum Arzt gehen, er glaube aber, dass alles jetzt gut ist und ich bei der Alicia in guten Händen bin bis zur vollen Genesung.

Ich hatte einen Streifschuss bei dem Feuergefecht zwischen Brust und Nabel, quasi mitten auf dem Bauch erlitten. Ich hatte davon nichts gemerkt, wunderte mich nur über das Blut an meinen Lumpen, die ich trug und dann lag ich ja ohnehin in Narkose.

Die Wunde wurde behandelt und für uns drei lebenden Frauen wurde ein Gynäkologe eingeflogen, der noch eine Ausschabung bei mir vornahm, mir aber versicherte, dass ich Glück im Unglück hatte, denn ich könne noch Kinder gebären. Von dieser Aussprache und Erklärung bekam ich nichts mit, Alicia berichtete mir darüber. Mit dem Hubschrauber, der den Gynäkologen ins Lazarett brachte, kamen auch noch drei Krankenschwestern, bzw. meine Therapeutin Alicia mit. Leider konnte ich mit dem Frauenarzt nicht persönlich sprechen, er flog am gleichen Tag noch zurück. Artig verabschiedete sich der Militärarzt von uns und wünsche mir alles Gute. Alicia hatte schon ihre Tasche bei sich, denn die Zeit wurde knapp, wir sollten rasch starten um der Pressemeute zu entgehen, was auch gelang.
Ich fühlte mich zu schwach um allein den Wind der Rotorenblätter zu widerstehen. Mit Hilfe zweier Soldaten und meines zweiten Ichs- Alicia, saß ich fest angeschnallt im Heli und drei Stunden später in einem Sessel meines neuen Hoteldomizils. Alicia musste wohl freie Hand haben, denn während ich fast bis zum Abend schlief organisierte sie einige geschmackvolle Klamotten, Größe 36. Entschuldigend sagte sie, kleiner wollte sie nicht kaufen, denn dann müsste ich mit der Teenymode zurecht kommen. So solle ich mich in die sechsunddreißig langsam rein fressen, auf Staatskosten, versteht sich.
Im Hotel waren zwei Glückwunschtelegramme eingegangen, vom Präsidenten meines Arbeitgebers und vom Chef der Militärverwaltung. Sie wünschten mir gute Erholung. Alicia ließ mir keine Ruhe und bat mich langsam zu Recht zumachen,

duschen, Garderobe probieren und in einer Stunde sei ein Friseur da.

Am Abend war ich wieder ein fast vollständiger Mensch und am nächsten Tag aßen wir als gut situierte Urlauber im Restaurant und bekamen am späten Nachmittag Besuch von Seniorat Mudis und einer lieben Sophie, die vierjährige Tochter Allicins. Zwar war ich sehr ungeduldig zu Informationen mich betreffend, fügte mich aber der Zeitorganisation Allicins. Den Abend verbrachten wir alle vier gemeinsam und gingen zeitig, nach einem kleinen Abendimbiss ins Bett. Das Hotel hatte zwei Suiten, wovon wir in einer solchen eingemietet waren. Jeder von uns mit einem eigenem Zimmer, Balkon und mit eigenem Bad sowie einem großzügigen gemeinsamen Wohnbereich. Ich solle noch eine Schlaftablette nehmen, aber mit verringerter Substanz, Alicia wollte sehen, diese Schlafbeigaben mit wachsender Stabilität von mir langsam abzusetzen. Die kleine Sophie hatte ich schnell ins Herz geschlossen und sie mich wohl auch. Beim gemeinsamen Abendessen fragte mich Seniorat Mudis ob wir uns nicht per "DU" anreden können, als normale Arbeitskollegen. Ich stimmte freudig zu, wir waren uns von dem ersten Sehen sehr sympathisch, fast gleichaltrig, Latifa hieß sie, sie erzählte mir, dass ihre Großeltern vor vielen Jahren aus Madagaskar eingewandert sind. Wir planten den nächsten Tag, dass wir uns nach dem gemeinsamen späten Frühstück zusammensetzen werden und Alicia mit Ihrer Tochter ans Meer gehen wollten. Artig informierte ich, dass ich allein am Morgen zur Messe gehen wollte zu der, einen Steinwurf vom Hotel entfernten Kirche, nahe am Strand. Allerdings war Allerheiligen, wir gingen dann doch alle. Das Alleingehen bezog ich auf meinen, sich langsam entwickelnden Willen, etwas aus meinen freien Stücken machen zu wollen und es mir auch zuzutrauen.

*

Ich atme Freiheit

Alicia musste mich wecken um pünktlich, 10:00 Uhr zur Messe zu gehen. Wir kamen gut an, obwohl wir schon sehen mussten Platz zu finden, aber mit Sophie abwechselnd auf unseren Schößen, sie genoss diese Aufmerksamkeit, ging es ganz gut. Eine Messe zu hören war wunderschön, ich genoss jede Sekunde. Die heilige Kommunion empfand ich als etwas christlich Befreiendes. Vor zwei Tagen meine Beichte, jetzt in angenehmer Begleitung die erste Heilige Messe. Ich war ein neuer Mensch und ich freute mich auf das Gespräch mit Latifa nach unserem Hotelfrühstück. Im Hotel wurden wir wohl als stinkreiche Ladys angesehen, reicher als die anderen Reichen selber, wir mussten lächeln, fühlten uns beobachtet, schließlich meine Anreise per Helikopter der Armee, dann der Friseur aufs Zimmer, dann noch die Anreise von Latifa in einem großen modernen Jeep mit Kind, einigen Kisten und der Fahrer, extra ein Zimmer auf der gleichen Etage. Wenn er etwas dicker und durchtrainierter gewesen wäre, würde er als Bodyguard glatt durchgehen, dessen indirekte Aufgabe es wohl auch war, sich in unserer Nähe aufzuhalten. Latifa lud ihn nach der Messe an unseren Frühstückstisch, der erste gepflegte Mann in meiner Nähe, den ich wahrnahm.

Mit einer Flasche Wasser, natürlich ohne Gas und etwas Obst zogen wir uns in ein Séparée zurück, um ungestört sprechen zu können. „Also Marta, ich bin Latifa und habe die Aufgabe, dich und die zwei anderen Kolleginnen zu betreuen. Aber, da leider die zwei anderen Kolleginnen, Evelyn Sanchez und Yenny Rodrigenz noch um ihr Leben kämpfen, habe ich mehr Zeit für dich, bzw. uns beide.
Wenn es dir zu viel wird, machen wir eine Pause. Ich schlage dir vor, dass ich dir zunächst Wichtiges erzähle und dann Fragen beantworte, o.k.?"

„Natürlich ist das o.k., ja ich bin neugierig, fang also an."
„Übrigens, ich habe am gleichen Tag meine Tätigkeit aufgenommen im Sekretariat für Information und Medien. Nachdem das passiert war, bekam ich die Aufgabe, mich um alle Betroffenen zu kümmern. Am Unglückstag kam eine Frau ums Leben und fünf Männer starben bei dem Überfall. Nur der Busfahrer und zwei ältere Frauen blieben unverletzt. Sie waren in dem Augenblick in der Küche des Werkes und haben alles vom Kantinenfenster beobachtet. Dadurch hatten wir und das Militär recht schnell und detailliert alle Informationen.
Übrigens, ich soll dir von deinem Team und offiziell von der Geschäftsführung alle Wünsche übermitteln."
„Danke, entschuldige meine Tränen, es sind nach meinem Kirchgang im Camp mit Alicia die ersten Tränen, ich fange an, normal zu reagieren. Aber ich trauere über dir vielen Toten, und ich lebe, Gott, ich danke dir und gib den Verstorbenen deinen Segen. So, Latifa erzähl ruhig weiter, es geht schon, verzeih mir."
Ja, also, nach dem wir die Hinterbliebenenarbeit hinter uns hatten und zudem die obligatorischen politischen Forderungen bekannt waren, rechneten wir mit keiner schnellen Lösung. Von dem Militäreinsatz erfuhr unser Unternehmen erst am dem Tage deiner Befreiung. Aber wir hatten für jeden Eventualfall und für jede Person, eine Order unter Verschluss, somit ging alles sehr schnell.
Deine Wohnung musste ich auflösen, alles deine Privatsachen, ich hoffe, die Jungs haben nichts liegen lassen, sind in den Kisten bei mir im Zimmer und du kannst sie jederzeit dir vornehmen, natürlich in Abstimmung mit Alicia, denn alle wollen, dass du in den Alltag langsam hineinwächst. Deinen Laptop, deine persönliche Post, Adressen, etc. haben nur ich und ein Mann von der Geheimpolizei durchgesehen. Die Geheimpolizei wollte wissen, ob du eventuell Kontaktadressen zu dem Milieu hast, was nicht der Fall war, und ich habe alles sehr persönlich und vertrauensvoll, ich hoffe in deinem Sinne, versucht zu erledigen.

Deine Schwester und dann noch deine Tante Iren in Spanien habe ich unterrichtet. Mit der Erreichbarkeit zu deinem Bruder hatte ich Probleme, aber dies wollte deine Schwester übernehmen, im Rahmen ihrer Möglichkeiten.
Deine Tante rief in der Firma an und fragte nach deiner Adresse und deine Schwester hatte dir mehrere Mails gesendet. Der Mann, bzw. die Spezialisten von der Geheimpolizei haben dein Passwort knacken können, aber alles dauerte rund einem Monat". „Was ist mit Enrice, los spann mich nicht auf die Folter", unterbrach ich sie, „los erzähl!"
„Ja, nun kommt wohl das Wichtigste, aber vielleicht das Schönste. Marta, ich habe Vertrauen zu dir, du hast einen schönen Spanier dir geangelt. Wenn ich keine Lesbe wäre, behalt das ja für dich…, na ich weiß nicht."
„Um Gottes Willen, du bist lesbisch?" fragte ich und wir mussten lachen. „Ja, ich lebe mit einer Freundin zusammen und wenn dies hier einmal legalisiert werden würden, wollen wir heiraten. Übrigens, wenn du lesbisch wärest, hätte ich den Gedanken meine Freundin mit dir zu betrügen, sage mir bescheid, wenn dir so ist!"
Ja, dein Enrice wusste schnell Bescheid, er hatte über das Internet von einem Überfall gehört und alles passte gut zusammen mit deiner Tour, von der er ja von dir informiert war. So rief er mehrmals an, fragte sich durch und so erfuhr er von der Situation. Nach einem Monat hatte ich dann über unser Büro mit ihm offiziell Kontakt geführt. Zuletzt vor knapp drei Wochen. Dann gestern, indem er eine Information vom Büro erhalten hat. Nur soviel, er weiß von Deiner Befreiung und er hat den Hinweis, dass du im Rahmen deiner Genesung dich melden wirst und er sich bitte gedulden möchte. Wir kannten ja deine Verfassung auch nicht und wollten nicht weiter in deine Persönlichkeitsrechte eingreifen."

Wir machten eine längere Pause, ich war überwältigt von der Fürsorge.

Ich nahm ein Glas Wasser und ging allein durch das Restaurant zur Toilette, ich brauchte etwas Freiraum, musste frei durchatmen. Latifa wartete geduldig. Ich sah sie aus der Ferne mit ihrem Handy telefonieren, sie lief auf und ab und sprach sehr intensiv, sicher geschäftlich.

Als ich zu unserem Tisch kam, brachte der Boy von der Rezeption das Telefon in einer Stoffserviette und gab es Latifa, es war Alicia. An sich fragte sie nach meinem Befinden, ich nickte und sprach per Telefon selber. Nach acht Monaten zum ersten Male telefonierte ich per Handy, ein schönes Gefühl. Vor Aufregung hielt ich es auch noch falsch herum, den Lautsprecher nach unten, aber lachend änderten wir die Haltung. „Nein, Alicia, es ist alles in Ordnung, wo seit ihr am Strand, o.k. ich, oder wir kommen dann zu euch, ja, vielleicht in einer Stunde, einen kleinen Imbiss am Strand? Gut, bis dann." Ich gab das Telefon dem Boy zurück, der in gebührenden, vornehmen Abstand geduldig wartete.

„Man Marta, du telefonierst ja wir ein Profi, nur die Richtung muss stimmen. Jetzt einige offiziellen Dinge: Da wir nicht wussten was ist und was wird, haben wir dein Bankkonto gelöscht und ein neues einrichten lassen. Du hast auf dem Konto das volle Gehalt aller Monate, zudem einen Bonus von 2.500 $. Die Kontounterlagen habe ich oben, du musst dann noch unterschreiben. Der Aufenthalt hier ist bis Ende kommender Woche völlig frei, betreffs Wohnens, Essen und Trinken, inkl. notwendiger Extras, wie Friseur, Wäsche waschen und die paar Kleidungsstücke, die für den Anfang Alicia kaufte. Oh, das Geld hatte sie verauslagt, muss ich ihr heute Abend gleich geben. Das Unternehmen stellt dich zwei volle Monate von der Arbeit frei, sodass du dich in aller Ruhe nur um dich kümmern sollst, Wohnung suchen, etc., neue Papiere beantragen und Vieles mehr. Ein Handy für dich habe ich auch oben und dein Laptop etc. ist im Gepäck. In einer Woche fahren wir gemeinsam nach Bogota zurück, sodass du selber disponieren kannst.

Über Geld kannst du in zwei Tagen verfügen, ich muss nur die Dokumente mit deiner Unterschrift per Mail gescannt an die Bank senden. Bargeld habe ich mitgebracht, 500 $, die werden dir vom kommenden Gehalt allerdings abgezogen.
Deine neue Handynummer habe nur ich und unser Boss, bzw. dessen Sekretärin, sonst niemand."

Mir wurde plötzlich ganz eigenartig, schemenhaft weiß vor den Augen, ein Sturzbach von Tränen übermannte mich, mir wurde schwindelig. Ich vernahm noch ein Telefonat zwischen Latifa und Alicia und fand mich auf dem Bett meines Zimmers wieder, mit kühlen Umschlägen auf der Stirn und meinem Beinen. Sechs Augen sahen mich lächelnd an, ich konnte auch nur lächeln, fühlte mich wieder fit, wollte mich aufrichten, aber da kam das „AUS" von Alicia. Ich sollte erst einmal schlafen und vorher trinken, trinken, nochmals trinken. Alicias kleine Sophie war urplötzlich auch müde und so schlief ich mit ihr ein.
Während ich schlief, hatte Latifa ein schlechtes Gewissen, dass sie Schuld hat an dem Schwächeanfall. Am nächsten Tag war ich mit Alicia und Sophie allein. Latifa hatte anderweitig zu tun, sie war mit dem Auto den ganzen Tag unterwegs, gesellte sich am Abend wieder zu uns.

Mir ging es von Tag zu Tag besser. Eine dreistündige Befragung vom Militär hatte ich gut überstanden. Die zwei, noch im Koma liegenden Frauen hatte man in die Hauptstadt überführt, weil dort eine bessere Behandlung möglich war, zudem war man ab heute dabei, das Camp abzubauen, die Militäraktion sei hier beendet. Viel erzählte man mir nicht, nur ich sollte spezielle Fragen beantworten zu einzelnen Personen.

*

Was ist Liebe?

Mit meinem Gepäck quartierte ich mich zunächst bei meiner Schwester ein. Sie war mir jetzt eine Freundin und dazu eine Hilfe. Ich war finanziell gut gestellt und ich konnte mit ihren drei Kindern auch in materiellen Dingen helfen und ihr das tägliche Leben erleichtern. Ich wurde heimisch bekocht und wollte den privaten Alltag wieder finden. Auch wollte, besser, musste, ich mir eine kleine Wohnung suchen.
Schließlich wollte ich mich vorbereiten auf eine Entscheidung zu meinem Enrice, denn er kennt mich nur vor dem Überfall. Aber wir wollten heiraten, zumindest hatten wir davon gesprochen und seine Pläne hörten sich klar und deutlich an. Er wollte in sein Leben Ruhe und Ordnung bringen. Sein Verhältnis mit der kubanischen Lebensgefährtin hatte er gelöst, es sei beendet und andere Freundschaften mit Frauen, ich weiß es nicht. Aber, als ich bei ihm in Tarifa und er mich seiner Mutter in Puerto Real vorstellte, hatte ich nicht das Gefühl anderer Liebschaften. Aber er hatte einen großen Freundeskreis, warum nicht, ich war mir damals seiner sicher.
Was bin ich jetzt für eine Frau? Auf jeden Fall bin ich nicht mehr ich, wie er mich kennengelernt hat, wie wir uns kennengelernt hatten, ja, jetzt bin ich anders. Ich bin jetzt zu einer Hure gemacht worden, dass ist jetzt mein Problem. Vielleicht wie der Tipp von Alicia: von vorne, neu anfangen, mit Enrice, oder falls Zweifel, dann ganz neu, so einfach und doch so schwer, ich weiß es nicht, noch nicht, mal sehen.

Mit viel Mut nahm ich mir vor einen Brief an ihn zu schreiben. Ich rief noch, wie eigentlich täglich Alicia an. Zum Thema Brief an Enrice sagte sie: „Marta, natürlich, wenn dir so ist, schreib das auf, was du ihm heute sagen willst, nichts mehr und nicht weniger. Du bist stark, schreib! Bis morgen zu unserem Termin."

Das gab mir Kraft und Mut, ich setzte mich an den Beistelltisch und bereitete den Computer von Dorle vor, sah noch den Posteingang einer Mail ihres Mannes und klickte mich zu „neue Mail schreiben" und begann:

„Hola Enrice,
es ist heute mein dritter Versuch dir eine Mail zu schreiben. Zwei Mal habe ich den Text gelöscht und das Schreiben verschoben. Aber jetzt schreibe ich meine Worte auf und sende sie dir.
Von offizieller Seite und den Internetberichten, bist du ja informiert. Ich fühle mich derzeit so langsam wie ein normaler Mensch, nur viel, viel langsamer und beginne mich einzurichten. In diesen Tagen bin ich bei Dorle für einige Zeit eingezogen. Da Joan noch immer zur See fährt und alle 3 Monate nach Haus kommt, ist Platz und Zeit für mich da, zudem bin ich für ihre Kinder eine willkommene Abwechslung. Ich muss mir eine neue Wohnung suchen, diese einrichten um so auch meine Selbstständigkeit mir selbst zu beweisen, oder mir meinem ganzen Willen selbst aufzuzwingen.
Ich kenne deine Frage, ob du kommen kannst, um mir zu helfen. Gracia, du bist nach wie vor so lieb mit deinen guten Gedanken und praktischen Ideen.
Ich halte dies für keine gute Idee und ich bitte dich dies, zumindest jetzt, nicht, oder noch nicht zu tun. Komm bitte nicht, ich muss mich finden und dich auf mich vorbereiten.
Das Leben ist für mich ein anderes, zwar habe ich viel Zeit, um mich zu erholen und zu meiner freien Verfügung und um mich auf meinen Job vorbereiten zu können. Zwei Monate Zeit! Auch brauche ich den Dollar nicht zwei Mal umdrehen, bevor ich ihn ausgebe, aber Geld ist ja bekanntlich nicht alles. Natürlich hilft mir das Geld zur Unabhängigkeit und zur Selbstständigkeit. Mein Gehalt lief weiter und von der Regierung erhielt ich auch eine kleine Entschädigung, nein, keine Entschädigung, etwas Schmerzensgeld für die Erholung jetzt von den Strapazen und den erlittenen Demütigungen.

Am Anfang will ich dir sagen, dass ich körperlich auf gutem Weg bin fit zu werden.
Wenn wir uns heute sehen würden, würdest du staunen. Ich wollte immer abnehmen, jetzt habe ich es geschafft, aber zu viel, jetzt muss ich wieder etwas mehr essen und einige Kilo zunehmen.
Vielleicht sollten wir uns in absehbarer Zeit wieder über Skype treffen. Hier können wir uns sehen und hören. Aber bitte beantworte mir erst diese erste Mail nach vielen Monaten, mein erstes Lebenszeichen von mir an dich.
Ich habe auch eine neue Handynummer, aber dies hat noch Zeit. Ich bin noch nicht in der Lage über mein Erleben zusprechen. Ich kann es nicht und will es auch nicht. Das ist auch ein Grund, dass man mir Zeit gibt, alles schrittweise selber zu verarbeiten. Ich habe eine gute Vertrauensperson, Alicia, eine Therapeutin von der ersten Stunde an. Sie hat mir sehr geholfen, sie war fast 10 Tage ausschließlich mit mir zusammen und jetzt sehen wir uns alle drei Tage für einige Stunden. Ich kann schon gut die Nacht durchschlafen, obwohl mir eine Medizin dabei hilft. Aber vor dem Alleine sein habe ich trotzdem in den Nächten etwas Angst, aber Dorle und die Kinder bringen mir viel Aufmerksamkeit und Abwechslung, in mancher Stunde auch etwas zu viel. Dorle lässt dich herzlich grüßen. Wenn ich schon beim Grüßen bin, dann nimm bitte einen letzten Gruß an deine Mutter mit, wenn du sie besuchst, lege ihr bitte Blumen von mir auf das Grab. Ihr geht es jetzt bestimmt besser und ist von ihrem langen Leiden erlöst, Gott hab sie selig, ich bete heute für sie. Sag ihr, dass Gott mich beschützt und auf mich aufgepasst und mich am Leben gelassen hat.

Mit Gott habe ich Frieden geschlossen, er hat mir vergeben und ich kann sonntags von seinem heiligen Brot essen. Das hat meiner christlichen Seele gut getan. Hier bei Dorle in der Nähe ist eine kleine Dorfkirche. Ich gehe täglich, meist in der Frühe in die Kirche. Hier treffe ich stets die gleichen Frauen, alles alte Omas, die doch in Ruhe ausschlafen könnten, aber nein, vielleicht gehen sie abends zeitig schlafen, egal. Ich wundere mich jetzt über mich, ich kann ja schon etwas Ironie oder Comedy dir nach Europa senden.

Vielleicht werde ich einmal ein Buch über das letzte Jahr schreiben, ein guter und überlegenswerter Schritt von meiner Therapeutin.
Allerdings nicht um Leser, gar politische Gegner auf mich aufmerksam zu machen, nein, allein was man schreibt, braucht man nicht auszusprechen, nur für sich allein.
Enrice, mein Äußeres hat sich nicht verändert, wenn man auf zehn Kilo Verlust an Fett und Muskeln verzichten kann. Meine Haare sind auch gerichtet und ich sehe hier auch fast normal aus. Einen Streifschuss, den meine Bauchhaut abbekam ist schon fast verheilt und bis ich das erste Mal wieder im Bikini herumlaufe, ich muss mich schließlich erst wieder hineinfressen, ist die Wunde kaum zu sehen. Meine letzte Untersuchung, bei allen Fachärzten beim Militär, also das Beste, was unser Staat leider zu bieten hat, einschließlich einer hier tätigen kubanischen Gynäkologin hat man mir eine gute Note bescheinigt. Also, nur der Kopf muss gerichtet werden und mein Magen muss schrittweise Kalorien verarbeiten.

Was unsere Beziehung betrifft, nur wenige Worte für dich: Am Tage des Überfalls war ich eine Jungfrau für dich, ab wenige Stunden danach bin ich zu einer Hure, einer Prostituierten geworden, nur ohne Bezahlung!

Dies dir hier zu schreiben, war die größte Hürde, jetzt ist es raus, mehr kann ich nicht sagen.
Meine Kraft ist auch nicht mehr da, ich brauche eine Pause, aber das Wichtigste ist nun gesagt.
Lass dir Zeit um mir zu antworten.
Ich kann Mitleid nicht vertragen, ich kann dich nur bitten

für dich zu überlegen, was du dir für Deine Zukunft wünschst. Bitte denke jetzt nur an dich, sei egoistisch, ich bitte dich ausdrücklich darum. Ein Leben auf Nachsicht, Rücksicht, gar Mitleid könnte ich, könnten wir nicht überstehen.

Ich habe auch noch kein Bedürfnis zu einer Begegnung, verzeih, hört sich schlimm für dich an, aber ich bin nicht mehr Marta von damals, ich bin jetzt anders, aber wie, kann nicht sagen.

Ich kann auch das Wort Liebe, außer zu Gott, nicht, noch nicht über meine Lippen bringen, ich habe verlernt, was Liebe ist. Ich stehe am Anfang eines neuen, anderen Lebens, aber ich will leben und ich werde leben, nur anders. Wie? Das weiß ich nicht, ich fange erst an meine Gedanken zu ordnen und das kostet Zeit. Ich habe diese Zeit und ich nehme mir diese Zeit.

Ich freue mich, dass es dich gibt, ich danke dir für deine vielen Nachfragen zu meiner Person und behalte mich in guter Erinnerung.

Marta"

Mit dem klicken auf „senden" war ich einerseits sehr froh, etwas Komplettes geschafft zu haben, war aber auch plötzlich selber geschafft, nahm mir einen Kuchen, einen Ingwertee mit Milch und legte mich auf das Gästebett. Ich war zwar noch mit meinen Gedanken bei Enrice, aber anders. Nur abschalten konnte ich noch nicht. Wann habe ich das Bedürfnis mich körperlich von einem anderen Menschen, einen Mann, anfassen zu lassen?

*

Hurra – ich kann träumen

Wir sitzen uns gegenüber, fast schon wie alte Bekannte. „Na Marta, du kannst wieder normal träumen, wie du mir am Telefon erzähltest? Was ist normal in deinen Traum, komm erzähl. Wenn wir fertig sind, lade ich Dich ein in ein Kaffeehaus, es wurde vor wenigen Wochen eröffnet und mein Mann schwärmt davon. Er hatte sich schon zweimal mit Geschäftsfreunden dort getroffen und ein wenig Öffentlichkeit tut Dir auch sicher gut, wir müssen auch damit anfangen, o.k.?"

„Ja, also ich beginne. Als ich heute Nacht von der Toilette kam, die Tablette treibt, konnte ich nicht einschlafen, jedenfalls dachte ich das, ja, aber dann wachte ich schweißgebadet auf und ich war meinem Traum noch sehr nahe.
Ich bete für die Seelen meiner vor Jahren umgekommenen Eltern. Aber der Traum konzentriert sich eigenartig auf meinen Vater. Vielleicht war ich zwölf, dreizehn Jahre alt. Es ist komisch, zum ersten Male wurde ich bei der Immatrikulation an der Universität gefragt nach meinem Geburtsdatum und den Namen meiner Eltern. Ich bekam einen roten Kopf, war ich zu doof? Ich war beschämt, aber noch nie wurde ich danach gefragt. Die Zeiträume stimmen nicht, ich mach Sprünge." Egal sprich einfach weiter."
„Während ich etwas ratlos in meinen Unterlagen kramte, bekam ich mit, dass der neue Professor für das Fachgebiet Marketing aus Madrid ist, einer spanischen Partneruniversität. Die beisitzende und allseitig helfende, Unimitarbeiterin informierte über kulturelle Unterschiede zwischen Spanien und noch einigen spanisch sprechenden Regionen Lateinamerikas. Aber man ist dabei diese weißen Gebiete auch in den Griff zu bekommen. Obwohl ich inzwischen mein Geburtsdatum und die Namen meiner Eltern erfolgreich nennen konnte, kamen wir alle drei nicht umhin schallend, ohne Aufforderung zu lachen, zudem entschuldigte sich mein neuer Professor wegen seines

Unwissens, obwohl im Land selbst geboren.

Er sagte, dass seine Eltern ihn hätten bei seiner ersten Fahrt ins südliche amerikanische Hinterland besser vorbereiten müssen, denn er kam mit seinen Eltern mit zwei Jahren nach Europa.
In den vier folgenden Studienjahren gab es dann und wann bei mehr kulturellen Treffen Gelegenheit zum Lächeln bei der Erinnerung an meinen Geburtstag, den er übrigens nie vergaß.
Er war einer der wenigen Menschen, die mir jährlich alles Gute wünschten, mich freut es, ich bin jetzt auf vielleicht einmal europäische Kultur vorbereitet, dachte ich.
Ich kam mehr als einmal dazu anderen Menschen erklären zu müssen, dass ein Geburtstag kein Anlass ist zu feiern, geschweige zu gratulieren. Bei jeder Geburt eines Kindes bekommt es Namen, manchmal zwei, drei, vier, egal, von den Eltern, bzw. von der Mutter, denn die meisten Väter sind auf Abwegen, oder haben sich generell verdünnisiert, wollen keine Verantwortung übernehmen. Keiner wundert sich, viele Männer sind so. Als ich das erste Mal einen Pass beantragte, erfand ich einen mir gefallenen Vor- und Rufnamen, den Rest akzeptierte ich so, wie ich bei der Taufe ins Taufbuch geschrieben wurde.

Mein Vater war anders, er war ein Familienmensch. Er sorgte für die Familie, besser für seine Familien, drei Frauen waren es als er starb, neben meiner leiblichen Mutter lernte ich zwei Stiefmütter kennen.
Er war gerade etwa fünfundsechzig Jahre alt geworden und hätte er nicht so ungesund gelebt, das Rauchen, der Alkohol und vielleicht auch die vielen Frauen, hätte er noch einige Jahre mehr gelebt und damit das Durchschnittsalter sterbender Latinomänner nach oben korrigiert.
Eigenartig, ich habe ihn in guter Erinnerung, auch meine Mutter, sie war die letzte Ehefrau. Nur als Großfamilie haben wir alle überlebt, weil wir zusammenhielten mit all unseren innerfamiliären Problemen. Hass und Zwietracht zwischen den

Ehefrauen und manchen leiblichen- und Stiefgeschwistern, über zwölf an der Zahl waren in der Familie fremd.

Obwohl Polygamie schon lange verboten ist, kann man mit Geld sich fast alles erlauben, auch mehrere Frauen, sofern sich die Frauen nicht gegenseitig die Augen auskratzen, sofern sie voneinander wissen.
Auch der, in unserer fast unbewohnten Region Guainia, vorherrschende strenge katholische Klerus konnte diese mittelalterliche Kulturüberlieferung nicht, zumindest noch nicht vollends eindämmen. Ich denke, dass es nur eine Frage der Bildung der Frauen und der fortschreitenden Entwicklung der Länder bedarf, um meine Hoffnung auf nur eine Familie für mich, für mich ganz allein, nur ich, mein Mann und unsere Kinder – Mein Wunsch soll kein Glauben sein, ich will diesen Wunsch realitätsbewust umsetzen, ich will, ich will!

Mehr weiß ich nicht, nur soviel, dass ich meine Decke und Nachtwäsche lüften und trocknen, sowie mich ausgiebig duschen musste.
Ja, Alicia, so war es sinngemäß."

Marta, ich will den Traum nicht deuten, ich brauch ihn auch nicht analysieren. Du hast einen sehr realitätsnahen Traum deines Langzeitgedächtnisses. Es ist fast normal, ich bin froh, du bist auf einen guten Weg.
Komm, wir ziehen langsam los um das Cafe anzuschauen, aber denke du daran, nur einen Espresso, nicht mehr, noch nicht, zumindest solange du noch die Medizin einnimmst."

Im gepriesenen und im Pariser Stil geführten Cafe angekommen, erlebten wir eine angenehme Überraschung. Wir wurden gerade bedient und ließen uns unseren Espresso gut schmecken. Auf der Straße sitzend, noch dazu in der ersten Reihe, es war vielleicht Alicias Idee, denn sie suchte den Tisch aus, um mich langsam aber gezielt der Öffentlichkeit preiszugeben, wurden wir plötzlich herzlich begrüßt. Latifa stand vor uns, mit ihr fünf Personen aus ihrem Arbeitsumfeld. Aber sie verstand die Situation so, nun nicht mich in allen Einzelheiten vorzustellen, ein „Hola" reichte für die anderen. Ich verabredete mich für kommenden Freitag, 7:00 p.m. an gleicher Stelle mit Latifa. Alicia war froh für die unerwartete Initiative. Das Trüppchen nahm unweit von uns Platz und wir winkten uns nochmals beim Gehen zu.

*

Die kommenden Tage vergingen wie im Fluge, wenn ich die therapierten Ideen von regelmäßigen Spaziergängen, hier allerdings manchmal zur Erleichterung meiner Schwester, mit meinem jüngsten Neffen zu verschiedenen Spielplätzen, die wöchentlichen Therapiestunden und selbstständigen Besorgungen, mit einbeziehe.
Mehr und mehr wurde ich selbstbewusster und begann mich wieder um notwendige Probleme zu kümmern.
Die Angst auf die Straße zu gehen, Menschen anzusprechen, Automaten zu bedienen verringerte sich bis zum „Nicht mehr daran zu denken und Misstrauen Dritten gegenüber abzubauen".
So meldete ich mich bei einer Auto- Fahrschule an um einige praktische Fahrten unter Anleitung und Aufsicht zu absolvieren und gab als Grund an, lange in England gewesen zu sein mit dem verflixten Linksverkehr. Ich hatte schon immer den Wunsch nach einem kleinen Auto, wie sicher alle jungen Leute, aber als Uniabsolvent dies auf Jahre hinten an gestellt. Nun wäre es vielleicht mit einem kleinen Kredit möglich gewesen. Zumindest wollte ich meine Angst überwinden, als Beitrag meines eigenen mentalen Fitnessaufbaues.
Meine Schwester und ich klapperten Wohnungsmakler ab, um eine nette kleine Wohnung zu bekommen, was mir dann nach vier Besichtigungen gelang.

Die Wohnung war, wie gewünscht, möbelliert, sodass ich mich nicht sofort mit Beschaffungsproblemen rumplagen musste und meine eigene Note konnte ich dann nach und nach einfügen. Der Makler wollte eine Sicherheitskaution. Als ich ihm freistellte sich bei meiner Bank und meinem Arbeitgeber zur Bonität zu erkundigen, machte es bei ihm ‚klick'. Die meisten jungen Leute haben kein eigenes Bankkonto und zudem keinen so renommierten Arbeitgeber. Ich zahlte ihm zwei Monatsmieten im Voraus und war somit wohl sein bester Kunde, zumindest an diesem Tage. Meine Schwester war etwas traurig, aber es war notwendig, zudem war das Vierteljahr des auf See seins bald um, sodass die Familie dann wieder eine längere Zeit zusammen leben konnte; außerdem war die Entfernung und dazu die Fahrtkosten für die vier Zugstationen für gegenseitigen Besuche auch für Dorle mit ihren Kindern vertretbar.

Mittwoch brachte mir der Makler den Vertrag, alle Papiere, Schlüssel für Haus, Wohnung und der Postbox, dazu die Internetzuschaltung und die Energieanschlussbestätigung. Dorle kam dies schon sehr merkwürdig vor. Der Makler kümmerte sich um alles, was nicht üblich ist, in den meisten Fällen müssen die Wohnungssuchenden dem Makler, zumindest in der Citylage die Füße küssen oder zumindest zusätzlich Geld zahlen für solche Dienstleistungen. Lächelnd sagte sie, als dieser abgefahren war, wie ich ihn finde…? Erst jetzt bekam ich mit, wie Dorle es meinte. Ein sehr adretter Mann, vielleicht zehn Jahre älter, elegant gekleidet, zuvorkommend, nicht aufdringlich, vielleicht hätte ich es dann gemerkt, aber so nicht. Zwei Tage später nahm ich mir ein Taxi und bezog mit meinen Kisten und zwei geborgten Koffer von Dorle, mein neues Reich, ganz für mich allein, ich fühlte mich richtig gut. Zwei Stunden später stieß Dorle dazu, sie hatte ihre Kinder für zwei Tage zu Ihren Schwiegereltern gebracht. Sie war zum einem froh einige Stunden allein zu sein, fern von den Kindern, andererseits sagte sie immer, dass sie ein Jahr brauche, um die dann verwöhnten Kinder wieder sich zurechtzubiegen. Sie wollte mir beim Einrichten helfen, zudem wollte ich die erste Nacht nicht allein in der neuen Wohnung schlafen.

Ein wieder wunderbares Gefühl war es allein in seiner Wohnung zu sein, zu duschen und zu frühstücken ohne Anhang, so nett dieser auch immer war. Ich fühlte mich fertig therapiert, fertig fürs normale Leben. Aber ob ich es wirklich bin, oder ob ich es nur sein will, muss sich beweisen – ich muss es beweisen.
Es war Freitag: 11:00 Therapie in der Praxis bei Frau Dr. ..., meiner inzwischen guten Kameradin, vielleicht auch Freundin Alicia, einige kleine Besorgungen, ich brauchte ein Geschenk für Tante Iren. Ich wollte mich mit einem Geburtstagspräsent und einem Begleitschreiben aus dem Nichts bei ihr melden. Zu einem Telefonat, mit all den notwendigen Erläuterungen wollte ich mich noch entziehen, sie wird verstehen, ich brauchte noch einige Lebensmittel, auch ja, unbedingt Wasser, beim gemeinsamen Einkauf mit Dorle wurde doch das eine und andere vergessen. Dann wollte ich ja heute Latifa treffen.
Heute war mein erster Tag, ganz allein in der Wohnung, ich war fast glücklich, machte auf dem Balkon Frühstück, der Kaffee roch schon verführerisch und ich wartete auf das Klicken des Toasters mit meinen zwei Croissants.

Ich saß im Rohrsessel, trank genüsslich Kaffee, wartete auf das Abkühlen der Croissants, ich hasse es, wenn die Butter zuläuft, las eine Zeitung vom Vortag. Zumindest überflog ich die Überschriften und das Fettgedruckte, so auch eine Erklärung meines Arbeitsgebers, der irgendwo im Land wieder investieren will, einige Models zeigten neue Mode von einer Fashion in Mailand, Berlin und Montevideo, ach, eine neue Jeans brauchte ich.

Auf dem Weg zu Alicias Praxis kaufte ich noch zwei Rosen, eine für Alicia und eine dann zum Nachmittag für Latifa.

Die Therapiestunde war sehr angenehm, sie beinhaltete meine Erlebnisse und Vorstellungen, die doch Alicia angenehm überraschten. Meine neue Wohnung, der Umzug, meine Idee mit dem Autofahrstunden und meinem Interesse mit der Arbeit zu beginnen, vielleicht einen Monat früher und dafür zunächst mit verkürzter Stundenzahl.
Wir verabredeten jetzt nur noch einmal wöchentlich eine Therapiestunde und ich lud sie zu
mir ein, um einmal ein Glas Wein, das erste Glas Alkohol nach abgesetzten Tabletten, mit ihr gemeinsam zu trinken.
Inhaltliches Hauptproblem ist und wird noch lange sein, die Verarbeitung der Gefangenschaft, der Folterstunden nach zwei missglückten Fluchtversuchen und den Vergewaltigungsexzessen. Hier nahm ich ihre Idee an, darüber ein Buch zu schreiben, zumindest eine Niederschrift über einzelne, mir in die Erinnerung kommende Geschehnisse. Diese wollten wir dann gemeinsam lesen und besprechen. Ich sagte ihr den Versuch zu, dies per Laptop zu schreiben und ihr jeweils zu senden, aber erst dann, wenn ich dazu Lust und Bedürfnis verspüre, nicht mir selber damit Druck machen, dass war ihr Hinweis. Die restlichen Stunden des Tages waren ausgefüllt mit dem Packen des Päckchens und dem Brief an meine Ersatzmama, Tante Iren, einem meiner so genannten Schönheitsschläfchens und der Vorbereitung auf mein Treffen mit Latifa. Ich freute mich schon hieraus. Ich verfluchte den Drucker, der den Brief an Iren nicht drucken wollte, aber dann doch klein beigab. Drei ungelesene Briefe wurden mir angezeigt. Ich war feige, hatte Angst sie zu öffnen, wartete auf die Antwortreaktion meines Schreibens von Enrice. Ich nahm mir vor, morgen das Postfach zu öffnen, morgen, das war mein Plan! Dieses war auch ein Therapieplan Allicins: Wenn etwas scheinbar Schwieriges an steht, einen Plan zu entwickeln, um die

„Arbeit" zu tun, um eine „Lösung" zu finden, also morgen, in aller Ruhe und nur dieses Problem, das Postfach bearbeiten.

*

Liebesgefühl

Gegen 18:00 Uhr, ich bin fertig zum Spaziergang ins französische Cafe, nur zwei Blöcke, ich will laufen. Gerade, ich zog eine Jacke über, klingelt mein Handy: „Ja bitte?", die Nummer auf dem Display sagt mir zunächst nichts, obwohl nicht mal eine Hand voll Leute meine Nummer haben. Eine männliche Stimme stellt sich vor: „Bitte nicht böse sein", hier ist ihr Makler Simon Uraba, ich möchte nicht stören, kann ich Sie jetzt sprechen"? „Hola, ich grüße auch sie."
„Ja, wie fange ich an, zunächst hoffe ich, dass alles mit dem Bezug der Wohnung in Ordnung ist und will auch fragen, ob ich Ihnen noch behilflich sein kann, sofern noch etwas zu erledigen ist. Aber ich fasse Mut und frage Sie, ob ich die Chance habe und eine so schöne Frau einmal in ein Restaurant zum Dinner einladen darf, das ist mein wirkliches Anliegen." Eine sehr angenehme Stimme denke ich. „Ja gerne nehme ich eine Einladung an, jedoch erst in einigen Tagen, da ich eine Reihe von noch notwendigen Erledigungen zu machen habe. Rufen sie mich kommende Woche an, ich freue mich und danke Ihnen für ihren mutigen Versuch" und lächelnd sagte ich gracias und bis bald. Er antwortet: „Also bis bald, einen schönen Tag noch, ich rufe an, bye."
Ich habe bestimmt einen roten Kopf, mein erstes privates Gespräch, zudem mit einem angenehmen Herrn, nehme mein Täschchen und mache mich auf dem Weg.

Ich freue mich auf das Treffen mit Latifa, sie ist eine feste Freundin geworden, fast schon seit dem ersten Tag. Es ist eine knisternde Sympathie, ich kann es nicht anders sagen.

Ich denke oft an Sie, wir telefonieren ab und zu, besprechen viel Privates.

Kaum am Treffpunkt angelangt, stürmt Latifa auf mich zu und sagt: „Bitte nicht erschrecken, mein Chef möchte mit dir kurz sprechen und ich wollte diesen unkomplizierten Kontakt herstellen, ist doch eine gute Gelegenheit, oder?" „Ja, kein Problem, aber dann haben wir unseren Abend", antworte ich. Ich gab die Rose Latifa und sie schiebt mich durch die Restaurantstuhlreihen, wo ein lächelnder älterer Herr aufstehend mich freudig begrüßt und mir einen Platz anbietet. "Ich begrüße sie zunächst und sage Danke, dass sie zustimmen zu einem unverbindlichen Gespräch, bzw. nennen wir es, einen Gedankenaustausch. Ich weiß von Ihrem geäußerten Wunsch zum 01. wieder mit der Tätigkeit zu beginnen. Also, Senhora, wir freuen uns auf Sie und stellen uns dies wie folgt vor: Sie beginnen am 01. und wir wollen dies so normal abwickeln, als nur möglich. Wir haben ein Team von zunächst vier Mitarbeitern, das gerade seine Tätigkeit an einem konzerninternen Projekt aufgenommen hat, ein neues Marketingkonzept, dass gerade in Europa, in der Europäischen Union angewendet wird, es scheint uns erfolgversprechend und prüfen nun, inwieweit wir dieses Modell für den lateinamerikanischen Markt einführungsreif gestalten können. Hier wollen wir, dass sie einsteigen. Sie stehen damit nicht im Mittelpunkt des Konzerninteresses und zudem gestalten wir die Arbeitszeit flexibel. Wenn sie einverstanden sind: Willkommen im Team". „Ja, ich freue mich sehr, ich danke Ihnen sehr, es ist ganz in meinem Sinn." „Seniorat Latifa organisiert alles zum ersten Treffen mit dem Team. Ich treffe sie dann bei der Arbeit, stehe ihnen zur Verfügung wenn noch Fragen offen sind. Vielleicht noch ein Hinweis, es gibt innerhalb des Konzerns kein Geschichtsthema, weder für Sie noch für andere Mitarbeiter, also, sie brauchen keine Hemmungen zu haben, es gibt nur die ganz normale Arbeit und die Mitarbeiter sind alles neue Fachkräfte aus dem externen Bereich".

Ich bedankte mich herzlich und freute mich sehr, das neue, alte Leben hatte soeben begonnen.
Es war mein Abend, ich rief mit dem Handy Dorle und Alicia an und informierte sie, ich war ausgelassen und das setzte sich an unserem Frauenabend fort. Ein Espresso, ein Stück süßer Kuchen, ein erstes Glas Wino tinto, allerdings mit einem Schuss Wasser verdünnt. Ich, nein wir, waren ausgelassen.

Ich erzählte vom Anruf des Maklers und von dem noch ungeöffneten Briefkasten auf dem Computer und begann von meinen Ängsten zu Männern, insbesondere vor der noch unbekannten Reaktion Enrices. Aber das ist morgen und heute ist heute.

Bei der Bestellung ihres zweiten Glas Wein wollte ich Stopp sagen, aber zum einem war es ein toller Abend und zum anderen bot sich Latifa an, mich nach Haus zu begleiten. Sie rief ihre Partnerin an und meldete sich insofern ab, bzw. erst für später an, also die Zeit für die begonnene Zweisamkeit war da und das zweite Glas Wein, wieder verdünnt konnte auch für mich serviert werden.

Sicher spielte neben Vertrautheit, Sympathie auch der Alkohol keine unwesentliche Rolle, wir lachten über die gegenseitigen Erinnerungen mit jungen Männern, insbesondere über den Anruf vom Makler und einigen Typen in Sichtweite ihres Tisches und denen, die vorbeischlenderten, davon insbesondere jenen, die nach uns schauten, obwohl sie in Begleitung waren.
„Weißt Du was Marta, wir zahlen und nehmen noch eine Flasche Wein mit zu dir nach Haus, da brauchst du nicht zu viel Wasser trinken, wirst immer nüchterner und ich erhöhe hier einseitig meinen Alkoholspiegel".

„Das ist eine gute Idee, aber keinen Wein extra kaufen, ich habe einige Flaschen zu Hause, jedoch war mir noch nicht in den Sinn gekommen, eine Flasche zu öffnen, Besuch hatte ich quasi noch nicht, von Dorle abgesehen, aber sie trinkt keinen Alkohol, sie sagt immer, dass kann ihr Mann viel besser".

Es war ein wunderschöner Abend, die geöffneten Fenster gestatteten der Luft eine leichte Briese durch die Räume strömen zu lassen. Wir waren angeheitert und prosteten uns zu. Ich fragte, wie sie gemerkt hatte eine Lesbe zu sein und wieso sie kein Interesse an Jungs hat. Latifa berichtete, dass sie als junges Mädchen zum Theatertanz kam und viel mit Mädchen zusammen war. Die Tänzer waren zum großen Teil weibisch und zudem rochen sie stark nach Schweiß. Das war für sie abstoßend. Die Männer beim Studium dann waren ihr zu grob, gaben sich als Machos, es war ihr nichts Anziehendes. Einmal wurde sie von einer Frau zärtlich angefasst und das inspirierte sie so sehr, dass sie sich Frauen hingezogen fühlte. Ich erklärte ihr, dass ich mir das kaum vorstellen kann, obwohl sie sich von einem Mann jetzt nicht anfassen lassen könnte, zu groß ist da meine Gefühlskälte, aber nach Nähe und Wärme sehne ich mich dennoch, ich gehe täglich 3 bis 4 Mal duschen, nur um ein wärmendes Gefühl zu haben.

„Würdest du dich von mir streicheln lassen, deinen Körper berühren lassen? Traust du dich mich anzufassen, meinen Körper zu berühren Marta, was denkst du?" Mir schoss das Blut in den Kopf bei der Frage. Ich war verlegen, wusste nicht was ich sagen kann. Dann kam mir über die Lippen: „Ja, ich möchte mich schon von dir anfassen lassen, bei dir habe ich keine Ängste und wohl wenig Hemmungen, aber verlegen bin ich schon, verstehst du das. Auf der einen Seite sehne ich mich nach körperlicher Wärme und auf der anderen Seite habe ich Angst, ich hatte noch nie Kontakt mit einer Frau, du wärest die erste. Aber Liebe kann ich mir nicht vorstellen".

„Marta, schließ die Fenster, leg eine neue CD auf und ich gieß mir noch ein Glas verdünnten Wein ein, zudem muss ich schon wieder deine Toilette benutzen". Latifa goss sich auch noch ein Glas Wein ein und verschwand auf der Toilette. Ich kümmerte mich um die CD, schloss die Fenster und zündete einige Kerzen des Skandinavier an, es was inzwischen stockdunkel geworden. Im Zimmer knisterte meine Spannung, ich hatte das Gefühl, dass gleich mein Kopf zerspringt vor Scham, Erwartung und Wünschen. Unser gegenseitiges Parfüm, Chanel 5 und Oschen von Jil Sander legte ein reizvolles Klima um mich. Lächelnd kam Latifa zurück und fing an, sich vor mir auszuziehen. Sie sah wunderschön aus, ich erkannte das schon beim ersten Treffen im Hotel damals, aber mit zunehmenden Kontakten wuchs der heimliche, nie richtig, nicht wirklich ausgereifte Gedanke, der sich in dieser Minute zu entladen scheint. „Marta, ich möchte, dass du meinen Körper berührst, mich streichelst, egal wie, egal wo, suche einfach den Kontakt zu mir". Sie legte sich in burschikoser Weise ungehemmt, aber mit Slip und BH bekleidet vor mich auf den flauschigen Teppich. Ich fasste Mut, kniete mich hin und streichelte ihren Arm, ihre Wangen, dann ihren Bauch, es war einfach ein beglückendes Gefühl der Zuneigung. Ich sagte ihr, dass sie eine wunderschöne Frau sei und sie legte ihre Hände an meine Wangen und zog mich sehr behutsam an die Ihren. Wir sahen uns in die Augen. Latifa sagte zu mir: „Marta, du bist wunderbar und jeder Mensch, der deine Nähe spürt, hat das Bedürfnis dich zu küssen. Marta, ich will nichts gegen deinen Willen tun, aber ich bin ein kleinwenig verliebt in dich, komm näher." Unserer Münder berührten sich, sehr zaghaft, zärtlich spürte ich ihre feuchten Lippen, ich spürte ihren Kuss, meine Hemmungen waren weg, ich küsste sie, zum ersten Mal küsste ich eine Frau. Latifa richtete sich auf und zog mich behutsam aus, ich ließ es mit mir gern geschehen. Sie zog auch meine Slip aus und den BH, ich lag nackig, unbekleidet neben ihr, wir strahlten uns an. Ich zog ihren Slip aus, wobei sie mir helfend ihren Po hob und sich dann umdrehte für das Öffnen ihres BHs.

Latifa küsste meinen Körper, von dem Kopf, mein Gesicht, Augen, Nase. Ich steckte Ihrem geöffneten Mund meine Zunge entgegen, die sie in sich aufnahm, in sich hineinzog, ich saugte aus ihrem Mund den Speichel, es war ein Glücksgefühl. Mit ihren Händen streichelte sie meinen Körper und ihr Mund entdeckte nach und nach meinen kompletten Körper. Sie saugte an meinen Brustnippeln, in mir stieg Wollust auf. Während sie mit der spitzen Zunge in meinen Bauchnabel zu verschwinden drohte, beugte ich mich zur Seite und konnte Ihre Beine streicheln und ihren Po küssen. Wir lagen verkehrt herum aufeinander. Wie durch einen Blitz verspürte ich mein Verlangen sie zwischen Ihren Beinen zu küssen. Ich bin fast willenlos, bin gefangen, ja willenlos – nein ich wollte es mit mir geschehen lassen, denn ich roch Ihren herben- herrlichen Geruch, der aus ihrer Scheide zu mir gelangte. Es ist mein erstes Mal in meinem Leben, nach fünfunddreißig Jahren, ich reagiere allein auf die mich umgebenden Reize.

Plötzlich merkte ich, dass sie mit der Zunge in mich eindrang, fast unmerklich, mit ihrer süßen Zunge spürte ich Ihre Küsse und dann immer wieder ihre Zunge in mir. Ihr geiler Saft floss fast tropfend in meinen Mund, ich war verrückt nach dem gegenseitigen Verlangen und wünsche mir, dass dies nie aufhörte und dann geschah das, was ich von mir nicht erwartete. Ich konnte Latifa nur kurz warnen: „Geh weg, ich kann's nicht mehr anhalten, bitte schnell, es kommt". Ich konnte nichts mehr anhalten, ein Schwall von Wassersaft kam aus mir heraus und ich hatte das Gefühl, dass Latifa alles mit ihrem Mund aufnahm, vielleicht auch etwas davon trank. Mein ganzer Körper zuckte wie verrückt und dann sackte ich fast zusammen, ich war fertig, um mich herum auf dem Teppich spürte ich langsam nur Feuchtigkeit, mein Wasser. Nach einer ganzen Weile meiner Regungslosigkeit sagte Latifa: "Marta, es war wunderschön, Du schmeckst nach mehr, ich möchte alles von dir in mir aufnehmen. Es ist wunderschön keine Hemmungen haben zu müssen".

Ich hielt meinen Zeigefinger auf ihren Mund und dirigierte sie, sich verkehrt herum auf mein Gesicht zu setzen, dann küsste ich Ihre Poritze und leckte ihre Rosette, machte es feucht und bemühte mich meine Zunge in ihr Loch zu zwängen, Latifa stöhnte und es wahr ihr wohl auch eine Wonne, plötzlich hatte ich die wollüstige Initiative übernommen, ich konnte nicht mehr denken, um mich herum fühlte ich nur Nebel. Mein Finger umkreisten ihr Loch, ich bohrte mich langsam in dies hinein, kein Ekel, nur eine eigenartige Lust umgab mich, ich spürte in ihrem Darm einen warmen, weichen Widerstand, der Näher kam, ich wurde fast irre vor meiner Lust alles zu ergründen. Nur der Ruf von Latifa holte mich in die Realität zurück: Nein Marta, hör auf, ich kann es sonst nicht aufhalten, bitte nicht weiter, komm raus, bitte schnell, ich habe auch noch eine Wunsch." Ich hörte auf, zog meinen Finger heraus, sah die schon braune Fingerkuppe bei mir, ich roch sogar daran und empfand kein Ekel.

„Marta, jetzt habe ich noch einen Wunsch und schob mich nun ihrerseits auf ihr. Ich saß somit fast auf ihrem Gesicht und sie leckte nochmals meine Muschi, mit den Fingern schob Sie meine Schamlippen auseinander und saugte sich mit ihrer Zunge küssend in mich ein. Sie bat mich inständig jetzt zu pinkeln, sie wollte einige Tropfen meines Urins, obwohl ich ja schon sie mit meinem nassen Orgasmus in dieser Hinsicht verwöhnte. Es dauerte lange, ich war schon wieder völlig nüchtern, wollte ihr aber ihrer inständigen Bitte versuchen nachzukommen. Mein Urin kam, aber ich konnte ihr keine Tropfen anbieten, sie war verrückt und mein Urin floss in Strömen aus mir heraus, in ihren Mund, ich hatte das Gefühl, dass sie diesen in sich komplett in sich hinein saugte. Aus ihrem Mund floss alles über ihren Hals, Brust, mein Teppich war ein See geworden. Es dauerte eine geraume Zeit, bis wir beide wieder völlig bei Sinnen waren, unaufgefordert, ohne ein Wort, den Teppich, ein großes Fell eines ehemaligen sicher sehr schönen Stieres, vorsichtig aufnahmen und in die Badewanne verfrachteten.

Wir stiegen gemeinsam in die Dusche und spülten uns gegenseitig ab.
Ein stiller Kuss, wenig Worte und das gegenseitige Beteuern, dass es wunderschön war.

*

Ich schlief schnell ein und erwachte befriedigt von meinen durchlebten, neuen Gefühlen auf und meine Gedanken waren eigenartig darauf gerichtet zu dem Verlangen nach dem sich anbahnenden Kontakt zu meinem Makler und zu Enrice, vielleicht heute die Mails, denn eine Lesbe bin ich doch nicht, oder? Das Wohnzimmer erinnerte nur noch an einen Lesbenabend, denn das Fell war noch auf dem Balkon und obwohl das Zimmer des Nachts gelüftet, hatte ich das Gefühl nach einem vergangenem, wollüstigen Geruch. Während meines Frühstückes überdachte ich alle meine Erinnerungen der letzten Nacht. Es war Scham, Ekel über das, was ich nur aus Schmutzvideos kannte und nun selbst praktiziert hatte, war es nur Alkohol, was war es? Ich schämte mich aber nicht. Nun verstehe ich die Äußerung Latifas: Den Augenblick genießen, aber nicht im Nachhinein analysieren, es muss ein persönliches Geheimnis zwischen den Beteiligten sein und bleiben.

Ich weiß es nicht, ich fand alles betörend schön, aber wollte mich nun voller Neugier und Elan meinen zwei Männern widmen, sprach ich in mich hinein. Das Wochenende hätte nicht besser beginnen können.

Ich kam gerade von der Beichte und dem anschließendem Hochamt unserer, meiner neuen Kirchengemeinde, es war schon Mittag, als Latifa anrief und sich bedankte für den wunderschönen Abend und fragte, ob ich irgendetwas bereuen würde. Ich konnte sie beruhigen, sagte einfach „Danke für das neu wieder gefundene Lebensgefühl", wir müssen uns sprechen, vielleicht kommende Woche?

Sie rief nur voller Freude: „Ja, ich freue mich auch, wir treffen uns, vielleicht Mittwoch, können uns ja noch anrufen, oder vielleicht Mittwoch nach Büroschluss, im Seepark, ein Spaziergang gefällig"?

*

Was bin ich? Lesbisch? Bi? Hetero?

„Hola, bienvenido antras en la vida, Marta,
ich habe in der Zeit viel gebetet, gebetet zu Gott, dass er dir beistehen möge und wir uns im irdischen Leben wieder treffen werden. Ich bin jetzt wohl einer der fleißigsten Kirchgänger Tarifas geworden und ich wurde auch einmal vom Pfarrer gefragt, ob ich nicht im Gemeinderat mitarbeiten könne, es stehen Wahlen an. Ich lehnte höflich ab, aber Gott muss seine Finger im Spiel gehabt haben.
Nochmals ein Danke für dein Lebenszeichen und eine Hoffnung auf unsere Chance, auch wenn wir bei Null beginnen müssen, die Chance ist wichtig. Was wir dann daraus machen werden und wie wir unsere Entscheidung dann treffen, vertrauen wir der Zukunft an.
Marta, es gab eine Zeit, wo ich Zweifel hatte um unser Fortbestehen, zu viele widersprüchliche Informationen erreichten mich, das ist nun aber angenehmer Schnee von gestern.
Mein Wunsch und meine Sehnsucht zu dir sind ungebrochen, natürlich mit vielen Fragezeichen, aber dennoch möchte ich es dir sagen:
Erhol dich und wenn du in der Lage bist, über deine Zukunft nachzudenken und du mich darin einbeziehen möchtest, gar sehen möchtest, gib mir ein Zeichen. Du kannst jederzeit zu mir kommen, aber ich auch stehe bereit, zum Ticketkauf nach Bogota.

Natürlich respektiere ich deine Entscheidung.

Ja, ich weiß ehrlich gesagt nicht so richtig was ich dir schreiben soll, kann, darf. Es gibt wohl bei mir die wenigsten Veränderungen. Mein Geschäft läuft wie immer saisonbedingt recht gut. Es gibt noch genug sportlich verrückte Leute auf dieser Welt, die in das windige Tarifa wollen um zu surfen und um des abends unsere Pizza zu essen und anschließend die Cocktails zu trinken. Nach wie vor bindet Dani jedem Gast das Armband um, zählt sich einfacher, als dass ihre zu aufwendigen und vom Finanzamt geforderten Bonsysteme aufzwingen zu lassen.
Übrigens Cocktails, falls du einmal Appetit hast auf Alkohol, falls du trinken darfst, falls du Gäste hast, hier ein - mein aktueller Lieblingscocktail, aber nur am Sonntag abends, vor dem Schließtag: „Tequila sunrise", mit Tequila, Grenadine, Limette mit Orangensaft. An das richtige Mischungsverhältnis sollte man sich aber langsam heran probieren, PROSIT….

Die Gäste sind, wie du kennen gelernt hast, fast immer gleich, dann und wann bringt man einen anderen Sportler im Schlepptau mit. Gerade sind die neun verrückten Italiener wieder da, die du auch kennengelernt hast. Dieses Mal aber zwei volle Wochen, weil sie ihre Rennräder mitgebracht haben und eine Woche auf dem Rad trainieren wollen.

Rudi und Klara mussten wir leider einschläfern lassen. Sie hatten einen Virus eingefangen und der deutsche Tierarzt hatte auch keine lebenserhaltende Idee mehr und seine teurere Spritzenauswahl war aufgebraucht. Jetzt hat er ein halbes Jahr bei uns freien Eintritt, wir müssen ihn für seine Dienste noch bezahlen. Vor einer Woche hat Dani wieder einen ausgesetzten Hund mitgebracht. Somit ist das Tierleben bei uns immer noch sehr aktiv.

Übrigens, bei dem Familie Jens ist das ersehnte zweite Baby angekommen, namens Max, ein alter deutscher Name.

Vor sechs Monaten verstarb meine Mutter friedlich ein. Ihre letzten Monate waren von einem Aufbäumen gegen den Krebs gekennzeichnet. Ich hatte auch schon gedacht, dass sie die Krankheit besiegt hatte, allerdings sagten die Ärzte, es ist nicht ungewöhnlich, dass es vor dem Aus, sich noch ein innerer Elan aufbäumt.
Meine Mutter hatte in dieser Zeit einen neuen Bekanntenkreis, indem sie sich gut aufgehoben fühlte, Spielnachmittage, Ausfahrten und zwei, dreimal im Jahr Reisen in Europa. Zuletzt war sie sogar mit dem Club in Prag, Tschechien. Ich war froh darüber. Somit hat sie noch einmal alles genossen, was sie sich wünschte. Vielleicht hatte ihr mein Buch „Am Ende ist ein Anfang" geholfen. Ach ja, dieses Buch ist vor sieben Monaten erschienen, du kennst es noch nicht. Ich schicke dir das Buch auf deine Mailadresse, schau einfach einmal hinein, aber nur dann bitte, wenn dir so ist.

Also meine liebe Marta, finde dich in das alte, neue Leben, meine Gedanken sind bei dir und ich warte auf dein Zeichen, egal wie das Zeichen auch aussieht, ich akzeptiere es. Dir wünsche ich alles, alles Gute und Liebe. An deine Schwester Dorle auch einen Gruß von mir. Vielleicht hast du Lust, dass wir uns per Skype treffen können, wie bekannt. Halb Tarifa lässt dich grüßen, allen voran unser Team, heute zu viert, ein Pole arbeitet schwarz mit und die Italiener, sie fragen auch immer nach dir.

Besus, Enrice"

Ich bin geschafft, Tränen fließen beim Lesen. Die Mail ist acht Tage alt mit zwei Erinnerungen zum Öffnen.
Ich kann und will noch nicht antworten, das heißt, ich werde nur Danke sagen und mich auf später vertrösten, was ich auch gleich machte:

„Hola, mas bien Enrice,
ich habe soeben Deine Mail gelesen und ich bedanke mich herzlich. Ich brauche sicher einige Zeit um zu antworten, deshalb nur dieses gracias von mir, verbunden mit einem al bien oder einfach prosit zu deinem „Tequila sunrise", vielleicht stoßen wir einmal an, die Zeit und Gott beantwortet die Frage nach der Zeit.

Kommenden Montag beginnt mein neuer Job und wenn auch mit Herzklopfen, ich freue mich, denn dann bin ich im Alltag angekommen, zumindest hoffe ich das.
Dir eine gute Zeit, hasta pranto, Besus, Marta."

Mit dem Klicken auf „senden" bemerkte ich den Posteingang, sein Buch war angekommen. Meine Neugier war da, ich nahm mir instinktiv vor sein Buch zu lesen. Allerdings lese ich nicht gern längere Texte am Bildschirm. Ich nahm mir vor, im Shop eine Kopie zu ziehen und kopierte den Text auf meinen USB-Stick.

Die nächsten Tage vergingen wie in Fluge, ich war voller Tatendrang, hatte mir einen Plan aufgeschrieben und an die Pinnwand geheftet, bzw. mit Magneten befestigt.
- Montag: Treffen mit Dorle, Shoppen für meine Arbeitsaufnahme,
- Dienstag: Gespräch mit der Autofahrschule, Spaziergang mit Latifa,
- Mittwoch: Bankweg, Versicherung abschließen, Kopiershop – USB mitnehmen!
- Donnerstag: Friedhof, 21:00, Einladung mit Makler, Restaurant,
- Freitag: 11:30 Therapie mit anschl. Mittagessen mit Latifa und Alicia,
- Samstag: Picknick mit Dorles Familie
- Sonntag: Kirche: Beichte, Messe, Nachmittag Kaffee mit Latifa

In der neuen Wohnung war die Tür mit Stahlblech innen verkleidet und damit sicher gegen möglichen Einbruch geschützt. Das Nützliche daran jetzt war, dass ich damit eine große Pinnwand hatte und mir alle Erinnerungen, spätestens beim Verlassen der Wohnung in die Augen fielen. Ich darf es beim Einkauf nicht vergessen..., also einen neuen Zettel, es machte mir Spaß, ich war fröhlich, hatte mir sogar drei Zeitungen gekauft.

Ich war voller guter Laune, und nach der Woche voller Ereignisse und der vielen Menschen, war mir der ruhige Sonntag eine angenehme Freude. Ich kam aber nicht umhin um die immer im Raum stehende Frage, was bin ich. Einen Mann mit erotischen Gedanken kann ich mir nicht, noch nicht vorstellen, obwohl ich mir jemand mit der gleichen Wärme analog Latifas wünsche, nur hatte ich dazu keine klaren Vorstellungen.

Was bin ich - was will ich? Lieben, nur das wusste ich. Lieben wen - das wusste ich nicht!

Am frühen Abend erst ging ich zur Postbox und neben Werbebroschüren für die kommende Kommunalwahl war noch ein Schreiben der inneren Stadtverwaltung dabei mit der Bitte um einen Rückruf für ein persönliches Gespräch.

Man wollte die Problematik gerne mit mir abschließen und so fand das Gespräch unter Teilnahme meines Ansprechpartners noch am gleichen Abend, allerdings im offiziellen Rahmen statt. Nach dem Austauschen von Komplimenten zu meiner Erholung wurde ich befragt, ob ich mir vorstellen kann mich mit einer abschließenden Entschädigung abzufinden und dafür auf eventuelle spätere Rechtsmittel gegen den Staat zu verzichten. Davon ausgenommen wären aber mögliche Ansprüche meinerseits gegen private Einzelpersonen, sofern der Staat dieser lebend habhaft wird, was aber ein sehr langfristiger, zählebiger und auch in Frage stehender Prozess sei. Ich wollte den Schlussstrich. Ich erfuhr noch, dass diese Aktion insgesamt zwar ein Erfolg für den Staat war, aber es immerhin einundzwanzig

Tote gab, darin inbegriffen 13 Rebellen, 2 Soldaten und 6 Geiseln, darunter auch die zwei Frauen, die mit mir im Camp operiert werden mussten und auf der Überführung, noch im Flugzeug, verstarben. Ich unterschrieb ein notarielles Abschlussprotokoll und erhielt einen beachtlichen Abfindungsbetrag. Fairerweise legte man mir Nahe, eine private Krankenversicherung abzuschließen, da mit sofortiger Wirkung auch alle Behandlungsfinanzierungen staatlicherseits eingestellt werden, heißt, jede weitere Inanspruchnahme einer Therapiestunde bei Alicia würde somit auf meine Kosten gehen. Mit der Unterschrift unter einer Verschwiegenheitsvereinbarung war meine Geiselzeit offiziell abgeschlossen und auch abgegolten.
Ich hoffte richtig gehandelt zu haben. Einerseits war ich nun finanziell sehr gut gestellt, konnte mir nun doch einiges mehr gönnen als jede andere Familie, ein Auto, Reisen, eine Rücklage und gleich Mittwoch eine zusätzliche Versicherung abschließen, ja das mache ich.
Ich war nun ein neuer freier und gut situierter Mensch von knapp fünfunddreißig Jahren, fühlte mich gesund und gut erholt, war froher Dinge.

Ich hatte Lust auf Zeitungen, die ich in meinen drei Sprachen lesen kann, hatte ich lange nicht, halt stimmt nicht, meine Erinnerungen hatten mich soeben eingeholt, aber eigenartig jetzt ohne Groll. Zwei Österreicher und drei nur Englisch sprechende Leute gehörten den so genannten Freiheitskämpfern an. Ab und zu ergatterte ich einige Zeitungen, wenn auch älteren Datums, aber ich las alles weshalb ich habhaft wurde.
Durch meine bekannt gewordene Dreisprachigkeit wurde ich ab und zu als Dolmetscherin benutzt, wenn andere Einheiten sich trafen und manchmal einer kein Spanisch oder gar Deutsch konnte. Es war vielleicht auch eine zusätzliche Lebensversicherung für mich, zumindest dachte ich dies. Es brachte mir auch etwas Achtung und Respekt vor manchem

Unheil, schließlich war ich neben einem kubanischen Mediziner und einem Lehrer aus Kolumbien eine intelligente und studierte Geisel.

Am meisten war mein Deutsch begehrt, denn Englisch kannten die meisten, wenn auch teils sehr miserabel, aber es reichte meistens sich zu verständigen mit denen, die nicht Spanisch sprachen. Mir fiel beim Nachdenken jetzt gerade eine politische Begebenheit ein, die vielleicht wichtig ist und ich bei meiner Befragung außer Acht gelassen hatte. Hier werde ich morgen meinen Kontaktpartner bei der Geheimpolizei anrufen und dies erzählen.

*

Alltag

Das Wochenende verbrachte ich allein und war letztlich nur damit beschäftigt meine Beine baumeln zu lassen, war schlampig angezogen, bekochte mich zu Zeiten, wo ich Hunger und Lust auf was Herzhaftes und dann wieder Süßes verspürte. Dazwischen las ich meine Zeitungen und nahm mir vor, die letzte Woche, trotz der Termine und der mir selbst gestellten Aktivitäten, angenehm zu gestalten.
Meine Schwester rief an, ob ich etwas brauchte und als ich Ihr von meinem gammligen Schlemmersonntag erzählte, verbat sie mir den Mund, da ihr schon das Wasser im Mund zusammenlaufe.

Mit der Zeitungsschau, das erste aktive Lesen seit je her, wann hatte ich schon, außer Pflichten des Studiums mit Leidenschaft eine Zeitung studieren zu wollen, jetzt gleich drei. Allerdings kamen mir dadurch viele Erinnerungen zurück, beginnend mit dem Tod meiner Eltern und die Trennung von uns drei Geschwistern. Dorle mit Ihrem Zwillingsbruder in ein Internat mit angeschlossener Ausbildung, was sehr ambitioniert war und ich, staatlich, durch eine Stiftung finanziert, mein Abitur ablegen konnte.

Diese Voraussetzung brachte mir erhebliche Vorteile für das sich anschließende Studium in wieder heimischen Gefilden. In der Schweiz war ich immer ein Fremdkörper, war immer Gast in einem fremden Land. Als Afrokolumbianerin wurde ich zwar umgarnt von vielen jungen Männern, aber sicher insbesondere nur wegen meiner äußeren Erscheinung. Vielleicht wollte Xaver Gütli mehr, als nur sich mit mir sehen zu lassen. Aber seine Eltern behandelten mich nicht mehr als ein Opfer, dem jetzt hier die Schweiz helfen will. Außerdem war Xaver nicht die Schönheit eines Mannes. Aber er war witzig und zudem sportlich sehr aktiv. Er war Leichtathlet, lief Mittelstrecke und zweimal nahmen mich seine Eltern mit zu seinen Wettkämpfen nach Klagenfurt in Österreich und auch in das Deutsche Berlin. Hier waren wir drei Tage in der Innenstadt in einem Hotel. Es waren herrliche Tage für mich.

Zum einem die sportlichen Wettbewerbe im Olympiastadion und zum anderem die impulsive Stadt, ganz anders als das kleine Zürich oder der Moloch von Bogota. Hier war Züchtigkeit, Ordnung, System, Moderne und Altertum zusammengepackt, dazu wunderbare freundliche Menschen, aus aller Herren Länder.
Hier könnte ich mir vorstellen zu leben dachte ich damals und heute? Ich lächelte in mich hinein.
Unser Bruder kümmerte sich nicht um einen Kontakt zu seinen Schwestern. Dorle sagte mir, dass er sich nur erkundigte zu der Entführung, nicht mehr. Er war schon immer ein Eigenbrötler. Nach seinem Studienabschluss als Allgemeinmediziner ging er als Praktikant nach Australien und ward nicht mehr gesehen, schade. Wenn ich mich an meine Kindheit erinnere, waren wir eine zwar wohlbehütete Familie, aber auch sehr arm. Mit dem Unfall, so wurden wir Kinder damals unterrichtet, wurde auf einem Konto mit juristischer Treuhand
Geld gezahlt für uns drei Kinder. Es reichte für eine gute Unterbringung und Ausbildung, die sich keine kolumbianische

Bauernfamilie auch nur im Traum leisten kann.

Ich wurde als jüngstes, von uns drei verbliebenen Geschwister, nur so informiert, dass unsere Familie in ein Feuergefecht zweier rivalisierender Clans kam und durch schwere Waffen unser komplettes Anwesen, ein Bauerngehöft, zerstört wurde. Nur Gott weiß, wie und warum gerade wir drei überlebten. Während des Studiums war ich einmal in dem Ort. Auf unserem Grundstück ist eine Schule gebaut worden und die sich anschließenden Felder sind eingeflossen in eine Parkanlage des Ortes. Unser Bruder wollte während seines Studiums auf einem Bogota Friedhof einen Stein mit Inschrift unserer Familie aufstellen, wollte. Ich gehe gern hin zum Ehrenhain für alle Unbekannten Personen um einen Stein oder eine Rose darauf zu legen. Ich habe einmal zu Dorle gesagt, dass wir sicher das Ergebnis aus einem Drogenkampf sind, aber dafür zum Gedenken unserer Familie am Leben sind und mit der guten Ausbildung. Im Gegensatz zu den täglich, in der Presse stehenden Opfern dieser verdammten Drogen, aber meistens im Ergebnis von HIV, dem letzten goldenen Schuss oder des Kampfes um die Drogen, wir hatten Glück, Gott hat uns beschützt. Der dort jetzt tätige Pfarrer soll ein junger Kaplan aus Spanien sein. Die Pfarrstelle war lange unbesetzt, da der alte Pfarrer mit ein Opfer war. Die Kirche war kaputt und es gab unbekannte Spender, die das Gotteshaus neu errichteten. Es gibt immer wieder Wunder, oder schlechte Gewissen, die solche Wunder organisieren. Manches lässt auch darauf schließen, dass unser Vater auf seinen Feldern nicht nur Mais anpflanze, nur Gott kennt die Wahrheit.

Wenn ich wirklich einmal ein Buch über mein Leben schreiben sollte, darf ich nicht vergessen dem Xaver und meinem Bruder Gonzalo ein Buch zu senden, wenn…!

In meinen Gedanken werde ich je unterbrochen durch das penetrante Läuten des Handys, das ich nicht so schnell finde.

Ich hatte es neben dem Waschbecken im Bad liegen lassen, Latifa ist am Telefon und wirkt ziemlich aufgelöst.

„Marta, Marta, Yenly hat mich verlassen, sie packt gerade ihre Sachen. Sie hatte einiges bei mir liegen, jetzt holt sie gerade alles ab. Im Augenblick ist sie auf der Straße um eine Taxe zu holen. Vielleicht hat sie eine Veränderung bei mir bemerkt, ich weiß es nicht. Sie hat auch einen neuen Job angenommen in einer Filiale ihrer Bank in Medellín und will auch die Wohnung dorthin wechseln. Sie ist sehr komisch zu mir. Sie sagte, dass sie die Beziehung löst, da sie schon lange den Eindruck hat, dass ich sie nicht mehr so liebe wie vor Monaten. Seit dem ich im Camp war hätte ich mich verändert, vielleicht liegt es auch an uns beiden sagt sie. Sie kommt gerade zurück, ich rufe dich am Abend an, hasta pronto."

Ich weiß nicht wie ich reagieren soll, soll ich mich freuen, Latifa ist frei, oder soll ich traurig sein, ich weiß nicht. Ich bin nicht traurig. Ich will aber auch für Yenly, die ich nicht persönlich kenne, nicht der Grund einer Trennung sein.

Genüsslich trinke ich meinen Espresso und esse einen Pudding mit etwas Likör, nein traurig bin ich nicht über den Anruf und den Anlass.
Mir haben es die „Züricher Nachrichten" angetan, ich lese die komplette Zeitung, selbst die Werbungen und dazu den Wirtschaftsteil mit den großen Problemen der sich anbahnenden weltweiten Wirtschaftskrisen, aber insbesondere den deutschen Ausstieg aus der Atomenergie, ausgelöst durch den japanischen Störfall in Tokushima.
Alle global tätigen Energieunternehmen sind außer Rand und Band. Ich lese die Zeitung jetzt wie ein Krimi, zumindest dieses Thema fesselt mich, bin ich doch auch jetzt eingebunden in diesen Prozess, des Verkaufens von Energie, zumindest ab

kommenden Monatsanfang, noch eine Woche, meine letzte freie Woche. Ich komme mir vor, als ob ich einen längeren Urlaub hatte, gerade nach Hause gekommen bin und nun meine letzte Woche zu Hause genieße.

Ich freue mich auf die Einladung meines Maklers, er heißt Simon Uraba. Ich habe im Internet neugierig die Website des Immobilienbüros gelesen. Ein gutes Foto von ihm, vierundvierzig Jahre alt, Juniorchef des Büros, dass sein Vater Carlos führt, scheint alles sehr seriös zu sein, mein Eindruck und die praktische Erfahrung meinerseits mit meiner neuen Wohnung bestätigen dies.

Was erzähle ich? Wo war ich in dem letzten Jahr? Ach ja, bei unser Filiale in Zürich am besten, hier habe ich als Praktikant gearbeitet, modern, hier hatte ich meine Trinistelle und nun, ab nächster Woche geht der neue Ernst des Lebens los. Lieber Gott, nur eine Notlüge, verzeih bitte.

Es ist fast Abend, es dämmert schon, auf meinen Minialtar habe ich eine Kerze angezündet, ich warte auf den Anruf von Latifa, denke an meinen Makler Simon und habe im Hinterkopf meine Briefschuld Enrice gegenüber.

*

Eine Woche der Findung

Montag: Der Abschluss einer privaten Krankenversicherung war mir so wichtig, dass ich den Weg dahin vorzog und nach manchen Angeboten schloss ich eine Versicherung ab, bei einem weltweit agierenden englischen Versicherer, sodass ich für alle außergewöhnlichen Probleme mich abgesichert fühle. Dorle war erst nicht so fröhlich, da es von der geplanten Shoppingzeit abging.

Aber nach dem ersten Fummelkauf für Sie und den Kindern, hatten wir ausreichend Zeit für mich und dann noch für Dorles Mann Juan, er bekam ein Paar neue Schuhe, Dorle konnte seine alten, so genannten Sonntagsschuhe nicht mehr sehen.
Ich hatte mir zwar viel vorgenommen, ging aber nur mit einem weißen Top und einer Tasche für den täglichen Gang zum Job, ach ja, noch eine Flasche Cola und nicht zu vergessen Tonerpatronen für meinen Drucker.

Dienstag: Meine Notlüge zog, ich brauche Erfahrung beim praktischen Autofahren, ein Jahr England und bevorstehender Autokauf: „Ja, natürlich machen wir gerne, aber wir schlagen Ihnen vor, dies gleich mit ihrem Neuwagen zu machen. Das ist für Sie viel effektiver und Sie gewinnen gleich Sicherheit. Also rufen Sie an, wir kommen auch gerne dann auch zu Ihnen zum Autohaus". Dies empfand ich als eine für mich gute Lösung. Ich hatte nicht sofort Termine und über den Autokauf denke ich ja erst langsam nach. Mit dem Geld brauchte ich vielleicht sogar keinen Kredit von der Bank.

Latifa ließ mich fast dreißig Minuten warten. Sie kam schlecht aus dem Büro raus und zudem dichten Verkehr, Rashauer eben, wie jeden Tag im Zentrum. Sie hätte auch anrufen können, wir hätten den Termin dann verschoben, hätten, hätten. Da war Sie, wir freuten uns aufeinander, einen Kuss auf den Mund bestätigte unsere Zuneigung, aber die Öffentlichkeit, also noch zwei Wangenküsschen. Hierauf verständigten wir uns zunächst, denn die Öffentlichkeit Kolumbiens ist nicht soweit wie Europa, zudem hat der Klerus auch noch seine erzkonservative Meinung, wie von fünfhundert Jahren, es wäre nicht akzeptabel Homosexualität offen auszuleben. Die lateinamerikanischen Wertevorstellungen haben noch keinen globalen, weltoffenen Standard erreicht.
Es gab von uns zwei gegenseitig viel zu erzählen.

Also gingen wir zu einem Bistro im Park und setzten uns etwas abseits, um nicht im Mittelpunkt zu stehen und auf uns aufmerksam zu machen.

Latifa brachte mir zwei CDs vom neuem Team mit, ich sollte, sofern es mir möglich wäre diese einmal anschauen. Es war zum einen das globale Marketingkonzept des Konzerns für Europa und zum anderen ein erster Arbeitsplanentwurf für das Team und alle fünf Mitarbeiter.

Zum Abschluss übergab mir Latifa die Einladung zum 1. Meeting zu diesem Thema, Montag, 11:30 p.m. in der Zentrale, Zimmer 587, dazu brachte sie mir einen Firmenausweis und einen Namensanhänger mit Scanncod. Somit war ich im Dienst angekommen, willkommen im Team!

Der Verlust ihrer einstigen Liebe hatte Latifa scheinbar innerhalb weniger Tage überwunden. Sie gab freiwillig zu, es war wegen mir. Für sie ist unser Verhältnis mehr als nur Sympathie. Unser Liebesabend war nicht nur ein Alkohohlausrutscher, sie denke schon lange an mich, und nun immer mehr an mich und sucht immer meine Nähe und wenn es nur ein Telefongespräch sei. Wir hielten unsere Hände fest, denn ich bestätigte ihr auch mein Gefühl zu ihr. Aber ich sprach auch von meinen Gedanken zu Enrice und Simon.

Simon war lange Gegenstand der Berichterstattung und meiner Freude auf unser erstes Treffen morgen. Latifa gab keinen spürbaren Anlass auf Eifersucht zu meinen Gedanken zu meinen zwei Männern, im Gegenteil, sie wünschte mir einen angenehmen Treff. Es war spät, Latifa hatte Hunger und lud mich noch zu ihr in die Wohnung ein. Per U-Bahn zwei Stationen und schon waren wir da. Sie bewohnte mit Ihrer Mutter eine Etagenwohnung, hatte aber einen eigenen Bereich mit zwei Zimmern und einer kleinen Toilette mit Dusche. Ihre Mutter begrüßte mich herzlich, so, als ob sie mich schon lange kennt. Wir aßen eine Kleinigkeit, Mutters Hausmannskost, Reis mit Huhn und Karotten, leider war die Cola warm und Alkohol, ein Glas Wein schlug ich aus.

Wir küssten uns innig und berührten unsere Brüste, streichelten unseren Körper, aber nicht mehr. Es war schön und spät, ich rückte meine Kleidung zurecht, wir verabschiedeten uns artig, bis Samstag, meine Einladung mit Alicia und Latifa stand ja schon fest, bye.

Mittwoch: Nach meinem Bankweg und dem Kopiershop ging ich mit Enrices Buch fröhlich nach Hause. Auf dem Rückweg entdeckte ich noch einige kleine Läden, die meiner Aufmerksamkeit bisher entgangen waren. Ein Hauswirtschaftsbüro fiel mir besonders auf und ich war erstaunt über meine Entscheidungsfreudigkeit. Ich ging hin und bestellte eine Putzfrau. Das erste Mal, dass ich mir Luxus gönnte. Eine Putzfrau haben nur reiche, das war bisher meine Philosophie, jetzt gehörte ich zu den allseitig verhassten Menschen ging mir auf dem Heimweg durch den Kopf, aber dann überwog die Freude, vielleicht als etwas Gerechtigkeit für meine Strapazen der letzten Monate. Ich habe es einfach gemacht und war stolz auf mich.

Aber ich habe Wert darauf gelegt, dass es immer die gleiche Mitarbeiterin ist, sie soll etwas älter sein, Familie haben und auch eine farbige Frau, der Chef lächelte, freute sich aber auch über meine Wünsche und dann wollte ich mit der Frau, wenn sie sich persönlich vorstellte, Zeit und Tag mit ihr persönlich besprechen. Am späten Nachmittag klingelte und eine sichtbar nette Frau und stellte sich vor. Bei einer Tasse Tee, von mir als neuen Arbeitgeber gekocht und serviert, besprachen wir alle Einzelheiten. Die Frau freute sich und ich brauchte vor allem nicht mehr Staub wischen, denn das war mir von Kindheit her eine lästige Tätigkeit.

Ich rief gleich danach Dorle, Latifa und Alicia an. Während meine Schwester zu meiner Faulheit freundlich gratulierte und mich bat, ich solle die Frau dann immer gleich zu ihr schicken, aber bitte dann jeden Tag,

freuten sich Latifa und vor allem Alicia. Ein schöner Abend neigte sich zu Ende, ich las noch Enrices Buchzusammenfassung im Bett und nahm mir vor, das Buch von Beginn an zu lesen.
Ich muss wohl während des Lesens des Evangeliums des Tages, bzw. des Betens zur Nacht eingeschlafen sein...

Donnerstag: Meine Erinnerungen per Pinntürwand wurden von mir Stück für Stück abgearbeitet. Zumindest soweit keine Änderungen anstehen, wie heute. Dorle rief an: „Buenes dias Marta, da du eine Putzfrau jetzt hast, kann ich dich heute auch mit dem Weg zum Friedhof entlasten. Juan möchte heute zum Friedhof fahren und da fahren wir alle hin, da wir mit Juans Eltern zum Essen verabredet sind. Also, meine Liebe Schwester, du hast heute frei", lachte und legte auf. Ich konnte nicht einmal „Danke" und „Viel Spaß" sagen, sie war merklich in Eile, naja bei drei Kindern und einem hektischen Ehemann, dachte ich.

So beschäftigte ich mich mit dem Lesen der zwei CDs. Einmal das Marketingkonzept des Konzerns, es war vertraulich und wäre sicher für jeden Energiekonkurrenten, oder Mitbewerber interessant gewesen, dabei gehe ich davon aus, dass einige Dokumente fehlten, denn ich erkannte geschwärzte Stellen. Ich konzentrierte mich auf den Diskussionsentwurf zum Arbeitsplan. Hier sah ich mich schon eingebunden in die praktische Arbeit. Ich machte mir einige Notizen und schrieb meine Fragen auf, damit ich gut vorbereitet bin. Laut Arbeitsplan wollten wir Analysen zusammenstellen wie derzeit die voneinander länderspezifischen Konzepte betrieben werden in drei Regionen; Südamerika, Mittelamerika und speziell Kolumbien. Als einen zweiten Schritt sollte die Wirksamkeit des neuen Konzeptes innerhalb der europäischen Union in Deutschland, Großbritannien, einschl. Irland und in der Konzernzentrale Madrid studiert werden. Dann als dritter Schritt, die Konzepterarbeitung für Lateinamerika bis hin dann ein Masterplan zur Einführung.

Die Zeitdauer war bis zur kompletten Umsetzung auf 12 Monate angesetzt. Wenn ich das Ablaufschema richtig verstanden habe, bedeutet dies auch Auslandsaufenthalte, vielleicht 2 Monate innerhalb Lateinamerika, dann 2 Monate in Europa, also ich war im Geschehen mittendrin, von wegen noch einen Monat verkürzte Arbeitszeit, aber ich wollte ja!

Noch während ich mich intensiv meinem neuen Job widmete, klingelte das Handy, Latifa war an der Strippe: „Hola Marta, schön, dass ich dich erreiche. Pass auf, nur wenn sich die Gelegenheit anbieten sollte beim Dad mit deinem Makler, frage ihn, ob er mich als Kunde aufnehmen würde." „Wieso, was ist los mit deiner, bzw. eurer Wohnung"? „Nein, nein, eigentlich nur so eine Idee, gestern sprach Mama mit mir. Ihr Bruder will zurück nach Bogota, er ist allein, er hat keine Kinder und seine Frau starb vor Jahren. Er lebte bisher auf einer Rinderranch im Süden, hier war, oder ist er Mitinhaber, aber er kann altershalber nicht mehr so wie vor Jahren, er ist wohl an die achtzig Jahre. Mama sucht für ihn schon längere Zeit eine kleine Wohnung in unserem Quartier, aber bisher ohne Erfolg.
Mama will ihn aber in ihrer Nähe haben, schon allein, um ihm im Haushalt zu helfen und zudem hat sie dann auch eine Abwechslung. So hatte ich gedacht, wenn ich was für mich finde, dann könnte der Onkel in unsere, bzw. in mein bisheriges Reich ziehen und irgendwann muss ich mich ohnehin verselbständigen, vielleicht in deiner Nähe, Marta, wie siehst du das?" „Ja, ich denke, den Kontakt herzustellen sollte kein Problem sein. Ich erstatte dir ohnehin heute Abend Bericht, denn deine Neugier kenne ich schon ein wenig, Besus u hasta pronto Latifa.

Langsam machte ich mich zurecht und schlenderte verträumt durch die Straßen, sah mir Auslagen an und an einem Eisverkäufer traf ich eine Freundin von Dorle. Sie erkannte mich fast nicht, ich musste erst auf mich aufmerksam machen. Sie wohnte auch unweit des Zentrums und war mit ihrer zwölfjährigen Tochter beim Logopäden, denn ihre Sylvia hatte bei der Geburt einen leichten Spalt am Gaumen, der erst spät operiert werden konnte und dies bewirkte Sprachstörungen. Wir plauderten eine Weile, bis ich auf die Uhr schaute, oh, ich muss mich beeilen. Wie es sich für eine Frau gehört, war ich einige Minuten später vor dem Gartenrestaurant und wurde von hinten angesprochen. „Hola, ich freue mich, dass sie meine Einladung angenommen haben, Buenes dias, ich bin Simon." „Oh ja, ich freue mich und danke für die ungewöhnliche Einladung meines Maklers, ich bin Marta, meinen Namen kennen sie ja aus dem Vertrag, während ich, einen mir völlig unbekannten Mann, vor mir habe." Wir lachten, vereinbarten das gegenseitige „DU" und er führte mich zu einem Tisch, wo schon sieben langstielige Chrysanthemen lagen und auf mich warteten, es war offensichtlich, er gehört der alten Schule der Aristokratie, an. Wir erzählten, jeder von sich, ich von meiner Jugend, des Internatsaufenthaltes in der Schweiz und nun noch mein letztes Jahr in meiner Unternehmenszentrale in Europa.

Als er von sich und seiner Arbeit im Familienunternehmen sprach, bot es sich an, Latifas Anliegen an den Fachmann zu bringen. Es wolle sich gleich kümmern, brachte aber den Hinweis, dass er in der Firma nicht meinen Stadtteil bearbeitete, sondern sein Vater. Sie haben sich die Stadtteile aufgeteilt. Es war reiner, nein glücklicher Zufall, dass es mich bediente, dass sein Vater am besagten Tag zu einer Physiotherapie musste und er ihn vertrat. Wir mussten lachen, da er nach meinem ersten Erscheinen im Büro seinen Vater überreden musste meinen Fall abzutreten: „ Du musst wissen, dass mein Papa auch eine Frau sucht, unsere Mutter verstarb vor einigen Monaten, sie hatte sich lange mit einem bösartigen Brustkrebs herumplagen müssen, Gott habe sie selig. So hat Papa immer ein Auge auf Kundinnen, Mieter und Vermieterinnen und denen, die am Fenster unseres Büros vorbei gehen. Er hat dich auch schon beäugt als du das 2. Mal bei mir im Büro warst. Er ist kein Kostverächter, will ich dir sagen."

Wir lachten herzhaft und ich erwiderte: „Na vielleicht habe ich etwas verpasst."
„Marta, du bist eine sehr schöne und intelligente Frau, ich möchte dich wieder treffen, wenn du möchtest, ich möchte dich kennenlernen. Vielleicht hast du Interesse, dass wir uns ein wenig die Bogota Kultur näher bringen, es gibt sicher viele Ideen, von uns beiden, wenn wir wollen." „Ja, zunächst einen Dank für die schönen Stunden heute. Das Essen und der Wein waren sehr gut, nochmals meinen Dank. Ich habe es genossen, habe lange nicht so gelacht, es war angenehm. Gern möchte ich auch, dass wir uns wieder einmal treffen, nur bin ich jetzt beruflich stark angebunden und muss mit Auslandsaufenthalten rechnen. Trotzdem sollten wir miteinander telefonieren. Auch habe ich, wie du weißt, eine wohnungssuchende Freundin, der ich mich dann und wann widmen muss, dann meine Schwester, nein, sollte ein Scherz sein."   Er war vorbereitet, gab dem Kellner ein Zeichen, unterschrieb die Quittung und führte mich raus zu einem Auto der Firma. „Max fährt dich zu dir nach Hause, einen schönen Abend, gracias und buenes noches Marta, hasta pronto," gab mir zwei Wangenküsschen und ließ mich ins Auto einsteigen, gab mir die Blumen in die Hand, ich konnte ihm gar nicht die Hand geben. Wir winkten uns noch freundlich zu und Max fuhr los.
„Ich danke Ihnen für das Fahren, wieso heißen sie Max, Max ist doch ein typischer deutscher Vorname?" Ja mein Großvater ist ein Deutscher, hieß auch noch Müller, mehr Deutsch ging nicht, er blieb nach dem zweiten Weltkrieg in Kolumbien, unsere weibliche Rasse hatte es ihm angetan und mein Vater angelte sich auch eine deutsche Frau. Bei uns wird auch etwas Deutsch gesprochen und viel Bier getrunken." „Und, haben sie auch eine deutsche Frau?" „Nein, noch nicht, ich habe noch etwas Zeit, spare etwas Geld, wer weiß, vielleicht besuche ich einmal Deutschland, wir werden sehen, ihnen eine Buenes noches." Ich war gut zu Hause angekommen.

Schuhe ausziehen, ich hatte eine Blase, wie immer bei neuen Schuhen. Ich ärgerte mich über mich selbst, dass ich die neuen Schuhe heute anzog, ohne dass ich sie einen Tag zu Hause trug. Mein Papa hatte immer sein Geheimrezept, das er auch stets anwandte, er pinkelte auf das neue Leder an den Fersen der Schuhe. Es half augenscheinlich. Selbst meine Schwester tut dies noch heute, nur ich denke daran, wenn die Blase da ist, ich Kamel, beschimpfte ich mich, duschte kurz, putzte mir die Zähne und legte mich telefonierend aufs Bett. Eine SMS war da, von wem? Von Simon: „Gracias für den wundervollen Abend mit einer tollen Frau, schlaf gut, Simon."

„Hi, Latifa, hast du schon geschlafen?" „Nein meine Liebe, ich liege im Bett und denke an unsere Küsse, willst du mehr wissen?" „Nein, sei ruhig, ich will dir nur sagen, dass es ein schöner Abend war, gutes Essen, guter Wein, netter und intelligenter Mann der alten Schule, er kümmert sich um ein Wohnungsangebot für meine Freundin. Er fragte kaufen oder mieten, klar mieten. Er ist vielleicht etwas verliebt, er will mich wieder treffen, er wird anrufen, habe Blumen geschenkt bekommen, halt, muss ich noch ins Wasser stellen. Ich habe kein Gefühl, um mit ihm ins Bett zu wollen. Ich möchte mich jetzt von dir streicheln lassen, Kuss, bis Freitag, bin sehr müde, muss schlafen, buenes noches, mein Schatz." „Auch gute Nacht, vergiss die Blumen nicht, habe dich lieb, Besus."

Freitag: „Hola, Marta, kannst du noch etwas warten, ich habe noch eine Patientin, in ca. dreißig Minuten bin ich fertig. Meine Sprechstundenschwester ist schon nach Hause, deshalb bin ich allein, bis gleich, hier die neuen Zeitungen", sprach sie und verschwand im Behandlungszimmer.

Ich lese gerade die „Bogota Gazette" und mir fällt das Beiblatt, Fahndungsfoto auf, mir stockt der Atem. Es ist ein großformatiger Abdruck der dreißig wichtigsten Verbrecher des Landes.

Gleich in der zweiten Reihe sehe ich das Gesicht von Pablo der 1., so nannten alle den stellvertretenden Anführer meiner Rebellen und dann noch das Foto vom Österreicher, Che der 2., so wurde er genannt, weil er sich einen Bart hat wachsen lassen wie der argentinische Freiheitskämpfer Che, Ernesto Guevara, der in Kuba kämpfte und dann in Bolivien starb. Im Plakat waren die richtigen Namen, Geburtsdatum, der bekannte Ruf- oder Deckname und das Verbrechen. Bei einigen, wie auch bei Pablo und Che, stand Rebelleneinheit und Massenmörder. Als Massenmörder musste man mindestens drei Menschen nachweislich getötet haben, das hatte ich einmal gehört. Die anderen Gesichter kannte ich nicht, es waren Mörder, Vergewaltiger, Brandstifter, Entführer.
Pablo, war ein Schwein, brutal, er tötete allein in meinem Beisein drei Menschen. Einmal wollte sich ein Mitglied der Bande absetzen, er hatte von seiner Familie eine Information erhalten, dass, wenn er sich stellt, er eine milde Strafe erhält, dann quasi amnestiert wird. Daraufhin wollte er mit einem zweiten Mann aussteigen und zurück. Pablo lief alle Leute zusammen, vielleicht vierzig Kämpfer und fragte, wer noch aussteigen wolle. Keiner wollte, im Gegenteil, alle wollten lieber heute als morgen kämpfen. Einige waren nur ungehalten, dass sie das Nichtstun verrückt mache.
Pablo fragte nochmals die zwei Aussteiger, ob sie nicht doch bleiben wollen. Als sie bei ihrer Meinung blieben, erschoss er alle zwei ohne Vorwarnung. Ich sehe sie noch heute den einen aus dem Kopf blutüberströmt zusammen brechen. Der andere sackte in sich zusammen und blieb regungslos liegen, er war wohl ins Herz getroffen worden. Zwei männliche Geiseln mussten ein Grab schaufeln und sie somit beerdigen. Am gleichen Tag gab es Alkohol und wir Frauen mussten sich fügen, ich wurde an diesem Tag drei Mal genommen. Dies war sicher der kulturelle Beitrag, für diejenigen, denen es zu langsam ging mit dem Kampfgeschehen. Den zwei Erschossenen wurden jeweils noch das rechte Ohr abgeschnitten, im Umschlag mit

Namen versehen und bei den verschiedenen Lagerwechsel an Bäumen sichtbar hinterlegt, dort wo man damit rechnete, dass Regierungseinheiten vorbeikommen würden. Es sollte eine Warnung an alle Abtrünnigen sein. Später hielt es eine Frau nicht mehr aus, sie war bestialisch vergewaltigt worden, schrie entsetzlich laut und entfachte ein ziemlich großes Feuer, einen Tag vorher überflog unsere Gegend, zwar in einem Abstand, aber doch für viele bedrohlich nahe. Jetzt das Feuer. Das war Anlass das Lager zu wechseln. Das Feuer wurde gelöscht. Alle lodernden Holzreste kamen auf einen Haufen, die Frau wurde von Pablo in den Kopf geschossen und die Leiche ins Feuer geworfen. Es war ein zweites, unmissverständliches Zeichen für alle Geiseln und vielleicht einige Kämpfer, sich bedingungslos unterzuordnen.

Che war an sich ein netter Mann. Er hatte Familie, lebte in Graz, einer schönen Stadt in Österreich. Der Kinderwagen mit seinen einjährigen Zwillingen wurde von einem Lastauto überfahren. Das Auto hielt nicht an. Es war ein Ukrainer, er wurde gefasst. Kurze Zeit später hatte ihn seine Frau mit einem anderen Mann betrogen und wollte die Scheidung. Da drehte er durch, machte einen Plan. Er klaute den Pass seines Cousins, beschaffte sich eine Waffe und am Tage der Gerichtsverhandlung erschoss er im Gerichtsaal den Ukrainer und seine anwesende Frau und hat sich so bis hierher durchgeschlagen. Er sagte mir, dass er ohnehin nichts zu verlieren hat, er war mit manchem nicht einverstanden, akzeptierte aber die Regeln, war im Sinne eines Buchhalters tätig und für die Beschaffung von Lebensmittel, Arzneien und allem sonstigen Bedarf, außer Waffen, zuständig. Er wurde respektiert, war studierter Lehrer, sprach neben seiner deutschen Muttersprache inzwischen ein ziemlich gutes Spanisch.

„Marta, was ist mit dir?" Ich schreckte auf. „Nein, nein, ich war nur in Gedanken, ich sah zwei Mitglieder der Rebellen, hier in der Zeitung, da gingen mir einige Episoden durch den Kopf."

„Komm ins Zimmer, mein Patient ist weg, wir sind allein und wir haben Zeit, bis Latifa uns abholt, denn, wenn auch du die Einladende bist, hatte sie sich ja für die Organisation, einschließlich Transport angeboten, jetzt verlassen wir uns auf sie."
Ich nickte nur.

„Ja Marta, ich weiß von der Versicherung, die Therapiestunden werden von der Kasse nicht mehr übernommen. Auch die für heute müsstest du schon selber finanzieren. Aber wir haben heute keine Therapie, wir haben heute Frauenklatsch, einverstanden?" „Ja natürlich, ich habe mich jetzt zusätzlich privat versichert und bei akuten Problemen wird dies dann, zumindest bei einem vertretbaren Eigenanteil von dieser Versicherung übernommen."
„Ich denke so, Marta, wir sind ja inzwischen mehr als Therapeut und Patient, wenn du Probleme hast, ist meine Tür und mein Telefon, sei es in der Praxis oder bei mir privat zu Hause immer offen, bzw. eingeschaltet. Ich denke wir sind Freundinnen und haben Vertrauen.
Therapiert brauchst du nicht mehr zu werden. Du schaffst den Alltag, aber, bitte, bitte überschätze deine jetzigen Kräfte nicht, Stress kannst du in den nächsten Monaten nicht, noch nicht gebrauchen. Hier musst du dich selber erkennen und deine Aktivitäten auf ein für dich gesundes Maß reduzieren, heißt, du musst Selbstdisziplin üben."
Nachdem ich Alicia den Ablauf der letzten Woche wiedergab und meine Vorbereitungen auf den Job ab Montag, sagte sie:
„Da war dein eigener Plan sehr abwechslungsreif mit vielen häuslichen Ruhzeiten, wo du dich um dich allein gekümmert hast.
Das ist gut, aber sobald du das Gefühl hast, es wird zeitlich eng und du kannst deinen Plan A nicht mehr erfüllen, weil aus diesem Plan Aufgaben oder Ereignisse den Plan sprengen, mach keinen Plan B. Setzt dich dann hin und überlege, welche der

geplanten Aktivitäten herausgenommen werden können, um die verbleibenden zu erfüllen, nicht anders. Der alte Plan A ist deine Kraft und deine Möglichkeit, also bleibe dabei, nimm dies bitte von einer Ärztin und Freundin ernst, bitte, o.k.? Ach ja, was geht dir im Kopf herum zu den zwei Typen aus deiner Zeit im Busch."

Mit „Busch" bezeichnen wir seit der 1. Stunde unseres Kontaktes, die Zeit ab Stunde Null bis zur Befreiungsaktion. Busch sind fast acht Monate Gefangenschaft und Demütigung. „Ja, Alicia, mir geht alles recht realistisch, fast gefühllos, fast ohne Wut durch den Kopf, vielleicht ein Ergebnis deiner Kopfwäsche. Und wenn du dies hier fragst, fällt mit deine Idee wieder ein, vielleicht schreibe ich wirklich alles Mal auf."

„Prima".

Wir unterhielten uns noch über meine Männeraktivitäten, allerdings mit dem Problem, dass ich keinerlei Regung, keinerlei Gefühl empfinde, angefasst werden zu wollen. Weder von Enrice, noch von Simon, wobei es hier ja auch noch nicht die Frage im Raum stand. „Marta, ich denke, dass dieser Prozess in deinem Kopf Zeit braucht sich zu entwickeln. Körperlich ist alles in Ordnung, wie ich denke?" „Ja, keinerlei Probleme, meine Menstruationstermine sind stabil, allerdings gehöre ich zu den Frauen mit dem 30- tägigen Zyklus, aber alles ist gut."

„Auch das Kinderkriegen ist noch nicht zu spät, alle im guten Job stehenden Frauen bekommen später Kinder und bis du vierzig bis, hast du noch Zeit, die Lust, das Gefühl und den dazu notwendigen Mann zu finden!",

Wir lachten und Alicia erzählte von ihrer Familie und vor allem von Sophie, die mich ins Herz geschlossen hat. Das T-Shirt mit dem Aufdruck meines Profilfotos aus dem Kopiershop hat es ihr angetan. Die Kinder im Kindergarten, auch das Personal fragten nach dem Namen der Sängerin auf dem Shirt, da ja auch das Autogramm von mir sehr echt ausschaut. Jeden Tag muss es gewaschen werden, Alicia würde bald verrückt, sagte sie lachend.

Latifa platzte in das Lachen herein und fragte, ob sie was verpasst hat, ja sagten wir, wir haben gerade über sie gesprochen…, jetzt wo sie da ist, wäre nun unser Lachen vergangen.
Latifa drohte uns nur und nun ging es zu unserem Ausflug auf einem kleinen Seedampfer, oder wie das Geschoss heißt. Es war eine gute Idee. Ich war schon jahrelang nicht mehr auf einem Ausflugsdampfer. Während wir so schipperten, ließen wir es uns gut gehen, Essen, Trinken, Tratschen und Lachen, ein wunderschöner Nachmittag. Nur ein Telefonat störte uns im Frauenplausch, Dorle rief an und sagte das für morgen geplante Picknick ab. Ihr jüngster Sohn hatte Scharlach und nun ist Familienquarantäne angesagt, also ich soll auch auf jegliche Besuchsidee für die nächsten zwei Wochen bei ihnen verzichten. Auch das Handy soll ich nach dem Gesprächsende gut desinfizieren, vielleicht…, lachende Genesungswünsche.

Am frühen Abend legte unser Dampfer am Kai an, ich zahlte die Zeche. Alicia wurde von Ihrer Familie abgeholt und ich fuhr mit Latifa zu meiner Wohnung, wir wollten noch ein bisschen zusammen sein, außerdem ist morgen Samstag, kein Plan, denn das Picknick hat Scharlach. Unterwegs mussten wir eine Station früher aussteigen, Latifa wollte noch etwas für ihre Mutter abholen.
Kaum waren wir allein in meiner Wohnung fielen wir uns um den Hals und küssten uns innig.
Wir konnten uns kaum lösen, denn ich genoss das Verschlingen Latifas Zunge in meinem Mund.
Ein Handyzeichen war zu hören, eine SMS von Simon.
„Hola Marta, wenn du Zeit hast, rufe mich doch an, egal ob heute noch oder morgen, liebe Grüße, besus, Simon".

Ich rief gleich an und auch Latifa war neugierig Simons Stimme zu hören.

„Hi Simon, danke für deine SMS, ich bin gerade nach Hause gekommen, ich war mit zwei Freundinnen auf dem Dampfer, habe meinen Ausstand vom Urlaub gegeben, Mädchennachmittag, denn Montag ruft der Job, habe ich dir ja schon erzählt. Eine meiner Freundinnen ist auch bei mir jetzt, wir lassen den Tag ausklingen."
„ Da will ich euch nicht lange stören, aber noch zwei Dinge loswerden.
Kommendes Wochenende ist ein Konzert von Joe Cocker im Stadion, kann ich dich einladen? Würde mich freuen, halt, ich könnte auch 3 Karten besorgen, wenn vielleicht deine Freundin mitgehen möchte, frage sie doch einfach."
Natürlich wollte Latifa mit, ich bejahte freudig.
„Marta, ist das deine Freundin zwecks Wohnung?" „Ja, sie steht neugierig neben mir." „Stell auf Lautsprecher, Buenes dias, zwecks Wohnung das Folgende: In dem Wohnquartier, wo Marta wohnt haben wir relativ wenig Wohnungen zur Miete. Die Eigentümer ziehen selten um und es wird wenig frei, weder um sie zu verkaufen noch zu vermieten. Also, eine kleine Wohnung können wir leider nicht anbieten, aber im Norden des Zentrums haben wir zwei Möglichkeiten, eine komplette möblierte Wohnung, 60 Quadratmeter, 2 Zimmer, Bad, Küche und eine leere Wohnung, gleiche Größe, aber die Küche ist eingerichtet, ohne Balkon, dafür zwei französischen Fenster zur Straße zu. Soll ich mal die Unterlagen als Mail senden?
Ach Marta, übrigens, die ganze Etagenwohnung direkt unter dir wird zum ersten Oktober frei, also in einem Monat. Das Ehepaar siedelt um und geht zurück nach London, die Frau arbeitet als Professorin an der Universität und der Mann ist Schriftsteller, vielleicht kennst du das Ehepaar, haben keine Kinder. Aber die Wohnung ist riesig, über hundert Quadratmeter mit zwei kompletten Bädern und zusätzlich einer Gästetoilette, zwei Balkone, ach du kannst dir diese Wohnung gut vorstellen, wohnst ja darüber." Wir sahen uns neugierig an und instinktiv sagte ich zu Simon.

„Simon, wenn du dir schon die Mühe machst mit dem mailen der zwei Wohnungen im Norden, kannst du uns nicht den Grundriss dazu legen von der Wohnung im Haus hier, vielleicht auch noch den Mietpreis?"
Kein Problem vielleicht noch heute Abend, aber eher morgen Vormittag, weil unser Büro schon geschlossen hat und ich erst bei meinem Vater wühlen muss.
Also, dann bis bald. Zum Konzert sage ich noch genau Bescheid, vielleicht rufst du an, wenn du deinen ersten Arbeitstag hinter dir hast, bin neugierig. Hast du den Lautsprecher aus? Ich möchte dir einen kleinen Kuss auf das Handy legen, bye."

Wir waren beide happy, einmal wegen der Konzertkarten und dann zu dritt, toll. Dann aber unausgesprochen, die Idee mit der frei werdenden Wohnung bei mir im Haus. Dieses Thema kam nicht über unsere Lippen, wohl aber die Idee, dass Latifa bei mir über Nacht bleibt und wir den Samstag zusammen verbringen.
Latifa rief noch ihre Mutter an, meldete sich ab und informierte die Mutter, dass sie sich zwei kleine Wohnungen für sich anschauen wird im Norden der Stadt, in ein, zwei Wochen sollte alles o.k. sein.

Wir hatten unsere Zeit ganz für uns allein. Bis Mitternacht unterhielten wir uns über meinen neuen Job und meine Erwartungen dazu. Eine SMS von Simon informierte über die drei Wohnungsexposees, die nun doch erst morgen Vormittag kommen können, mit einem Kuss für die Nacht.

Freitag Nacht: In der Weinflasche waren noch genau zwei Gläser drin und dann nur noch ein wenig Rest. Wir gähnten, ein untrügliches, nicht ausgesprochenes Zeichen, wir wollen nur noch uns. Ich ging ins Bad, legte Handtücher heraus, ließ Wasser in die Wanne. „Latifa, du kannst schon baden, ich räume noch auf und komme dann duschen."
„O. k., muss noch vorher Pipi machen."

Und schon verschwand Latifa im Bad, ihre Blase musste wohl schon drücken. Ich stellte die wenigen Utensilien weg, überlegte, was ich zum Schlafen zurecht legen muss, zweites Bett, aber ich ließ einfach alles so, wie es war, zog mich aus und betrat das Bad. Latifa lag im Schaumbad und gab mir ein Zeichen, ich solle ihr einen Kuss geben, was ich auch machte, aber etwas schüchtern, weil ich nicht genau wusste, was dann folgen würde.

Dieser Kuss war so innig, dass es keine Frage gab, ob ich duschte oder nicht, ich legte mich, Latifa gegenüber, in die Wanne. Wir strahlten uns glücklich an.

Das Wasser war für mich als Neuankömmling sehr heiß, ich musste mich an die Hitze erst gewöhnen, blieb ganz ruhig liegen, um mich zu akklimatisieren. Latifas Beine lagen rechts und links an meinem Körper. Ganz langsam, vorsichtig und gefühlvoll kamen ihre Füße höher und näher an meine Brüste. Ihr linker Fuß umkreiste meinen Nippel. Beide standen abrupt steif nach oben und als ich zu Latifas Brust schaute, sah ich nur die Spitzen ihrer Nippel kerzengerade aus dem Wasser ragen, bzw. über die Schaumkrone hinausragen. Ein irrer erotischer Anblick für mich. Ich ließ mich etwas tiefer ins Wasser rutschen, nahm ihren anderen Fuß in meine Hand und leitete ihn zu meinem Gesicht, um an den Fußspitzen zu knabbern. Wir waren wie elektrisiert aufgeladen und wollten immer mehr von uns beiden. Latifa kam mit Ihrer Hand an meine Schamlippen und befühlte sie genussvoll. Ich hielt meine Augen geschlossen, beide atmeten wir tief. Ich saugte an allen ihrer Zehen, wir waren verrückt aufeinander.

Keiner wollte aus dem Wasser heraus. Es war kühler geworden und wir ließen heißes Wasser nachlaufen und kamen so etwas mit unseren Gefühlen herunter.

Latifa fragte: „Sag einmal, hast du schon das Gefühl, oder die Lust auf Simon, oder Enrice, mit ihnen Geschlechtsverkehr machen zu wollen?" „Das ist eigenartig, ich denke oft daran und stelle mir die Frage, warum das eigentlich nicht so ist.

Nein, ich habe Angst vor einen solchen intimen Kontakt mit einem Mann. Alicia sagte heute zu diesem Thema, dass dieser Prozess noch Monate Zeit braucht, aber ganz natürlich zurückkommt. Sie machte mir sogar Mut, dass ich auch noch zu Kindern komme. Ich solle nur Geduld mit mir selber haben. Ja, ich denke oft daran". „Wie ist es bei dir Latifa, hattest du vor deinem Verhältnis zu einer Frau Verkehr mit Männern?" „Nein, noch nie, meine Entjungferung habe ich mir selber gemacht, eine Freundin gab mir ein Dildo, den ich mir hinein schob und war tierisch erschrocken über das Blut, wollte gleich zum Arzt. Aber die Freundin sagte, dass dies völlig normal ist. Aber ich würde auch einmal mit einem Mann zusammen sein wollen, würde mich aber anstellen wie ein kleines unschuldiges Mädchen. Mal sehen, was die Zukunft bringt, ich hatte bisher nur Gefühle zu meiner Freundin und nun zu dir" „ Ja Latifa, ich habe Angst vor dem Angefasst werden von einem Mann, ich stelle mir immer schmutzige stinkende und brutale Kerle vor und vor dem Einführen, ja davor habe ich Angst, denke an körperliche Schmerzen, bin aber zuversichtlich, dass sich diese Blockade im Kopf einmal löst, vielleicht bei den beiden, zumindest bei einem von beiden. Aber immer der Reihe nach, jetzt möchte ich nur mit dir zusammen sein."

Latifa fragte: „Wie ist das bei uns, wenn wir uns zärtlich nahe sind?" „Das ist wunderschön, die Nähe und die Wärme, das Vertrauen. Deine zärtlichen Hände, deine Küsse, ich habe schon wieder Sehnsucht danach, komm lass uns abtrocknen, ich denke ein Bett für uns gemeinsam reicht, komm."

Im Bett angekuschelt liegend, nur schummriges Licht einer Straßenreklame drang durch die Fensterlamellen, küsste mich Latifa am Hals und leckte mich mit der Zunge langsam an mir herunter gleitend an beiden Brüsten wechselseitig. Ich merkte schon mein Kribbeln im Bauch und empfand meinen Scheidensaft, der sich um meine Schamlippen sammelt. Ich rief: "Latifa, ich halt es nicht mehr lange aus, komm dreh dich herum ich möchte dich lecken, bitte ich möchte von dir gevögelt werden, komm mit deinem Finger in mich herein, bitte, komm."

Latifa drehte sich und fasste unter das Bett und hatte ein in Geschenkpapier eingepacktes Präsent: „Komm pack es aus, ich habe es für uns beide heute gekauft, für unsere Liebe, komm pack aus." Mit zittrigen Händen hielt einen langen Dildo in der Hand. Ich kannte dies nur aus für mich schmutzigen Werbepapieren. „Marta, es ist ein doppelter Dildo, für uns zwei gemeinsam." Sie kniete vor mir, hob ihren schönen Körper und schob, mit schon einigen für mich erkennbaren Erfahrungen den Dildo in ihre Scheide und kam damit näher zu mit heran, bis sie langsam behutsam den anderen Teil in meine übernasse Grotte einführte. Ich hatte meine Augen geschlossen und atmete tief, ich wartete auf einen Schmerz, oder auf das was ich fühlte. Es war wunderschön. Langsam bewegte sie Ihren Unterkörper über mir. Es war ein beglückendes Gefühl. Ich fasste Ihre Hüften an und passte mich ihrem Rhythmus an, dann im Gegenteil, ich wollte mehr, ich wollte schneller, ich konnte mich nicht mehr halten und bäumte mich zitternd mehrmals auf. Ich hatte einen wohltuenden Orgasmus. Ich war wohl auch laut, ich sackte in mich zusammen, vernahm nur, wie Latifa den Dildo vorsichtig aus mir und ihr herauszog und mich trocken leckte. Nach geraumer Zeit schlug ich die Augen auf und wir sahen uns glücklich in die Augen. „Latifa, noch einen Augenblick, ich möchte dir danken für deine Liebe, aber ich möchte jetzt auch dir einen Orgasmus schenken." Marta, es war für mich auch wunderschön, ich kenne mich, einen Orgasmus bekomme ich jetzt nicht mehr, ich bin aber verrückt nach dir, ich möchte dich nur schmecken. Bitte gib mir deinen Urin, ja ich bin vielleicht wirklich verrückt, vielleicht auch pervers, aber ich habe so ein Verlangen in dieser Situation, bitte komm, lass mich, schäm dich nicht. Ich raffte meine am Boden liegende Bettdecke und schob sie unter mich, setzte mich mit auf Latifas Brust, die ihrerseits die Augen geschlossen hielt, mit Ihren Lippen und der Zunge

kam sie lechzend an meine Scheide heran um auf das Nass zu warten. Ich brauchte eine geraume Zeit um meine Hemmschwelle zu überwinden, aber als dann der Punkt da war, konnte ich meinen Strahl nicht anhalten. Es ging auch deshalb nicht, weil sich Latifa an meine Schamlippen ansaugte und alles Nass in sich herein saugte, nur wenig Urin floss auf die Decke.
Wir waren fertig, ausgelaugt vor Liebe, liefen beide schnell ins Bad, Latifa hatte inzwischen Brechreiz und belegte Toilette und Waschbecken, während ich mich unter der Dusche wohl und auch wieder sauber fühlte. Nach einigen Minuten kam sie zu mir unter die Dusche und unsere Körper waren uns wieder nahe. Wir trockneten uns ab, brachten das Schlafzimmer in Ordnung, die Decke lag schon in der Waschmaschine. Wir sprachen kein Wort mehr, gaben uns einen Gutenachtkuss. Wir schliefen schnell ein. In Gedanken betete ich für mich zu Gott und wusste nicht meine Liebe zu einer Frau als Sünde oder als Normalität einzuordnen.

Es war fast Samstagmittag, als wir in der Küche standen und uns einen Brunch zauberten und dann auf dem Balkon in Bademänteln gehüllt aßen. Wir sahen uns an, lachten uns zu, ohne auch nur ein Wort über die vergangene Nacht zu verlieren. Der lange Dildo war schon lange wieder in der Tasche von Latifa verschwunden, so, wie er gekommen war.

Samstag: Mein Handy surrte, eine Sms von Simon: „Buenes dias Marta, ein wunderschönes Wochenende. Ich bin mit meinem Vater zum Segeln gefahren, wir schlafen auf unserem Boot, wir kommen erst morgen Abend zurück. Hast du die Mail schon gesehen? Besus Simon.» Der Drucker arbeitete, ich hatte schon wieder Angst, dass die grade neu eingesetzte Tonerpatrone den Druck nicht überlebt. Aber er hat, er hat nur zu viel ausgedruckt, wir wollten nur die Grundrisse der Wohnung unter uns. Frauen und Technik, obwohl ich mich als PC- Genie einschätzte.

Die Wohnung im Sinne einer Wohngemeinschaft zu nutzen war fast optimal. Man betrat einen riesigen Raum mit offener amerikanischer Küche. Das Haus war sicher vor einigen Jahren auch im Inneren saniert worden, zumindest diese Etagenwohnung. Von diesem Raum gelangte man in die Gästetoilette, dann in die zwei Räume mit jeweils separaten Bädern und noch einen Raum.

Wir schmiedeten einen Plan, ohne darüber gesprochen zu haben, dass wir zusammen ziehen wollen. Den großen Raum sollte der großzügige gemeinsame Wohn- und Essbereich sein. Die jeweiligen Zimmer natürlich Privatbereich von uns beiden. Auf den noch verbleibenden Raum legte ich meine Hand, denn hier würde ich mir mein Arbeitszimmer einrichten und für die Nutzung durch Schlafgäste von unseren jeweiligen Besuchern, egal wer. Unser Brunch war am Nachmittag fertig und unser Plan des gemeinsam zusammen wohnen Wollens auch. Aber die Kosten? Ich überschlug den Mietpreis, mit dem Mietmobiliar meiner jetzigen Wohnung, einigen wenigen Zukäufen. So hätte ich vielleicht 100 $ mehr zahlen müssen als derzeit und Latifa vielleicht 150 $ weniger als ich. Sie verdiente weniger als ich, aber sie war Feuer und Flamme, wollte noch mit ihrer Mama und dem Onkel sprechen, gleich morgen am Sonntag und dann könnten wir uns entscheiden. Juristisch wollte ich aber einen sauberen Vertrag, der alle Eventualitäten regelt, man kann nicht in die Zukunft sehen, so sehr wir auch uns aufeinander und die Gemeinsamkeit freuten.

Der Zufall wollte es so, ich brachte Latifa nach unten zur Haustür, sie wollte nach Hause, hatte auch noch ihrer Mama zu helfen und dann über die Wohnung sprechen, etc. Das Ehepaar kam gerade die Treppe herauf und wir begegneten uns auf dem Absatz, grüßten und dabei kam mir die Idee, das Ehepaar zwecks Wohnung anzusprechen. Da sie den Gruß Buenes dias beantworteten mit good dag, sprach ich sie englisch an, dass wir erfahren haben…und das in einigen Wochen ihre Wohnung frei würde und wir Interesse zur Anmietung hätten…usw.

Nach wenigen Minuten tranken wir englischen Tee, aßen englische Plätzchen und besichtigten die Wohnung, die nur zum Teil von beiden genutzt wurde. Die Wohnung war in einem sehr guten Zustand, die Küche modern eingerichtet, kurz und gut, wir waren noch begeisterter als per Papiergrundriss. Von meinem Englisch und meinen europäischen Kenntnissen waren sie ihrerseits sehr angetan, sodass ich sie zu mir am Abend zu einem Glas Wein einlud.
Latifa bekam alles brühwarm von mir übersetzt und machte sich glücklich auf den Weg nach Hause.

Ich verbrachte mit dem Ehepaar einen angenehmen Abend und wir versprachen uns, wenn auch nur noch 4 Wochen Zeit ist, dass wir uns kommende Woche bei Ihnen abends treffen, ich war an seiner schriftstellerischen Arbeit interessiert.

Sonntag: Am Vormittag ging ich eine Stunde vor der Messe zur Kirche, ich wollte noch zur Beichte. Es war mir sehr wichtig, insbesondere der Lebensweise betreffs des Verhältnisses zu und mit Latifa. Ich erzählte dem Pad're, dass ich mir eine Familie suche, bzw. eine Familie gründen möchte. Durch gebeichtete und vergebene grausame Lebensumstände, habe ich es sehr schwer den Mann für das gemeinsame Leben zu finden, bin aber ehrlichen Herzens dabei. Der Pad're unterbrach mich und sagte unverblümt, „Du bist sicher auch vergewaltigt worden, gegen deinen Willen", mein tränenreiches Nicken und Seufzen verstand er als eine Bestätigung seiner Frage. Auch sprach ich von meiner ersten Beichte nahe dem Camp, kurz nach meiner Befreiung. Nun berichtete ich zu dem Verhältnis zu Latifa und sagte ihm, dass ich unsicher bin, der Lüge Gott gegenüber. Der Pad're sagte nur: „Mein Kind, wichtig ist dein Wunsch und dein Ziel nach einer Familie. Wenn dieser Weg dazu nicht aufgehalten wird durch diese Beziehung, so ist dein Weg rechtens und frei von Sünde. Mache dich selber rein, bete in der Messe zu Gott, sprich mit ihm und freue dich auf dein Ziel.

Komm bald wieder, lebst du in der Nähe unserer Kirche?"

„Ja, ich bin zugezogen und das ist jetzt hier meine Kirche." „Wir treffen uns dann oft, geh hin in Frieden, Gott segne dich, im Namen des Vaters und des Sohnes und des Heiligen Geistes, gehe hin in Frieden".
Ich antwortete mit „Amen" und ging in die Bankreihe zur Messe. Ich wollte heute zur Heiligen Kommunion gehen und mit dem Segen Gottes sein Laib essen.
Es war eine schöne Messe, ein zweiter Pad're war zugegen und zwölf Messdiener, in weißen Gewändern, dazu kam noch ein Gospelchor aus den chilenischen Anden, er in Bogota gerade zu mehreren Konzerten gastierte, war zu Gast in unserer Kirchengemeinde. Ich war froh die Hostie empfangen zu haben, ich fühlte mich von einer unsichtbaren Last befreit.
Nach der Messe nahm ich noch einen Flyer der Chilenen mit, wegen der Termine ihrer Auftritte. Ich nahm mir vor, zu einem Konzert zu gehen.
Während ich vor der Kirche ausgehangene Informationen las, bauten zwei Gospelsänger Tisch und Stühle auf, um ihre CDs und Poster anzubieten, verkauften aber auch Eintrittskarten zu den noch 3 ausstehenden Konzerten am Montag, Mittwoch und Samstag. Zum Samstag gab es ja schon die Einladung von Simon, morgen, zum Montag, gleich am ersten Arbeitstag wollte ich nicht gleich gehen, so blieb der Mittwoch. Kurz entschlossen kaufte ich zwei Karten in der Annahme, eine Karte Simon anzubieten, oder falls nicht möglich, dann Latifa eine solche mitzunehmen.

Diesen Tag verbrachte ich in Ruhe und Gelassenheit allein zu Hause. Ich erkundigte mich bei der Scharlachfamilie um deren Zustand. Dorle sagte, dass inzwischen alle drei Kinder mit juckenden, roten Pickeln im Haus für ein Chaos sorgen. „Wir haben nur Angst, dass sich eventuell Juan anstecken könnte, denn weder er noch seine Mutter sind sich sicher, ob er nicht auch als Kind Scharlach hatte, ganz zu schweigen, ob er geimpft wurde", jammerte Dorle. Impfungen waren nicht gerade im abgelegenen Tiefland Kolumbien an der Tagesordnung. Juan zog erst vor wohl 12 Jahren, ein Jahr vor der Hochzeit mit Dorle nach Bogota, durch den Job in einer Stahlbaufirma, wovon dann ein Reeder einige Leute abwarb. So kam Juan zur See und die zeitlichen Entbehrungen werden aufgehoben durch den guten Lohn und den besseren Lebensstandard für die Familie, was ich Dorle von Herzen wünschte. Zudem ist wohl Juan ein Familienmensch, er scheint auch treu zu sein.

Am Nachmittag meldete sich Latifa mit einer für uns freudigen Entscheidung: „Bitte sprich mit deinem Simon, ob er uns die Wohnung vermieten kann, mit allen vertraglichen Klarheiten, so wie abgesprochen, bitte. Mein Onkel zahlt an meine Mama den Mietanteil, den ich bisher aufbrachte und, stell dir vor, auch die Hälfte der Miete, die ich hier zu zahlen habe. Ist das nicht toll. Da habe ich mich aber gefreut. Der Onkel hat viel Geld aus seinem verkauften Ranchanteil und so wird es selbst meiner Mama insgesamt besser gehen. Wir haben heute Mittag, noch vor dem Abflug eine Flasche Champagner darauf getrunken. Wir waren ja beim Onkel eingeladen zu einem Abschiedgrillfest auf der Ranch. Mir ist noch heute schlecht von der vielen Fresserei, mir tut der Bauch jetzt noch weh. Übrigens, mich hat ein Cowboy den ganzen Abend angehimmelt, er sah in seiner Reiterkluft aus wie Clonis Bruder. Er ist ein Spanier, war Stierkämpfer, aber dieser Beruf stirbt in Spanien aus und zudem ist
es auch gefährlich. Sell dir vor, der Stier nimmt ihn an der falsche Stelle mit den Hörnern", wir lachten schallend. „Er will mal Bogota und mich besuchen, ich habe gesagt, aber nicht in seinem stinkenden Rinderoutfit".
„Ja, Latifa, toll, ich werde heute Abend oder dann morgen den Kontakt aufnehmen zu Simon, danach sehen wir weiter, aber alles ist doch toll,

fast zu toll für unseren gemeinsamen Anfang, wo ist der Haken, denn alle glücklichen Dinge haben meistens einen Haken." Quatsch, Marta, such keine Haken, such den Schlüssel zur Wohnung, da hast du genug zu suchen. So mein Liebling, du fehlst mir, bis bald, Besus." „Du mir auch, besus Latifa, grüße deine Mama von mir."

Am späten Nachmittag wählte ich die Nummer von Simon, nur so, vielleicht... Er meldete sich sofort: „Oh, Marta, das ist aber wohl Gedankenübertragung." „Wieso?" „Ja ich wollte jetzt auch anrufen, wir sind schon früher hier losgefahren, denn das Wetter schlug um, Regen, Regen, Regen, da hatten wir auch keine Lust mehr zu warten. Ich bin seit einer Stunde zu Hause, habe meine Klamotten gerichtet, bzw. zum Trocknen aufgehängt, damit sie nicht stocken, sonst meckert meine Tante, sie ist hier unser lieber Hausdrachen, kümmert sich liebevoll um unsere Männerwirtschaft, wird aber dafür gut bezahlt. Wie geht es dir Marta?"
„Mir geht es gut. Ich wollte dich fragen, ob du etwas Zeit hast in dieser Woche für mich, vielleicht Mittwoch, um gleich konkret zu werden."
„Ja natürlich, sehr gerne, heißt natürlich wann, aber ich habe am Tag einen Termin, muss aber erst sehen, wann der Termin ist." Nein, nicht am Tag, vielleicht später Nachmittag?"
„Ja, da habe ich Zeit für dich, freue mich darauf." „Also Simon, für 9:00 p.m. habe ich zwei Karten für ein Gospelkonzert in meiner Kirche. Es ist eine gute Truppe aus Chile, habe sie schon bei der Messe heute Morgen gehört, würdest du mitgehen?" „Ja, klar, danke." „Schön, aber ich habe auch ein Anliegen, möchte mit dir eine Variante zum Thema Wohnungsanmietung besprechen. Wäre es dir recht, wenn du zu einem Espresso zu mir kommst, vielleicht gegen 7:00, dann könnten wir sprechen und anschließend zum Konzert laufen, ist nicht weit." „Ja, dein Plan ist gut, ich komme gerne, soll ich noch etwas betreffs Wohnungsinformationen mitbringen?"

„Nein, bringe nur dich mit, freue mich auch, bis Mittwochabend, bye, bye."

„Hi, Latifa, schnell die Information, am Mittwoch treffe ich Simon. Er kommt zu mir, wir besprechen das Thema Wohnung und dann schleppe ich ihn mit in meine Kirche um die Ecke. Hier habe ich heute Vormittag auf Verdacht zwei Karten gekauft." „Oh prima, aber ich brauch doch nicht dabei zu sein, denn mittwochs gehe ich immer zum Fitnesstanz, gleich nach Büroschluss." „Nein, diese Woche wird für mich ohnehin aufregend und ich muss erst den morgigen Tag hinter mich bringen, noch einen schönen Abend, besus, besus."
„Mach dich wegen der Arbeit nicht fertig, bleib einfach cool, so wie Alicia es sagte, bis bald, auch besus, besus, hab dich lieb."

Ich konnte lange nicht einschlafen, mir gingen alle Dinge dieser Welt durch den Kopf: das Meeting morgen, Latifas Schönheit, ihre Küsse und ihre Verrücktheit, Simon- toller Kerl, freue mich auf Mittwoch, und die neue Wohnung mit zwei Frauen, was will ich, bin ich wirklich zu einer Lesbe geworden, ich will doch Kinder, eine Familie, mit vielleicht Simon, was mache ich mit Enrice, was und wann schreibe ich ihm, ..???

*

Mit Simon, oder bin ich doch Hetero?

Mit einem flauen Gefühl stand ich einige Minuten vor der Zeit an der Eingangstür zum angegeben Raum. Eilig kam mir Latifas Chef, der kleine Personalmann, hatte den Namen vergessen, auf mich zu, begrüßte mich. Er stellte mich im Raum den schon wartenden vier anderen Leuten vom Team vor. Er machte das sehr cool. „Seniorat Marta ist seit einem Jahr in unserem Konzern tätig", ich dachte was kommt jetzt, mein Herz flatterte,

„Allerdings haben wir sie abstellen müssen, nein dürfen, für eine staatliche, eine, leider sehr vertrauliche Aufgabe, sie ist ein Sprachentalent, nur berichten darf sie nicht, also ein Jahr ausgeklinkt und jetzt hier, willkommen im Team."

Wir gaben uns alle die Hand, nahmen Platz, Kaffee- und Teekannen standen zu Benutzung in Griffweite und Carlo, der Teamchef nahm das Heft des Handelns in die Hand und mein kleiner Personalmann verließ grüßend den Raum, der Job hatte mich übernommen. Ich war jetzt ruhig und etwas cool, ich arbeitete.

Die Teamarbeit war aufgeteilt in drei gleichberechtigte Fachkräfte, ich eingeschlossen, dann Carlo, unser Teamchef und Lisa, eine nette, gestandene Frau, eine studierte Buchhalterin, auch Mädchen für alles, Koordinator, Ansprechpartner und Teamorganisator. Wir arbeiten von zu Hause, aber montags, mittwochs und freitags sind feste Meetingtermine im gleichen Raum, stets 11:00 a. m. bis jeweils open end. Tägliche Erreichbarkeit per online in der Zeit zwischen 9:00 a. m. und 7:00 Uhr p. m. dazu erhielten wir vorbereitete Technik, Satellitentelefon, i-Pod und einen speziellen Laptop, lets go! Der erste regelmäßige Meetingtermin ist kommender Montag, also mein privater Mittwochsplan geht auf. Ich habe mir in dieser Woche einen eigenen Arbeitsplan mit eigenen ersten Gedanken zu Zeiträumen und Arbeitsabläufen, einschl. möglicher Aufenthalte in Zentrallateinamerika, in Chile und Mexico und betreffs Europa bin ich für Deutschland und Großbritannien avisiert.

Also mein Job hatte jetzt klare Strukturen und ich freute mich. Carlo wollte mich noch kurz beim Verabschieden sprechen um mir zu sagen, dass ich mir den ersten Monat zeitmäßig einteilen kann, da ich noch zwei Wochen Urlaub aufteilen kann, es steht mir frei, aber es wäre nett, wen ich für ihn erreichbar bliebe und an den Meetings teilnehme, wobei mein Thema dann zeitmäßig immer vorgezogen wird.

Was mir auffiel war, dass unser Chef Carlo wert darauf legte zu sagen, dass er keine privaten Kontakte zwischen den Teammitgliedern wünsche und wenn etwas Kulturelles ansteht, das für das Team wichtig ist, spricht er es mit uns durch.
Also, für mich war alles im grünen Bereich, ich war froh, ich stand nach meinem Universitätsabschluss zum ersten Mal im Berufsleben.

*

Es klingelt, Simon steht vor der Tür. Er sieht gut, sportlich, elegant gekleidet aus, ich
freue mich, wir lächeln uns an, Küsschen, alles, ohne ein Wort zu sagen.
„Hola, danke für die Einladung und einen kleinen Blumengruß für dich. Du siehst wunderschön aus Marta, wie geht's?"
Während er zu mir spricht, die Wohnung betritt, seine Schuhe auszieht, übergibt er mir noch einen großen Blumenstrauß, stellt eine Flasche Wein und eine Schachtel Pralinen auf den Tisch, ich bin verdattert, mein Puls ist sicher hoch, ich fühle mich aufgeregt wie ein Schulmädchen.
„ Ja, Simon, du bist der erste männliche Besuch in meiner kleinen Wohnung, an sich ist es ja wohl deine Wohnung." „Nein, nein, wir vertreten nur den Eigentümer. Er hat einige Häuser hier in Bogota, die wir für ihn managen." „Darf ich dir ein Espresso anbieten und dazu habe ich den Grund von deinen Pralinen zu naschen, ich habe nur kleines Gebäck."
Genüsslich trinken wir unseren Espresso, er nippt dazu am Wasserglas und erbittet einen Korkenzieher und zwei Weingläser, die ich ihm bringe. „Marta, zunächst zu deinem Anliegen betreffs der Wohnung. Ich bin da schon neugierig, warum umziehen, die anderen zwei Wohnungen sind nicht größer und dazu in einem nicht so elegantem Stadtteil, oder..."
Ich unterbreche ihn und erkläre ihm unser Vorhaben. „Simon. Ich bin fremd hier, habe jetzt einen interessanten Job, der mich

auch etwas finanziell besser stellt. Meine Freundin Latifa sucht eine Wohnung und so bietet sich gerade diese Wohnung an, zudem man sich auch hier gut abgrenzen kann. Jedoch möchten wir klare, juristisch saubere Mietverträge, geteilt, nach Zimmer und Quadratmeter und was man sonst noch berücksichtigen muss, ich habe keine solchen juristischen Erfahrungen, kannst du helfen?" „Natürlich helfe ich dir gern, ich bereite dir, bzw. euch entsprechende Verträge im Entwurf vor und dann sollten wir alles gemeinsam im Büro besprechen.
Aber es geht nur so: Du oder deine Freundin, also eine Person tritt als alleiniger Mieter der Wohnung auf mit der Freiheit einer Untervermietung. Du schließt dann einen Untermietvertrag ab, der alle Einzelheiten regelt. Du gibst unserem Büro die Vollmacht in deinem Namen zu agieren. Das ist eine saubere Lösung und ihr habt keinen Stress untereinander, der in solchen Konstellationen nicht ausgeschlossen ist, einverstanden, oder ihr überlegt es euch noch." „Nein, so machen wir es, danke. Können wir darauf anstoßen?"

Wie stießen mit dem Wein an, dazu standen wir auf und es kam, wie es kommen musste, wir stellten die Gläser an, er nahm meinen Kopf mit seinen Händen und wir küssten uns ganz vorsichtig, fast behutsam auf den Mund, es war getan. Ich hatte das Gefühl, das uns beiden ein Stein vom Herzen gefallen war. Wir freuten uns beide und unterhielten uns, als ob wir uns schon lange kennen würden, uns aber längere Zeit nicht gesehen haben. Wir mussten uns am Schluss noch beeilen rechtzeitig zum Konzert in der Kirche zu sein, bekamen dadurch nur in den letzten Bankreihen unseren Platz. Das Konzert war sehr schön, aber wenn ich ehrlich bin, war ich mehr bei Simon, als bei den Gospelsongs. Mitten im Konzert faste er meine Hand kurz an, es war für mich eine vertrauliche Geste voller Sympathie.

Wir schlenderten nach Hause, kehrten aber noch in einer Taverne ein. Ich bestellte mir ein Eisbecher und Simon wollte ein Glas Bier trinken.

„Marta, begann Simon, ich möchte dich ernsthaft kennenlernen und will kein Spiel, ich will, dass du zu mir Vertrauen aufbauen kannst und ich zu dir. Ich war vom ersten Augenblick von dir angetan und ich denke viel an dich, möchte dich auch nicht bedrängen, möchte dir nur sagen, dass ich es bin, der dabei ist, sich in dich zu verlieben. Wir sehen uns ja am Samstag zum Konzert, da lerne ich ja auch deine Latifa kennen, ich freue mich wirklich." „Ich auch Simon und nochmals Danke für deine Komplimente. Schau mich erst einmal richtig an, ich bin spindeldünn und jetzt dabei etwas an Gewicht aufzulegen, du siehst ja die Sahne auf dem Eis."

„Marta, ich habe eine Frage, du braust sie auch nicht beantworten wenn es dir vielleicht peinlich ist. Du sagtest, dass du letztes Jahr in Europa warst, diese Trinistelle und jetzt hier nach Bogota gezogen bist zum Energiekonzern. Mein Papa hat dein Passbild auf der Mieterakte, die Kopie vom Führerschein, gesehen und mir ins Gesicht gesagt, dass er die hübsche Frau irgendwo her kennt. Er hat sogar einige Vorgänge aus dem Vorjahr vorgekramt, aber ohne Erfolg, es ließ ihn nicht los, zumal ich wohl zu sehr vor ihm von dir geschwärmt habe." So langsam trat wohl Schweiß auf meine Stirn und musste diese zweimal abwischen, gab mich aber interessiert, versuchte cool zu bleiben, denn ich ahnte etwas. „Dann plötzlich, er hat ein enormes Menschengedächtnis. Er holte aus dem Internet von deinem Konzern eine Dokumentation des Rebellenüberfall dar ARC- Leute heraus mit allen betroffenen Mitarbeitern von damals. Alle Fotos waren veröffentlicht. Hier sah er dich, oder eine Frau mit großer Ähnlichkeit. Dann war eine Meldung in der Presse von einer Befreiungsaktion der Regierung. Hier waren nur Angaben zu den Verlusten und den befreiten Geiseln, darunter nur eine überlebende Frau. Marta, bist du es?"
Meine Tränen rannen nur so über mein Gesicht, ich war dem Schluchzen nahe und bat, dass wir gehen wollen, was er sofort verstand, Geld auf den Tisch legte und mich im Gehen in den Arm nahm und leise sagte:

„Marta, verzeih meine offene Frage, ich will dich nicht verlieren, ich möchte dich, bitte lass mich dein Freund, vielleicht später mehr sein, bitte, ich habe dich sehr gern."
Bis zu meiner Haustür sprachen wir nicht, ich fühlte nur seine mich stark fest haltende Hand.
Vor der Haustür hatte ich mich soweit in der Gewalt, dass ich ihm antwortete: „Simon, du bist der erste Mensch, der davon weiß, außer bestimmte Behörden. Ich verlass mich darauf, dass kein Mensch davon erfährt, kein Mensch, bitte sprich auch nicht mit deinem Vater, ich verlass mich darauf. Wenn dir wirklich etwas an mir liegt, dann gib mir Zeit.
Bitte zu keiner Person ein Zeichen. Die Presse, oder die ARC, ich müsste Spießruten laufen und um mein Leben fürchten. Simon, gib mir die Zeit, die ich brauche, um darüber sprechen zu können. Ich bin am Anfang ein normales, unauffälliges Leben zu führen und am Beginn eine furchtbare Zeit aufzuarbeiten, bzw. zu vergessen, vielleicht kannst du mir dabei als Freund helfen."
„Verlass dich auf mich, ich stehe an deiner Seite", sagte Simon und küsste meine Wange. „Danke für den Abend, sei nicht böse wegen meiner Rektion, ich freue mich auf Samstag, du holst uns doch ab, Latifa ist dann schon bei mir, wenn etwas ist, rufe ich an, buenes noches, Simon".
Mit etwas zittrigen Knien ging ich die zwei Treppen hoch, schloss mich ein, und überlegte Alicia anzurufen, aber es war schon zu spät. Da ich morgen zu Hause arbeitete, konnte ich ja ausschlafen. Aber gerade vor dem Schlafen hatte ich Angst, Angst, nicht einschlafen zu können. Aber für den Fall hatte mir ja Alicia Tabletten gegeben. Ich nahm eine, stellte mir noch eine Flasche Wasser ans Bett, betete lange zu Gott. Es half, ich musste eingeschlafen sein, denn ohne Traum wachte ich kurz vor 9:00 auf. Mein neues Job- Handy stellte ich an. Ich war erreichbar.

Lange, fast den ganzen Tag beschäftigte mich die Person Simon, ich war in ihn verliebt, wünschte seine Nähe, seinen Atem, seine

Hand an meiner Schulter. Seine Stimme war mir vertraut. Ich konnte mir noch kein sexuelles Gefühl vorstellen, ich hatte nur platonische Gedanken. Ich wollte ihn haben, haben aber ohne mit Ihm zu schlafen. Ich führte mit Alicia ein längeres Telefonat, beichtete meine Gedanken und sie erinnerte mich an ihre Worte und sagte nur: „Marta, du bist auf dem richtigen Weg, vielleicht ist dein Simon in der Lage, deine Blockade schneller zu lösen, als wenn du alleine darauf wartest. Er arbeitet bestimmt schon an deiner Blockade, pass jetzt auf, dass es eventuell nicht zu schnell geht, bis bald, habe einen Patienten jetzt, ich melde mich, besus." Wir lachten und legten auf.

*

Ich schrecke auf, muss mich finden und bin heil froh in meinem Bett zu sitzen, erkenne die leuchtenden Umrisse, der an die Decke strahlenden Uhrzeit. Es ist, 2:02, mitten in der Nacht.
Ich überlege, was soll ich tun? Ich bin schweißnass, das Nachthemd klebt an meinem Körper. Ich habe noch Ekel von dem Traum, auch Angst ist dabei, mich einfach wieder zu legen und weiter zu träumen, ein Horror.
Ich fasse Mut, stehe auf, lasse Wasser in die Wanne, werfe mein Nachthemd auf den, auf dem Balkon stehenden Korbsessel, nehme ein neues Hemd aus dem Schrank und laufe aus dem Wohnzimmer, Richtung Bad, denke noch darüber nach, nehme ich mir noch die Wasserflasche mit?
Ich fühle mich wohl im warmen Wasser und schlage mit den Fingern, die viel zu spät ins Wasser gegebene Seife, zu Schaum, dies solange, bis ich meinen Körper nicht mehr sehe. Ich schaue auf das, mir gegenüber hängende Poster einer vergrößerten Orchideenpflanze, eine Paphiopedilum und mir geht der Traum durch den Kopf, jetzt aber nicht mehr mit Angst verbunden, ich fühle mich sicher.
Iwan, so wurde er nur gerufen, ein Russe, der mit Fiedel Castro und Che in Kuba kämpfte, den dann Che nicht mit nach

Bolivien nehmen wollte, kam ins Frauenhaus und schrie im gebrochenem, sehr harten spanisch- russischen Ton: „Marta, in einer Stunde sollst du bei Pablo im Zelt sein, wasch dich aber vorher", dazu seine schallend lachende sarkastische Art, mich schauderte, mir schlotterten die Knie. Ich kannte Pablo, ich wusste wie er sein konnte, aber auch wie er unberechenbar war, wenn er sich ärgerte, ich hatte riesige Angst.

Nach dem letzten Mal war ich fast eine Woche krank, hatte starke Unterleibschmerzen und ich war an einer Schamlippe eingerissen und der Riss war beängstigend, bezogen auf meinen ohnehin geschwächten zustand.

Ich dachte nicht nach, ich lief einfach aus dem Camp, nur weg hier, egal wohin, nur weg.

Ich muss stundenlang gelaufen sein, ich weiß es nicht mehr, jedenfalls sah ich vor mir auf einer Lichtung wunderschöne Blumen, von einem schräg über die Lichtung ragendem Ast rankten sich wunderschöne Orchideen, weiße Blütenblätter mit bläulichen heraus schimmernden Fühlern. Diesen Augenblick, das Bild, was sich vor mir bot, prägte sich für mich ein. Es sah alles so unschuldig aus, ich dachte an meine Kindheit im Elternhaus und bedauerte, dass sie diesen Anblick nicht mit mir teilen konnten. Jedoch wurde ich hier aus den Gedanken schnell mit der Wirklichkeit gerissen. Es war meine pure Ausweglosigkeit, der ich mich ausgesetzt hatte. Die Angst an sich spürte ich mit der darin verbundenen Frage, werde ich nur ausgepeitscht, erschossen oder schneidet man mir meine Kehle durch.

Jetzt, als ich mich umsah, kam aber auch die Angst dazu, ich wusste auch nicht, wo lang ich laufen muss, um zurück zum Lager zu finden. Diese Angst wurde aber je gestoppt, als ich Rufe meines Namens vernahm. Carlo und Evelyne riefen meinen Namen und ich war froh, froh, dass es die beiden waren und nicht die Soldaten. Ich antwortete und hatte keine Wahl, musste mich Ihnen anvertrauen und den Grund nennen. Es fiel im Lager, im Frauenhaus auf, das ich nicht da war.

Von Pablos Verlangen wussten sie nichts, denn der musste plötzlich zu einem Treffen unser Camp verlassen. Trotzdem war mein Verschwinden bekannt geworden und man schickte die beiden, um mich zu finden, mein Glück. Es waren noch die gemäßigsten Leute in meinem Umfeld, Che sowieso, denn mit ihm hatte ich oft Gespräche geführt und Evelyne war für das Frauenhaus verantwortlich. Sie gehörte den Rebellen an, in ihr hatte sich Hass gesammelt, als von den Regierungssoldaten bei einer Razzia, die komplette Familie ausgelöscht wurde, so sagt sie es zumindest. Jetzt ist es ihr Beitrag, gegen die Regierung zu kämpfen, trotzdem war sie immer das Sprachrohr für die Frauen, im Rahmen ihrer eingeschränkten Möglichkeit als Frau. Sie wusste auch von meiner Angst vor Pablo, insbesondere mit der Wunde, die sie mir mit Kräutersubtanzen auch heilte.

So erfand man für mich eine Ausrede, in dem Pablo nach einer Schlage suchte, eine Würgeschlange auch fand, sie mit der Machete tötete und wir diese ins Lager schleppten. Hier staunte man nicht schlecht, ich war plötzlich ein kleiner Held. Die Schlange wurde gehäutet, ausgenommen und zum Grillen vorbereitet.

*

Das Wasser kühlte langsam ab, ich rieb mich mit Frottee ab, war munter wie ein Fisch und zum Schlafen, trotz der Nachtzeit, brachte ich es nicht. Aus dem geöffneten Fenster vernahm ich das Lärmen der Straßenreinigungsmaschine und das Singen einiger, nach Haus kommender junger Leute, vielleicht aus einem Nightclub, vielleicht.

So setzte ich mich an den Schreibschrank und arbeitete am Dienstcomputer, legte aber nach kurzer Zeit die Arbeit zur Seite und hatte plötzlich Lust an Enrice zu schreiben.

„Hola, lieber Enrice,
du wirst es fast nicht glauben, denn es ist ja nicht normal, nachts um 3:00 Uhr a.m., frisch gebadet einen Brief an einem Mann nach Spanien, an dich, zu schreiben.
Aber es ist so. Nach einem Traum, aus der traurigen Vergangenheit, war ich aufgeschreckt und musste erst durch ein Bad wieder zu mir finden. Ich kann nun nicht mehr schlafen und wenn du den Computer anstellst, kannst du diesen Brief lesen.
Nach drei Wochen meines Stillschweigens nun dieser Brief. Ich hatte mir vorgenommen, Dir erst dann zu schreiben, wenn ich einen Punkt in meinem neuem Leben gefunden habe, der mir sagt, wo ich stehe, wer ich bin und was ich will.
Noch weiß ich keine Antwort auf alle meine Fragen. Aber eines weiß ich, ich will wieder leben und ich habe ein Ziel, ich möchte eine Familie!
Nun, nach der Lebenspause, der Erholungsphase habe ich seit einigen Tagen den neuen Job angetreten und freue mich auf meine Arbeit. Dieser Job ist sehr anspruchsvoll und die Messlatte der Ergebniserwartung ist sehr, sehr hoch. Aber ich will!

Diese Aufgabe ist im ersten Jahr verbunden mit umfangreichen Auslandsreisen. So werde ich mit großer Sicherheit einige Wochen, vielleicht zwei Monate in Europa sein an Standorten in Deutschland, London, Belfast und auch Madrid.

Ich habe lange überlegt, dich hier zu mir einzuladen, um uns zu treffen, uns zu sehen und um zu sprechen. Sprechen, wo beginnen, an welchem Punkt Enrice?
Dein Punkt, um mit mir sprechen zu können muss an der Stelle fortgesetzt werden, wo wir vereinbarten, dass jeder von uns prüft, wo eine kirchliche Trauung stattfinden soll. Ja, das Standesamt hier hatte schon alle Dokumente und ich hatte auch mit dem Pfarrer meines Heimatortes, zwei Tage vor dem Unglück, nennen wir es bitte so, gesprochen.

Aber darüber gerade kann ich noch nicht sprechen. Ich weiß nicht, ob du es verstehen kannst, Enrice, ich meide derzeit jeden persönlichen Umgang mit Männern, ich habe panische Angst und nur meine Therapeutin und meine Freundin Latifa helfen mir, mich auf den Pfand des realistischen Lebens zurechtfinden zu können.
Ich empfinde nicht, noch nicht die Vertrautheit, die Wärme und Nähe zu dir, es ist heute sicher ein großer Fortschritt, wenn ich meine derzeitigen Gefühle versuche zu beschreiben.
Unsere jähe Trennung ist jetzt ein Jahr her. Zwölf lange Monate und ich werde noch Monate brauchen um mich zu Recht zu finden und um Gefühle leben und Liebe geben zu können.
Ich bin heute in der Lage dir zu schreiben, dir zu sagen, dass du, wenn du eine andere Frau kennst, kennen lernst, nicht Rücksicht auf mich nehmen sollst. Bitte lebe Dein Leben so, wie es dir möglich ist, auch unter dem Gedanken, dass es mich nicht geben würde.
Vielleicht liest es sich verrückt. Ich weiß, vor einem Jahr wäre ich dir vor Eifersucht an die Kehle gesprungen, wenn bloß die Idee einer möglichen anderen Frau im Raum gestanden hätte. Nein heute ist es anders, ich bin (noch?) anders, ich bin derzeit für dich eine unnahbare Freundin, nicht mehr. Ich kann nicht von Liebe sprechen, weil ich noch nicht weiß, was das ist. Du würdest mich in keiner Weise kränken, wenn du von einer anderen Frau sprechen würdest.

Ich kann auch heute erst so sprechen und mich dir gegenüber so ausdrücken.

Ich habe lange so überlegt, was zu tun sei, sollst du kommen, oder nicht. Aber es wäre sicher schlimm geworden, denn nicht einmal küssen hätte ich mich lassen, nicht küssen, einen Mann, der einen liebt, wo wir kurz vor der Vermählung standen und über Familienplanung sprachen, nein es wäre ein Fiasko gewesen und vielleicht sogar der endgültige Bruch, ohne Chance.

Wenn ich aber in einigen Monaten für längere Zeit in Europa bin, können wir uns neu kennenlernen, beginnend auf neutralem Boden. Dann wird sich zeigen, ob wir eine gemeinsame Chance für ein Leben haben.

Aber bis dahin möchte ich, dass wir, jeder von uns sein Leben ohne den anderen versucht zu führen, Enrice, noch tut eine Trennung von dir mir nicht weh!
Dein derzeitiges Gefühl zu mir vermag ich nicht einzuschätzen. Dies ist auch im Moment für mich egal, ich kann nicht anders, aber ich will eine Last von deinen Schultern nehmen. Sieh in mir eine Frau, die derzeit eine Freundin ist, weit entfernt lebt und irgendwann zu Besuch, zu einem ersten Treffen kommt. Jede andere Frau ist vielleicht glücklich dich kennenlernen zu können, solch eine Chance solltest du dir nicht entgehen lassen.
Lebe dein Leben jetzt weiter ohne mich, jetzt bewusst ohne mich und sei so egoistisch, lebe es für dich, wie gesagt, es tut mit jetzt nicht weh, noch nicht weh...

Vielleicht muss ich meine Therapeutin zu dir nach Tarifa schicken. Bei mir erkennt sie Fortschritte auf den Weg zur normalen Gefühlswelt, aber der Weg ist weit, wenn auch das Licht im Tunnel schon zu erkennen ist.

Wenn ich jetzt vom Licht schreibe, merke ich, dass in Bogota der Tag begonnen hat, zumindest die Sonne zeigt sich und in sieben Stunden wird sie Spanien erreicht haben, vielleicht mit einem Gruß von mir in Form dieser Mail.

Ich bete jetzt auf eine gute Zeit, dass uns Gott den Weg zeigt und uns beschützt. Der Papst Benedikt war ja jetzt zum Weltjugendtreffen in Madrid, hattest du Gelegenheit ihn zu sehen, oder wenigstens zu hören?

Lieber Enrice, lass von dir hören und vielleicht bis bald, besus Marta."

*

Im Konzert, oder bin ich vielleicht doch bi?

Das Konzert war mit dem alternden Cocker gefiel uns allen dreien sehr gut. Es war toll, wie er mit seiner rauchigen Stimme die Leute mitnehmen kann. Von den hüftenschwingenden Stehbewegungen hatte ich schon Schmerzen. Latifa hatte einem anderen Gast fast seinen Hut angezündet mit dem armschwingenden Feuerzeug. Es war ein, für uns alle und den tausenden anderen Besuchern ein Erlebnis. Mit einem Wangenküsschen bedankten wir uns beide für die Einladung. Latifa zauberte eine Flasche Champagner aus der Tasche, dazu drei Sektkelche aus Plaste, wo wir erst die Füße zusammenstecken mussten, wir lachten und freuten uns über diesen angenehmen Gag.

Simon hatte alles wieder toll organisiert, nicht weit vom Konzertort war ein Tisch für uns bestellt und der laue Abend konnte so gut und gemeinschaftlich ausklingen. Die schon während des Konzertes getrunkene Flasche hatte etwas Röte auf unsere Wangen gezaubert. Latifa und Simon waren sich auch sympathisch, denn sie scherzten, als ob sie sich schon lange Kennen würden.
Der Wohnungstausch war schon perfekt, zumindest mündlich. Zu diesem Thema gab es nur die Bitte von Simon: „Also, meine lieben Damen, auch die neue Wohnung geht in das Arbeitsgebiet meines Vaters. Wir möchten, dass ihr beide am Dienstag oder Donnerstag zu uns ins Büro kommt, vielleicht so gegen 7:00 p.m. Ich habe alles soweit vorbereitet, Latifa, von dir brauchen wir für die Akten noch ein Passfoto, aber mein Vater möchte dabei sein. Zum anderem ist mein Vater ein Süßhahn,

was Frauen betrifft, er möchte danach uns alle zu einer kleinen Grillparty einladen, nehmt ihr an?"

Latifa sah mich an, ich sah Simon an und er sagte auf mich deutend. „Marta, es ist und bleibt ein Geheimnis, hab einfach Vertrauen…" Wir nahmen freudig diese Einladung an.
Simon war ein toller Unterhalter, er erzähle einige Eskapaden, die er mit seinem Vater beim Segeln erlebte, es waren ja im Prinzip zwei begehrenswerte Singles. Unser Tisch fiel auf, Simon lud zum Essen ein, es wurde getafelt, dazu gute Stimmung. Simon, ein sehr attraktiver Mann mit zwei hübschen Damen, davon eine weiße Latifa und ich als Mulattin.
Wir erregten Aufmerksamkeit und genossen es, jeder für sich. Von einer Blumenfrau kaufte Simon für uns je eine Rose und als noch zwei Bolivianer Musik in das Ambiente brachten, war es wohl eine Krönung des Abends. So etwas hatte ich lange vermisst, zuletzt bei Enrice in Tarifa in seiner Pizzabar, das war aber noch vor dem Studienabschluss, also bestimmt vor zweieinhalb Jahren.
Obwohl ich nur halb soviel Alkohol trank, war ich schon leicht benebelt. Wir wollten gehen. Simon organisierte uns zwei Taxis, für Latifa und für mich, sprach mit den Fahrern, was bedeutete, Simon hat auch das Finanzielle geregelt. Er blieb noch im Restaurant, hatte zwei Geschäftsfreunde getroffen und vielleicht ein neues Geschäft…?
Latifa wollte mich morgen von der Kirche abholen um die gemeinsame Wohnung gedanklich einzurichten. Zu Hause fiel ich schnell ins Bett, ich überlegte, was jeder heute von uns voneinander sich wünschte:

Ich: Mit Simon tanzen, schmusen und mit Latifa schlafen!
Simon: Vielleicht mit uns beiden Frauen küssen und schlafen?
Latifa: Hoffentlich mich küssen und mit mir schlafen,
oder vielleicht mit Simon schlafen?

*

Als ich bei Simon im Büro ankam, war Latifa schon da. Simons Vater scherzte mit ihr. Simon stellte mich seinem Vater vor. Er war überaus höflich, eine insgesamt angenehme Erscheinung. Vielleicht um die sechzig, sah wie fünfzig aus, volles graumeliertes welliges Haar, modern gekleidet, nur zwei aneinander gesteckte Ringe an seinem rechten Mittelfinger deuten für Kenner auf einen Witwer hin. Fünfzig? Da Simon vierzig Jahre alt ist, musste der Vater sicher Ende der Fünfziger sein, toll gehalten, dachte ich. Nach der Begrüßung sagte er zu Simon: „Da du ohnehin schon alles vorbereitet hast, hinter meinem Rücken sogar, ich hätte gerne alleine mit beiden Frauen verhandelt, natürlich getrennt, aber so..." und lachte verschmitzt, also doch, kein Kostverächter.
Simon übergab uns kurzer Hand jedem eine schmale Akte und bat uns, alles in Ruhe zu lesen und wenn alles so wie besprochen, dann sollen wir alles unterschrieben zurückgeben. Falls nicht, bitte anrufen..., soweit der förmliche Akt der Büroarbeit.

Nur wenige Schritte hinter dem Bürohaus begann das eigentliche Grundstück. Es zeugte von Gediegenheit und anspruchsvollem Lebensstil. Nach außen sehr einfach, nicht protzend nach innen, einfach nur sichtbare Persönlichkeit.
Hier trafen wir meinen Fahrer, er ist wohl der Mann für alles im Haus. Auch den lieben Hausdrachen, Simons Tante lernte ich kennen, eine sehr nette Frau.
Sie wollte sich schnell schüchtern verabschieden und nicht stören, aber der Vater entschied: „Hier geblieben, das ist ein kleines privates Hausfest und du gehörst auch dazu"! „Nein ich habe Familie, wie du weißt!" „Ja, leider" sagte er lachend, „aber diese Familie gehört leider auch dazu und Oscar holt die ganze Bagage ab, aber erst, wenn das Feuer brennt". „Max, hast du gehört, nimm dann den Autobus und hol alle ab, damit meine ich die Truppe von ihr auch, werde wohl bald einen ganzen Stier schlachten müssen für einen Steakabend." Alle lachten über den satirischen Humor.

Der Vater war ein unheimlich familienorientierter und sehr geselliger Typ, nach außen aber ein durch und durch Geschäftsmann.
Der Abend verging wie im Fluge, ich sah mich vom Vater beobachtet, während er unermüht mit Latifa flirtete. Die gesamte Familie war ein sehr netter und geselliger Clan.
Vielleicht war es Alkohol oder die besondere Freude, aus sich herauszugehen, aber er organisierte einen Panflötenspieler, für jede Frau eine langstielige rote Rose und für die drei Kinder je einen Riesenluftballon. Keiner wusste, wann er das organisiert hatte, aber Simon sagte nur: „So ist nun mal mein alter Herr; er hätte einen großen Jahrmarkt aufmachen sollen, statt ein kleines Immobilienimperium."

Max stand abfahrbereit an der Tür um Latifa und mich nach Hause zu bringen. Wir bedankten uns herzlich für alles, er seinerseits auch für das Kennenlernen. Dann, in seiner burschikosen Art: „Senhora Latifa, da ich schon einen unverheirateten Sohn durchfüttern muss, kann ich den auch nicht allein zu Hause lassen, sonst macht er nur dumme Sachen, also muss ich ihn immer mitnehmen und auf ihn aufpassen, also, ich habe eure Bekanntschaft genossen und lade euch zu einem Segeltörn ein." Zu Simon gewandt: „Du müsstest das vom Termin und vom Inhalt organisieren, da ich ja in den nächsten Tagen nicht da bin, o.k.?!" „Ja, Senior, mache ich" und zu mir gewandt: Danke für den Abend und ich rufe dich morgen Abend an, bye, bye." Ich genoss seinen festen Kuss auf der Wange, gern hätte ich diesen auf dem Mund gehabt oder mich an seine Brust gedrückt. Alle waren wir gut drauf, Max fuhr erst mich, dann Latifa nach Hause. Er hatte ja noch zwei andere Fahrten zu unternehmen.

Ich war gerade im Begriff mich ins Bett zu begeben, läutete das Telefon, Latifa. „Was meinst du, Simons Papa hat sich ja sehr für mich interessiert. Er hat mir das du angeboten.

Weiß er eigentlich, dass ich noch jünger bin als du? Zudem weiß er, dass ich nicht auf Männer stehe? Aber ein toller, reicher Typ ist das wohl. Ich muss über seine Art immer in mich hinein lachen, du auch?" „Ja sehr, ein toller Mensch, so natürlich, nicht arrogant, sehr einfach und auf Familie bedacht. Ich liege gerade im Bett und wünschte mir deine körperliche Zärtlichkeit und die Wärme und Zuneigung von Simon, verrückt?" „Also meine liebe Marta, das wäre ja ein so genannter Dreier. Du bist ja draufgängerisch, halt ein, ich ruf zurück, mein Handy klopft."
Ich betete lange und las das Evangelium des Tages, das sich jeden Tag auf meiner Mail meldet und ich immer lese, nur heute verschob ich es auf das Nachtgebet. Besonders intensiv las ich daraus den Psalm 97(96), 1-2.5-6.9., warum er mir besonders auffiel weiß ich gar nicht, nicht zu erklären:

„Der Herr ist König. Die Erde frohlockte. Freuen sollen sich die vielen Inseln.
Rings um ihn her sind Wolken und Dunkel, Gerechtigkeit und Recht sind die Stützen seines Throns.
Berge schmelzen wie Wachs vor dem Herrn, vor seinem Antlitz des Herrschers aller Welt. Seine Gerechtigkeit verkünden die Himmel, seine Herrlichkeit schauen die Völker.
Denn du, Herr, bist der Höchste über der ganzen Erde, hoch erhaben über alle Götter."

Während ich mich zum Einschlafen richtete, noch ein Lied der letzten Messe „Licht bricht in die Dunkelheit", klingelte, nein summte das Handy, denn für die Nacht stelle ich nur auf Summen, es konnte ja nur Latifa sein. „Entschuldige, ich bin ganz außer Atem, nicht weil ich gearbeitet habe, nee, ganz anders, du kommst nicht drauf, Carlos rief an." „Welcher Carlos?" fragte ich. Sie lachte sich halb kaputt, „Habe ich was verpasst?" fragte ich nach. „Mensch Marta, Carlos ist Simons Papa!" „ Du bist verrückt, so mitten in der Nacht, du scheinst ihn ja verrückt gemacht zu haben, nicht er dich, wie ich annahm."

„Ja, er entschuldigte sich tausendmal für die so späte und unübliche Art eine junge und wunderschöne Frau anzurufen.
Er sei ein wenig verwirrt von dem schönen Abend und dem Kennenlernen von zwei der wunderschönsten Frauen Bogotas und insbesondere ich hätte es ihm angetan. Vielleicht sei er etwas irritiert, aber er möchte mich wieder treffen und da es bis zum Segeltermin noch zwei Wochen ins Land gingen, er aber für zehn Tage ins Krankenhaus muss, möchte er mich vorher noch einmal treffen und so hat er mich für morgen Abend, nein, das ist ja schon heute, sieh auf die Uhr, ins „Borugito", einem spanischen Restaurant, nahe der Oper eingeladen." „Du hast angenommen?" fragte ich nach. „Ja, habe ich, so überraschend und schnell, wie er alles erzählte, so schnell konnte ich überhaupt nicht denken."
Wir kicherten noch lange über die Situation. Zum Abschluss unseres Nachtgespräches fragte mich Latifa: „Was hälst du davon, wenn ich morgen Abend nach dem Essen zu dir komme? Zu spät?" „Nein, nein, überhaupt nicht, ich freue mich, kann mich auch aus dem Schlaf klingeln. So, nun für den Rest der Nacht, schlaf gut und viel Spaß für morgen, ich freue mich für dich, bin neugierig, wie es war, möchte dich küssen und an mich drücken, bye, bye." „Ich auch mein Liebling, bye."

*

Die neue Wohnung

Es war Samstag, später Vormittag, morgen ist der Segeltörn zu viert, Sonne ist angesagt, gegen 7:00 a. m. möchte ich fertig sein, hieß die Botschaft und Bikini nicht vergessen. Ich freute mich schon auf diesen Termin, ich glaube aber, dass sich alle beteiligten vier Personen freuten.
Ich hatte nur etwas Bauchschmerzen zu Latifas Wort „Bikini". Ich schämte mich der zwar lange verheilten Wunden, aber ich war nicht soviel in der Sonne und die Striemennarben waren

heller als meine braune Hautfarbe, zudem wurden sie ja nicht richtig behandelt, nur Natursäfte und Blätterwickel, damit sie sich nicht entzündeten. Also hatte ich mir noch einen neuen Badeanzug gekauft, an der Bauchseite wenig Stoff und auf dem Rücken mit vielen Bändern und Schnüren, es war der Kompromiss, mit dem ich leben konnte. Auch Latifa riet mir dazu und machte mir Mut, Hemmungen abzubauen. Aber diese, nicht abbaubaren Hemmungen waren, dies Männern gegenüber, vielleicht Simon und Enrice gegenüber, denn dies ist ja sichtbares Zeichen meiner Geschichte und „die Person, die dich liebt, fragt nicht, aber akzeptiert dich so wie du bist, ich akzeptiere dich Marta, merke dir das! Meine Mama sagte mir einmal, als ich in der Pubertät mit Akne herumlief und Angst hatte, dass man mich meidet; wenn man geliebt wird ist es egal wie man aussieht, da kann man auch ein Gesicht wie ein Arsch haben." sagte Latifa. Nun, diese Derbtrolligkeit beruhigte mein Gemüth nicht, aber ich wollte ja leben, also lebe ich damit, so machte ich mit ab und zu selber Mut.

Der Kaffee kochte und ich bereitete ein Tablett vor für vier Personen mit etwas Gebäck.

*

Ich war froh, nicht außer Haus zu müssen. Die Wohnung der Engländer war leer, das Ehepaar in Richtung London zurück, nach mehreren Jahren Aufenthalt Lateinamerika. Mir schenkte das Paar eines seiner letztens veröffentlichten Bücher, einen Liebesroman „El amor entre dos Continentes" mit einer sehr netten Widmung, verbunden mit der Einladung, sie einmal zu besuchen, falls ich einmal in London sein würde.
Es regnete wie aus Eimern, ich wartete auf das Klingeln zur Wohnungsübernahme.

Simon wollte mit seinem Vater kommen und auf der Fahrt gleich Latifa von ihrer Wohnung abholen.

Ich hatte bemerkt, dass Handwerker in der Wohnung waren und einiges richteten, ich war neugierig was die zwei Immobilienhaie organisierten für so zwei Weiber, wie wir nun einmal zu sein scheinen. Etwas Bauchschmerzen hatten wir insofern schon, als dass es nicht gesetzeskonform ist im prüden Kolumbien, wenn Frauen oder auch Männer zusammenleben. In dieser so bürgerlichen Gesellschaft gehörte diese Lebensform nicht ins erzkonservative Lateinamerika, zumindest noch nicht. Aber mehr und mehr machten sich die Menschen weniger von alten und überlieferten Vorurteilen. Das moderne Europa und Nordamerika lebte es ja vor. Auf der anderen Seite sahen wir uns nicht als lesbisches Paar. Ich wollte eine Familie und befand mich auf diesem Weg, sicher, eingebunden in eine wunderschöne Liaison mit Latifa. Aber ich sah in Simon und letztlich in Enrice zwei Männer, mit denen ich mir diesen Familienwunsch vorstellen konnte, wenn, wenn nur nicht mein Kopf wäre, der noch keine Übereinstimmung zwischen Verstand, Gefühl und Angst aus der Vergangenheit herstellen konnte. Es gab zu keiner Zeit ein Gedanke von uns beiden ein gemeinsames Leben zu führen. Latifa hatte nur eine feste Partnerin, nie Männerbekanntschaften, die ihr etwas bedeuteten. Die Trennung von ihrer Partnerin fiel ihr sehr leicht, weil ich in ihr Leben trat.

Alle unsere Geschlechtergespräche liefen immer darauf hinaus, dass wir eine schöne Zeit durchlaufen, sie mir hilft dadurch auch Abstand zu finden von meinen Entehrungen, die ich erfuhr. Sie bemühte sich auch sehr mein Sexualverhalten zu öffnen, von absoluter Angst angefasst zu werden, körperliche Gefühle zu entwickeln und mich langsam öffnen zu können. Sicher war dabei auch ein hoher Anteil Egoismus Latifas, den ich unbemerkt für mich auskostete.

Vielleicht wäre hierzu ein Gespräch mit Alicia besser gewesen, aber ich empfand es ja auch als wunderschöne Begegnung.
Latifa hat mich in unserem Zusammensein nie wissen lassen, dass sie nur mit mir leben möchte und dass sie eine Lesbe durch und durch sei. Ihr Problem war, dass sie noch nie mit einem Mann zusammen war, auch dazu kein Verlangen hatte. Sie hatte wie ich, kaum Vaterliebe kennengelernt und sehnte sich in manchen Situationen danach, als unerfüllbaren Wunsch.
Mein Leben verlief leider anders, ich erlebte zwei grausame Lebenseinschnitte, ich hatte sehr selten Sehnsucht nach Eltern, es waren andere Lebenssituationen.

Als wir uns einmal bei mir liebten, hatte sie einmal gefragt, wie es wäre, wenn wir eine Dreierbeziehung führen würden. Wir zwei und ein Mann, dazu ein, oder zwei Kinder. Wir flachsten, inwieweit eine Eifersucht entstehen könnte, wer mit wem und ob wir dann jede von uns, vom gleichen Mann ein Kind hätten. Ich weiß noch, wie wir darüber alkoholisiert philosophierten und lachten. Heute kann ich nicht mehr sagen, ob es wirklich nur Spaß war, es war unmerklich viel mehr Ernst dabei, denke ich.

Es läutete zwei Mal, ich nahm umständlich das große Tablett und jonglierte durch meine Eingangstür, den Schlüsselbund mit dem kleinen linken Finger haltend, ich wollte mir den Rückweg nicht abschneiden. Simon kam mir entgegen und begrüßte mich dabei, oder anstatt des Küsschens befreite er mich von dem Tablett. Er fragte nur: „Willst du zum Picknick ins Grüne, draußen regnet es und außerdem haben wir einen Termin."
Lachend betraten wir unsere neue Wohnung. Es war eine ringsherum freudige Stimmung. Ohne viele Worte waren wir Freunde, die sich seit Jahren zu kennen schienen.
Der Chef Carlos nahm das Heft des Handelns in die Hand, besser in den Mund. Simon bekam den Auftrag, den Tisch einmal in seinem Leben ohne fremde Hilfe zu decken, „Hoffentlich kann er das wenigstens", kam schallend lachend aus Carlos Mund.

Uns zeigte er die neue Wohnung und vor allem die Umbauarbeiten. Er hatte die Elektroanschlüsse trennen lassen, damit wir wirklich wie in einer WG leben können, neue Teppiche, und manch andere kleine Verbesserungen, wie er sagte. Eine Überraschung kam zuletzt, wir saßen gemütlich am Kaffeetisch, er stand auf und sagte. „So, jetzt achtet bittet einmal auf meine Klingelzeichen. Wenn Simon zu dir, liebe Marta kommt, hört es sich so an…. und wenn Latifa Besuch bekommt, zum Beispiel von einem tollen älterem Mann, hört es sich so an….."
Wir hörten tatsächlich zwei völlig verschiedene Töne und alle lachten wir schallend. Selbst Simon war perplex, er hatte von diesem Gag seines Papas keine Information.
Noch in der kommenden Woche sollen auch zwei verschiedene Namensschilder an die Klingeln kommen und schließlich hatte er auch an zwei Briefboxen gedacht.

„Nun habe ich noch einen Wunsch", sagte Carlos, wie wäre es, wenn wir schon heute, trotz des Regens zum Boot fahren, wir haben dann einen gemeinsamen Abend und morgen nach dem Frühstück schippern wir los. Auf dem Boot haben wir alles, was Verpflegung anbetrifft. Essen können wir in einer Taverne in der Nähe des Kais. Als Chauffeur habe ich Simon verpflichtet, na wie wäre es?" Latifa sagte: „Ich konnte gar nicht anrufen, ich wurde auch überrascht und meine Tasche ist schon im Auto". Ich war wirklich angenehm überrascht, erbat mir fünfzehn Minuten und ging mit Latifa in meine Wohnung um meine Tasche, die schon für den kommenden Tag fast gepackt dastand, zu holen. Ich fragte noch Latifa wie es denn mit dem Schlafen ist auf dem Boot. Latifa konnte mich beruhigen. Simon hatte ihr noch im Auto erzählt, dass sie mir sagen soll, dass auf dem Segler fünf geschlossene Kojen sind und jeder für sich sein kann, einschl. eines Minibades mit WC und Dusche.
Damit waren alle Ängste vergessen und mit Tasche und meinem neuen Badeanzug bewaffnet, konnte es losgehen.

Für die Freiräumung meiner Wohnung hatte ich zwei Wochen Zeit. Dann sollten Handwerker kommen, denn die Wohnung hatte man zum Verkauf ausgeschrieben und ein Anleger hat diese vom Internetexposee heraus gekauft. Ein Kind des Käufers studiert in Bogota und sollte aus dem Internat heraus. Ist doch sehr angenehm für einen Studenten, vom Internat in eine Eigentumswohnung, oder, dachte ich so für mich.

*

Es war eine lustige Fahrt, bis zum ersten Stopp saßen die Männer vorne, Simon fuhr. Er hatte seinen Rückspiegel so verschoben, dass er mir ab und zu blinzeln konnte, sein Papa verbot ihm das, er sei schließlich nur der Fahrer und dann gibt es keinen Kontakt zu den Fahrgästen. Der Spiegel wurde dann so gerichtet, dass Carlos mit Latifa blinzeln konnte. Simon unterband dies, denn der Fahrer braucht zur Sicherheit den Spiegel. Ich kam mir vor wie bei einem Studentenausflug.
Latifa erzählte mir noch Einzelheiten von dem Date mit Simon vor zwei Wochen und ihrem Besuch im Krankenhaus. Sie erzählte, dass Simons Papa ernsthafte Anstrengungen unternimmt sie näher kennen zu lernen. Er ließ sich Krampfadern im Krankenhaus herausziehen, eine wohl sehr anstrengende Prozedur. Sie kannte seinen Lebensweg und die Probleme im Krieg, den Tod seiner Frau. Latifa war überzeugt, dass er den Tod komplett überwunden hat und er eine neue ernsthafte Beziehung suche, keine Kopie zu seiner Frau, eine neue, faire, schöne Liebesbeziehung. Ihm mache ein Altersunterschied von 30 Jahren nichts aus, er lebe jetzt und hier. Wenn Gott ihn holt, dann holt er ihn. Es sterben ja auch junge Leute, Gott entscheidet. Latifa fand sein Denken imponierend, ich zumindest sehr realistisch, wenn auch etwas, was den Altersunterschied betrifft, etwas egoistisch, „Aber was soll es", dachte ich.
Er ist jung geblieben, war immer mit jungen Leuten zusammen,

jetzt seit mehreren Jahren, lebt er mit Simon, wie zwei Brüder und nicht wie Papa und Sohn. Wenn die Frau möchte und er noch in der Lage ist, hätte er auch keine Bedenken für noch eigene Kinder. Eine Familie lebt durch eigene Kinder und erfährt dadurch ihren eigentlichen Sinn und erfüllt damit auch den von Gott gegebenen Auftrag an das Leben. Das ist seine Einstellung. Latifa redete sich fast in Rage zu Carlos guten Charakterzügen.
Ich fragte Latifa, wie denn die Einstellung von ihr dazu ist und sie sagte mir, dass sie jetzt mit einem Problem lebe und nur wir zwei darüber sprechen können, ich jetzt ihre Therapeutin sei.

Wir machten nur eine Pipipause für uns Frauen und nach knapp zwei Stunden saßen wir in der Taverne. Während wir mit Carlos in der Taverne schon wieder Spaß machten, fuhr Simon das Auto zum Kaiparkplatz, packte unsere Sachen aufs Boot und stieß dann zu uns.

Es war an sich ein wunderbarer Abend, viel familiäre Wärme war zu spüren und Vertrauen und Zuneigung kam zu mir rüber. Kein Spiel, zwei Männer bemühten sich um uns als gleichgestellte Frauen. Es war mehr als Sympathie, ich lernte Zuneigung und Respekt seitens Simons neu kennen. Beide Männer brachten aber mir spürbar mehr Respekt und Achtung gegenüber als gegenüber Latifa. Ich spürte das in den Gesten, wie man mich ansprach, wie man manche Themen mir gegenüber behandelte, oder gar völlig aussparte. Zum Beispiel, der Zeitraum der letzen Monate und des letzten Jahres wurde mir gegenüber ausgespart, aus guten Grund, meine Bitte an Simon, im Wissen meiner Person in den Händen der Rebellen in den fast undurchdringlichen Dschungel- und Sumpfgebieten.
Auf dem Weg zum Boot hielt Carlos seine Latifa an der Hand, beide schäkerten und waren heiter. Simon nahm mich in den Arm, drückte mich und wir küssten uns auf den Mund, es war ein herrliches Gefühl der inneren Nähe.

Er sagte nur: „Marta, denke daran, ich gebe dir die Zeit die du brauchst, du bestimmst die Zeit, um dir meine Liebe zu zeigen. Habe keine Angst, wenn wir es beide wollen, schaffen wir das auch." Ich konnte nur danke sagen und musste meine Tränen der Rührung mit dem Ärmel wischen, Simon gab mir ein Papiertaschentuch, ihm schien nichts zu entgehen.

Tief in der Nacht waren wir auf dem Boot angekommen, Nachbarn feierten ihrerseits auf ihrem Boot und sahen die Männer mit uns kommen und schon waren wir eingeladen mitzufeiern. Es war eine tolle Situation, Simon fragte blickend nach meinem O. k. und schon waren wir umringt von einer umfangreichen Nachbarfamilie. Carlos und Simon stellten uns als Freundinnen der Familie vor und schon waren wir zwei voll eingebunden. Carlos hatte etwas Angst vor zu erwartendem Ärger mit den anderen Bootsnachbarn, die zwar alle gern feierten, aber früh gegen 3.00 Uhr war das etwas anders, obwohl man sich gut kannte. „Keine Angst", erwiderte der Haus-, bzw. Bootsnachbar, „Ich habe heute Vormittag einen Rundgang gemacht und alle Nachbarn begrüßt und auch wohl nach unserer Mama im ersten Tagesalkoholrausch auch Einladungen ausgesprochen, denn unsere Carla hatte gestern ihren fünfzehnten Geburtstag und ihr werdet es nicht glauben, es waren vielleicht achtzig, neunzig Nachbarn hier am Steg. Wir mussten den Serviceman anrufen und nachbestellen, das Bier ging aus." Simon suchte im Kreis nach der Carla, allerdings war sie schon in Ihrer Koje, „Sie schläft schon, oder ist heimlich auf einem Internetportal" sagte die Mama, während Carlas Papa ergänzte." Ja, auf dem Portal für Männer" und lacht so heftig und musste sich seinen übergewichtigen Bauch halten, aber es heizte die Stimmung an.

Wir waren nun fast vollwertige Segler, zumindest beim Feiern mit der Nachbarschaft. Wir lagen wohl alle mehr oder weniger kaputt in unseren Kojen.

Ich kam mir sehr reich vor, eine ziemlich große Segeljacht.

Gegen 11:00 a. m. weckte mich starker Wellengang,

es war das Schaukeln unseres Bootes durch die Ausfahrt unserer Nachbarn. Nach dem Morgengebet stieg ich langsam, nach einer ausgiebigen Dusche an das Oberdeck und die Herren hatten hier wohl ganze Arbeit geleistet, ein Brunch war vorbereitet. Latifa war noch nicht da und ich wurde als Vertrauensperson gebeten einmal zu schauen. Ich klopfte an ihre Tür, sie war fast fertig und umarmte mich: „Marta, er hat mich geküsst, auf den Mund und ich empfand das als was sehr Schönes, was soll ich machen"? Ich lachte sie an, " Latifa, genieß es, mach was dir gefällt, aber wir haben wohl einen Frauenabend nötig um uns auszutauschen. „Dann mal los, genießen wir unseren Sonntag", sagte ich zu ihr und gemeinsam erschienen wir zum Brunch.

Wir besprachen uns bei einem Glas Champagner, ließen uns beim Essen verwöhnen und schipperten ohne Segel zu einer nahe liegenden Sandbank um baden zu können, vielleicht auch etwas zu fischen.
Es war ein wunderschöner Tag, Carlos war stets in der Nähe von Latifa, sie fuhren mit einem kleinen Beiboot heraus um zu angeln. Simon erklärte mir noch mal seine Verliebtheit und wir freuten uns auf Zeiten, die wir bemüht sein wollten, gemeinsam zu verbringen.

Auf der Rückfahrt mussten wir wegen einer Autobahnumleitung einen Weg durch ein riesiges Armutsviertel nehmen. Ich verstummte und schaute nur aus dem Fenster, tränen rannen mir herunter, ich war an meiner Kindheit angekommen. Vielleicht würde ich hier auch leben, wenn nicht etwas Furchtbares geschehen wäre. Alle bekamen das mit, wir sprachen eine Weile nicht, nachdem ich mich gefangen hatte, entschuldigte ich mich wegen meinem Gefühlsausbruch. An unserem Haus angekommen, schenkte mir Simon ein wunderschönes

Perlenarmband „nur" zur Erinnerung an das schöne Wochenende.

Zu Hause bereitete ich mich noch auf das morgige Meeting vor, dachte über das letzte Wochenende nach und checkte meine Mails. Ich erkannte als Absender Enrices Posteingang und Post meiner spanischen Tante, also war mein Paket angekommen.
Meine Stimmung war so, dass ich mir vornahm, erst morgen nach dem Meeting, meine Mailpost zu lesen, freute mich aber wegen der angenehmen Absender.

*

„Hola, meine liebe Nichte,
mit großer Erleichterung und Freude habe ich von deiner Widergeburt gelesen. Nun siehst du, dass Gott keinen verlässt, er hat auf dich geachtet und dein Leben geschont. Ich sehne mich danach, dich zu treffen und in die Arme nehmen zu können.
Ich hoffe, dass du nicht böse bist, denn ich habe mir nach der Geschichte mit euch, Kontakt zu Enrice aufgenommen und diesen Kontakt erhalten. So habe ich einige spärliche Informationen immer gehabt und auch jetzt habe ich einige Informationen von ihm erhalten.

Auf meiner letzten Nachfrage konnte er mir nur sagen, dass du viel Zeit brauchst der mentalen Erholung, psychischen Widergenesung, du mit dem Job begonnen hast und eventuell in einigen Monaten nach Europa kommen wirst.

Ich wünsche dir alles, alles Liebe und Gute und ich versichere dir, dass du immer mir willkommen bist.

Du wirst dich sicher wundern, dass ich dir per Computer schreibe. Nein, ich bin nicht moderner geworden. Aber ein junges nettes Ehepaar, das kürzlich in die Nachbarschaft gezogen ist, unsere Gärten am hinteren Dreieck grenzen aneinander, bot sich einmal an, dass, wenn ich eilig Post einmal senden möchte und die Computeradresse habe, dann soll ich ihnen den Brief geben, der Hombre bearbeitet diesen mit der Computer und schickt ihn zu dir, mal sehen ob es klappt. Ich denke, dass sie den Brief auch nicht lesen werden. Die Adresse mit dem komischen modernen Zeichen in der Mitte habe ich von Enrice.

Mein bescheidenes Einkommen und mein kleines Gärtchen bescheren mir mein Auskommen und meine Freude an den schönen Dingen dieser Welt. Zudem bin ich zu einem quasi Küster meiner Gemeinde „St. Nikolaus" geworden, denn ich bin für den Blumenschmuck der Kapelle, der Sakristei und das Pfarrbüro zuständig. Unser Pfarrer sagt immer anerkennend, ich sei seine gute Seele der Gemeinde. Bei der vielen Arbeit sage ich ihm, dass ich wohl besser eine Seele von Kamel bin, denn die anderen Frauen könnten ja auch mal was Gutes tun, ach du weist schon.

Das Grab von Hannes pflege ich immer schön. Manchmal sehe ich hoch, denn ich denke, dass er mir zuschaut. Dass er mich manchmal mit anderen Frauen betrogen hatte, habe ich ihm im Nachhinein verziehen. Aber manchmal in tristen Stunden verfluche ich ihn auch, da muss er als Blitzableiter herhalten. Du siehst, zu was alte Frauen fähig sind, also bleib du, solange es geht, jung. An manchen Tagen denke ich an Ihn, weil ich als Frau auch dazu beigetrage habe, dass er mich betrügt, weil ich ihm nicht immer die körperliche Liebe gegeben haben, die er erwartete. Denke du da später daran, dass du einmal deinen Mann nie vernachlässigen darfst.

Ich möchte dich nicht langweilen, werde bald die alte, oder die neue Marta, finde deinen rechten Weg und vergesse ja nicht, mich aus deinen Gebeten raus zu lassen!

Ich liebe dich und von deiner alten Tante einen dicken Besus, bis bald."

Meine Tränen rollten vor Rührung und Freude über den Inhalt dieser Post. Sie ist doch die älteste treue Seele unserer Familie geblieben. Ich leitete die Post gleich an Dorle um mit dem Nachsatz: „Dorle, wollen wir nicht Tante Iren für einige Wochen zu uns einladen, denke darüber nach, alles i. O. bis bald, besus Marta."

Dann klickte ich auf „antworten" und schrieb: „Hola, danke für die Übersendung der Post von meiner Tante. Bitte richten Sie ihr mein Gracias aus und dass ich mich bald melden werde, nochmals danke und einen Gruß aus Kolumbien."

Ich brühte mit einen Tee auf und nahm mir jetzt die Post von Enrice vor.

„Meine liebe Marta,
ich danke dir für deine Post. Jeden Buchstaben habe ich mehrmals gelesen, ich kann den Text deines Briefes wie ein Gedicht in der Schulzeit aufsagen.

Deine Ehrlichkeit und deine Sorge um eine vielleicht nicht wiederholbare Liebe berühren mich sehr. Ich habe ein Jahr auf dich gewartet und ich werde bemüht sein mein Leben weiter hier zu gestalten.
Das Sprichwort Wunden heilt, hoffe ich für dich inständig. Ich habe Sehnsucht danach dir zu helfen in dem Prozess in dem du dich befindest. Ich weiß aber, dass dies nicht von außen möglich ist. Ich habe hierzu auch lange Gespräche mit einem Freund, du kennst ihn nicht, ein belgischer Arzt, der seit zwei Jahren regelmäßig zum Surfen nach Tarifa kommt und zudem dessen Frau gutes Spanisch spricht, aber mit unserem bescheidenem Englisch auch einigermaßen zurecht kommen, wenn sich seine Frau um die Kinder bemüht.

Er leitet ein posttraumatisches Zentrum in Brüssel. So hatte er drei französische Fremdenlegionäre, also Soldaten aus dem Kongokrieg zu behandeln, die vier Jahre in der Gewalt von so genannten Freiheitskämpfern, als Faustpfand, waren.

Nach langen Überlegungen und auch nach einem langen vertraulichen Telefonat mit meinem Freund, verzeih mir, es ist keine Indiskretion, stimme ich dir zu. Ich respektiere deine derzeitigen Empfindungen. Ja, du hast natürlich Recht, wir werden beide nicht jünger und das Ziel eine Familie zu haben mit einem liebenden Partner darf keiner von uns aus den Augen verlieren, ob, wie ursprünglich geplant, oder ob jeder für sich, wobei ich an letztere Variante nicht denken möchte.
Die Zeit heilt alle Wunden, denke immer daran, fortwährender Hass ist kein Weg der Zukunft. Diese Worte habe ich von Mandela im Kopf aus einer seiner berühmten Rede, als er nach fast siebenundzwanzig Jahren Gefängnis das in schwarz und weiß geteiltem Land vereinigte. Das war zwar große Politik, aber die Symbolik ist allgegenwärtig.

Marta, gut; wir sind bemüht, dass jeder sein Leben führt und wir Gott und die Zukunft sprechen und entscheiden lassen. Ich freue mich auf dein Kommen und unser Treffen, egal wann und egal wo, ich werde da sein, wenn du es möchtest.

Nach deinem Brief habe ich mich entschlossen mich einer Gruppe Sportler anzuschließen und einen dreiwöchigen Urlaub zu machen. Der Trupp hat sich hier immer bei ihren Tarifa-Aufenthalten mit der Idee einer anderen sportlichen Herausforderung befasst. Ich wurde immer wieder angesprochen, wie es mit mir wäre, etc. Nun habe ich kurzerhand zugesagt, zumal ganz plötzlich ein Platz dieses schon organisierten Urlaubes frei wurde. Jemand hatte einen Trauerfall in der Familie und kann nun nicht mit. So fahre ich schon in zwei Tagen nach Madrid, hier treffen wir uns, zwölf Personen aus fünf Ländern.

Statt eines Surfbrettes nehmen wir das Mountainbike mit und fliegen nach Tansania. Wir wollen Radwandern und den weißen Berg Afrikas, den Kilimandscharo besteigen. Für mich kommt zwar der Gipfelsturm nicht in Frage, dazu habe ich zu wenig trainiert, aber vielleicht ein Stück, ich werde sehen.

Es ist meine erste Freizeit seit jenen Tagen und nun freue ich mich schon auf diese Abwechslung und auch auf diese Herausforderung für mich.
Es ist mein erster Urlaub, seit jenen Tagen wo wir uns bei dir das erste Mal trafen, also jetzt nach zwei Jahren.
Ich soll dir vom Team liebe Grüße ausrichten und dir sagen, dass Tarifa sich freut auf ein Widersehen, vor allem, dass du dich auf dem Weg der Heilung befindest und das der Job dir, und vielleicht uns beiden dabei hilft, die Vergangenheit zu verarbeiten und Platz lässt für eine Zukunft.

Dir, meine liebe Marta, eine gurte Zeit, Erfolg im Job und alle guten Wünsche sind mit dir, ich küsse und umarme dich herzlich, Enrice. Besus, Enrice.

PS: Nach meiner Rückkehr melde ich mich."

Ich lese den Brief gleich zwei Mal, er macht mich frei. Er löst eine Spannung in mir, der mit mir getragenen Last. Enrice wartet zwar auf mich, aber er lebt jetzt selber ein Leben ohne mich. Ich kann leben ohne Druck und tatsächlich die Zeit abwarten und sich entwickeln lassen, habe kein schlechtes Gewissen wegen der ausstehenden Entscheidung, die ein liebender Mann, wie Enrice mit Recht erwartet, auch unausgesprochen.
Ich habe jetzt Sehnsucht nach der Gesellschaft Simons und der von Latifas, mit Ihr möchte ich ins Bett, ja jetzt. Auch von Enrice möchte ich mich streicheln lassen. Ich habe Sehnsucht nach beiden, fast gleichzeitig aber doch verschieden, ich weiß nicht.

Aus diesen Gedanken werde ich herausgerissen, es poltert im Treppenhaus, Latifa klingelt, einige Leute tragen einige Möbelstücke, Kisten und Koffer in unsere neue Wohnung.
„Bitte nicht erschrecken, aber ich werde von meiner Mama und meinem Onkel auf die Straße gesetzt." Wir lachen und ich werde dem Onkel vorgestellt, während mich Latifas Mama herzlich umarmt. Ihr Onkel kam mit seinen Lebensutensilien nach Bogota und so bot sich diese Hauruckaktion an. Latifa nahm sich kurzerhand zwei Tage frei und richtet sich somit häuslich ein. Von der Straße winkte auch ein Mann zu uns hoch, der sich an einem offenen Lastauto zu schaffen machte. Es war mehr ein offener Pferdetransporter, denn die Planken waren sehr hoch. Der Mann entpuppte sich als der Schwarm von Latifa, bei Ihrem Besuch auf der Ranch. Eine Stunde danach saßen wir alle in einem Bistro unweit unseres Hauses. Er sah wirklich wie ein Tramp aus, mit seinem übergroßen Sombrero, den er hinter seinen Kopf geschoben hatte und sich somit gar nicht am Stuhl anlehnen konnte. Es war ihm unbequem, der Stuhl, die Enge am runden Tisch. Ohne weitere Umstände drehte er sich den Stuhl um und saß wieder, jedoch die Stuhllehne nach vorn, ein wirklich unkomplizierter Typ. Latifas Onkel sagte entschuldigend: „Ich habe einen Mann von der Wildnis mitgebracht, der sich eine Frau suchen soll, hier in der Stadt. Das Auto steht schon auf der Straße und Latifa will nicht aufs Land."

Der Mann mit dem Sombrero wurde trotz seiner extrem braungebrannten, etwas gegerbten Haut verlegen, sicher auch rot im Gesicht und schaute mich an. Er hatte schöne große Augen, weiße Zähne, keine braunen, wie auf dem Land üblich, vom Kautabak zerfressene Zahnreihen. Latifa hatte ihn gut beschrieben.
„Nein, nein", sagte ich „ich auch nicht, muss hier bleiben, wozu ich aber große Lust hätte, einmal ein Wochenende auf dem Land und Reiten. Ich bin schon bald fünf Jahre nicht mehr geritten." Der Onkel sagte zu dies einmal gerne zu organisieren und zu seinem Freund:

"Also fahre heute allein zurück und bereite den Besuch zweier Stadtladys vor, lerne kultiviert mit dem Besteck zu essen und lasse dir jeden Tag ein Bad ein. Ich musste meiner Schwester auch versprechen täglich zu baden." Alle lachten, Latifa und ich sahen uns an und freuten sich.
„Ja, Marta, mein Onkel macht das tatsächlich." „Was täglich in die Wanne? Schön, sagte ich, aber ich brauche jemanden, der mir aufs Pferd hilft und das Pferd darf auch nicht so wild sein."
Mit einer angenehmen Stimme sagte der Goucho: „Verlasst Euch auf mich, sagt mir wann ihr kommt, ich spreche mit dem Boss, gleich morgen, ich freue mich, muss aber bald los, denn es sind wohl über siebenhundert Kilometer und in der Nacht will ich mit der Rakete nicht fahren, fährt nur mit Sonnenenergie" und zeigte auf das, für Bogoter Verhältnisse gewöhnungsbedürftige Gefährt, dass uns auch noch die Sicht auf die Straße versperrte. In der Tat, zudem war ein ländlicher Geruch aus Richtung des Autos nicht zu verkennen.

*

Die Normalität meiner Liebe

Schon sechs Wochen waren vergangen, wir hatten unser gemütliches Reich, oder mehr, fast luxuriöses Heim, jeder freute ich aufeinander, gleichzeitig lebte jeder sein Leben und berichtete dem anderen. Frust wurde gemeinsam ausgetragen und die Zweisamkeit wurde ausgelebt, manchmal bis zur Extase, was die sexuelle Lust anbetraf. So wie jede die andere animierte, schliefen wir zusammen, wanderten aber dann, nach dem Abklingen der Gefühle in sein jeweiliges Bett.
Die verschiedenen häuslichen Verhaltensweisen akzeptierte jeder voneinander und bei Liederlichkeiten, die den gemeinsamen Monatsplan anbetraf, wurde ein Zettel, nicht übersehbar geschrieben. Latifa hatte ihre häuslichen Probleme in der Form,

dass sie von ihrer Mutter in Sachen Hausarbeit verwöhnt wurde. Mama war immer zu Hause und brauchte wohl auch diese Aufgabe, Latifa zu verwöhnen, bzw. man gewöhnte sich an einseitige Arbeitsteilungen, die nun nicht mehr funktionierten. Latifa verstand es aber auch sich immer wieder einzuschmeicheln. So waren wir in der Vorbereitung zur Einweihungsfeier unserer Wohnung. Latifa war einkaufen und ich ölte die Fußbodendielung ein, ich kniete und in dieser gebückten Haltung zog ich mit dem öligen Lappen, Diele für Diele durch unseren Wohnraum. Als Latifa mit 2 Taschen voller notwendiger Lebensmittel, Getränke und vieles mehr für den heutigen Abend vom Einkauf zurück war, muss ich auf sie einen sexuell erregenden Eindruck gemacht haben, dass sie sich leise auszog, sich hinter mich stellte und mit ihren Beinen an meinen Po fortwährend berührte. Ich bekam ein mir immer mehr bekanntes Kribbeln im Bauch, wollte aber meine Arbeit beenden, denn ich hatte fettige Hände, war verschwitzt und sehnte mich nach einer anschließend geplanten Dusche. Mir blieb nichts anderes übrig, drehte mich herum und sah ihre wunderschönen langen Beine in den Hüften verschwinden und ihre rasierte Muschi sichtbar, durch das langsame Öffnen ihrer Schenkel. Es war wohl ihr Kalkül und sie hatte sich nicht verrechnet, ihre Rechnung ging auf.

Auch sie war verschwitzt vom Einkauf, aber vielleicht war es gerade dieser betörende Geruch aus Ihren Beinen, ich konnte mich nicht beherrschen, ich wollte mich dann plötzlich auch nicht beherrschen. Meine beiden verschmierten Hände griffen in ihren Po und ich zog Latifa ganz fest an mich heran, so, dass ich mich festsaugen konnte an ihren geöffneten Schamlippen und saugte allen, verfügbaren Mösensaft in mich hinein. Ich wollte mehr und mehr, ich war verrückt nach ihr und ihrem Geschmack. Latifa genoss es, sie stand aufrecht da, ihren Kopf und Oberkörper etwas nach hinten gebeugt und stöhnte voller Lust.

Ich bemerkte einige langsame Bewegungen innerhalb ihres Beckenbereiches, hörte aber mit dem Saugen nicht auf. Immer wieder versuchte ich meine Zunge zwischen Ihre Schamlippen zu drücken, als plötzlich salzig schmeckende Tropfen meine Lippen berührten und sich saugend in meinem Mund sammelten. Ein kurzes Aufbäumen von ihr und ein „Stopp Marta", ließ mich innehalten und zur Besinnung kommen. Ich ließ sie los und legte mich auf die verbliebenen, noch ungeölten Dielenbretter. Jetzt schluckte ich die im Mund gebliebene Flüssigkeit herunter, während Latifa auf der Toilette ihre Blase entleerte und mit dem Dildo zurückkam. „Marta, ich möchte noch das Gefühl eines Männerpenis haben, bitte, ich brauche das. Sie legte sich neben mich und ich führte ihr den Dildo ganz behutsam in die sich danach lechzende Grotte. Latifa atmete schwer und wollüstig. Sie sagte: „Komm meine Geliebte, komm auf mich." Ich kniete mich über sie und Latifa hielt den für mich vorgesehenen oberen Teil des Dildos in meine Richtung und führte ihn mir ein. Wir waren beglückt, Mit leichten gegenseitigen Bewegungen erreichten wir fast gleichzeitig einen Orgasmus und lagen so noch eine Weile, den Dildo in uns, nebeneinander. Nach einer regungslosen Zeit fanden wir unsere Sinne wieder, lachten glücklich machten unsere Arbeit fertig, ich, jetzt fast ohne Bekleidung.

*

Es war eine große Runde, alle wünschten uns ein schönes Wohnen, wenig Streit und eine glückliche Zukunft und der unbedarfte und unwissende Onkel Latifas wünschte zudem uns reiche und potente Männer, die Wildnis ruft...! Alle lachten und überhörten den Unterton. Meine Schwester mit ihrer Familie, Latifas Mama und der besagte wilde Onkel und Simon mit Papa, bzw. Carlos. Es war Nacht, die Kinder mussten nach Hause und Carlos organisierte in bekannter Manier den Transport und nach

einer Weile des gemeinsamen Aufräumens waren wir zu viert und prosteten uns zu.
Ein eigenartiges Gefühl umgab mich. Ich wollte mit Simon alleine sein. Wir stritten in lustiger Runde über eine Adresse, in welchem Stadtteil die wohl liegt und ich sagte, komm Simon, ich beweise dir, dass ich Recht habe. An der Türinnenseite meines Zimmers hatte ich einen Stadtplan Bogotas, da ich mich des Öfteren orientieren musste, denn so lange war ich noch nicht Einwohner dieser Millionenstadt. Ich nahm ihn bei der Hand und zog ihn in mein Zimmer an den Plan. Ich weiß nicht wer Recht hatte, ich ließ Simon gewähren, er zog mich ganz vorsichtig, fast behutsam, als wäre ich ein Baby, zu sich ran. Wir sahen uns in unsere Augen und ich schloss sie. Er küsste mich, ein wunderschönes Gefühl umgab mich, ich ließ mich in meinem eigenem Zimmer führen. Wir setzten uns auf mein Bett und küssend lag mein Kopf auf dem Kissen und mit zärtlichen Worten fragte er mich, ob er in der Nacht hier bleiben darf, dabei versichernd: „Marta, ich mache nichts, was du nicht möchtest, ich möchte nur in deiner Nähe sein und deine Wärme spüren. Ich, wir hörten nichts von den zwei, im Wohnzimmer Verbliebenen. Ich löschte das Licht, wir zogen uns automatisch aus, ich behielt BH und Slip an, Simon seine Shorts. Ich legte mich auf den Rücken und genoss die Küsse Simons. Seine Hände umkreisten meine Brüste, ganz vorsichtig. Ich war glücklich, ich machte den Verschluss auf und Simons Lippen küssten meine hoch aufgestellten Nippel und seine Hände streichelten den ganzen Körper. Sein feuchter, warmer Mund blieb über meinem Bachnabel ruhen und seine Zunge leckte den Nabel, ich zerfloss fast vor Lust und drehte mich auf den Bauch. Wieder streichelte er diesen Teil des Körpers. Ich hatte das Gefühl, dass er meine Narben des Rückens abküsste und dann meinen Po, über dem Slip mit dem Mund berührte. Ich küsste immer wieder seinen Kopf, Hals und Schulter. Er zog ganz leicht an meinem Slip und sagte: „Hab bitte keine Angst, ich möchte nur Küssen und Streicheln.

Ich hob meinen Po etwas hoch und er zog mir den Slip aus. Mit den Füßen half ich dabei den Slip über meine Füße zu streichen, ich war nackt. Er küsste meinen Po sehr lange und ich genoss das.

Am frühen Vormittag, meine Blase drückte, wachte ich im Bett auf, ich lag wie ein Stein rührte mich nicht, wollte erst registrieren, wer, wo, was... Ich war allein im Bett, allein im Zimmer und die Badtür stand offen, also ich war wirklich allein und froh, ohne die Begründung dazu geben zu können, vielleicht aus Scham, vielleicht auch aus Angst, vor mir selbst und auch vor Latifa.

Es war schon hell, draußen pulsierte das Stadtleben. Als ich genüsslich fertig war erblickte ich im Spiegel, ein mit meiner Zahnpasta geschriebener Text: „Gracias und besus, Simon". Obwohl noch müde, machte ich mich langsam zurecht, barfuß, Jeans und Top und öffnete die Tür zum Wohnzimmer. Ich hätte es bemerken, hören können, die Panflöten- CD und die Abwaschgeräusche mit dem Klappern des abendlichen Geschirrs.
Der Tisch war gedeckt zum Frühstück für drei, nur drei Personen, wieso? In der Küche rotierten Carlos und Latifa um die Wette und strahlten mich mit großen Augen an. „Buenes dias Marta". Ich antwortete mit noch etwas rauer Stimme. Carlos ergriff das Wort: "Marta hoffentlich störe ich dich nicht wenn ich mit euch frühstücke, Latifa hat mich eingeladen, weil wir eine Wette abgeschlossen hatten. Wir wetteten, ob ihr aus dem Zimmer zurückkommt oder nicht. Latifa sagte, die kommen gleich zurück und ich sagte, die kommen nicht zurück. Also an sich ist das deine Wette, die ich nun auszulöffeln habe." Latifa freute sich und schaute auf meine Reaktion: „Also ein Frühstück auf Kosten von mir und Simon, wo ist er eigentlich." „Simon hat heute, am zeitigen Vormittag einen wichtigen Termin" sagte Carlos. Wir frühstückten gemütlich und ausgelassen, wenn auch sehr neugierig aufeinander.

Nach dem Frühstück ließ sich Carlos von Max abholen, wir waren wieder allein.
Am späten Nachmittag rief Simon an und fragte nach meinem Befinden und wünschte mir eine gute Woche.

Schweigend war ich in einer Zeitung vertieft und Latifa versuchte sich in einem Sudoku zurechtzufinden, was ihr in Wirklichkeit nie gelang, obwohl ich es ihr mehrfach erklärte. „Marta, wir müssen sprechen." „Ja natürlich, komm, wir machen uns ein Bad, nehmen etwas zu trinken mit, ich mach nur Wasser!" Lass dir noch zwei Stunden Zeit, ich will erst noch einige Dinge erledigen, dann komme ich", sprach ich und verschwand in meinem Zimmer um noch etwas für morgen vorzubereiten.

Im Wasser wohlig sitzend, begann Latifa von der gestrigen Nacht zu erzählen. „Ich muss wohl beichten, unsere Liebe am Nachmittag, hat mich so angemacht, dass ich Carlos nicht abgewiesen habe mit in mein Zimmer zu kommen. Dazu kam, dass ihr in deinem Zimmer geblieben wart. Auf dem Bett liegend und trinkend, erzählte ich Carlos, dass ich eine Lesbe bin und noch nie mit einem Mann zusammen war. Vielleicht war es Alkohol, oder Neugier, vielleicht auch pure Lust. Als er mir sagte, dass er mir nicht wehtun möchte, er es mir doch ganz behutsam machen könnte und nur wenn ich es gut befinde…Latifa, er machte es mir ganz behutsam. Wir zogen uns aus. Ich habe ihn mir nicht angesehen. Ich lag auf dem Rücken und hatte nur seine Schultern angefasst. Ich lies ihn gewähren, er küsste mich, er streichelte meine Brüste, dann meine Vagina, ganz vorsichtig, ja behutsam und dann kam er mit seinem Penis an die Pforte und drückte ganz leicht daran. Ich war völlig feucht, ich hatte das Gefühl, dass ich auslaufen würde. Dann war es um mich geschehen, ich drückte ihn in mich hinein, ich übernahm plötzlich das Kommando, wir vögelten ganz toll, ich wollte nicht aufhören. Sein kleiner Mann wurde schlapp und fiel heraus.

Es war sehr schön. Allerdings hatte ich keinen Orgasmus gespürt und als ich im Bad saß, lief sein Sperma aus mir heraus, Carlos hatte somit sein Erlebnis. So blieb er bei mir bis heute früh, bzw. bis du kamst. Ich weiß nicht, was jetzt kommt. Bist du böse?"

„Nein gar nicht, es war auch für mich eine schöne Nacht mit Simon. Es kam nicht bis zum Akt, aber so weit waren wir davon nicht entfernt, mehr nicht, trotzdem fühle ich mich froh.
Ich bin sehr glücklich, unsere Beziehung und die Tatsache, dass ich keine Angst mehr habe einen Mann lieben zu können. Alicia wird staunen, ihr Zeitplan meiner Blockade beginnt sich schneller zu lösen, als gedacht und das ganz von selbst."
„Marta, ich freue mich für dich, weiß aber trotzdem nicht was jetzt wird?" „Wird mit was? fragte ich. „Ja, liebe ich etwa Carlos?"

„Lass die Zeit sprechen, wir sind jetzt beide Findelkinder, die nach dem ewigen Licht suchen, du solltest öfters mal in die Kirche gehen, da kann man wunderbar sich sammeln, Gedanken ordnen und meditieren."

*

Wieder einmal, es waren zwei Tage nach der einschneidenden Zäsur meiner Gefühlwelt vergangen, wachte ich wieder einmal aus einem Traum auf. Die Vergangenheit und auch die Gefühle der letzten Tage, hatten mich eingeholt:

„Wir waren auf einem drei Tagesmarsch um das Lager zum wiederholten Male zu wechseln und umgingen Straßen und bewohnte Gebiete. In einem sumpfigen Gebiet bin ich über einen Ast mit dem linken Fuß eingeknickt und landete knietief im Wasser. Dabei muss ich wohl einen Frosch berührt haben, der mich ansprang und sich in der Haut meines linken Fußes verbiss. Das Hosenbein meiner Armeehose hatte sich wohl beim

Sturz über den Knöchel gehoben, sodass die Haut ungeschützt war. Ich schrie laut auf und ein hinter mir laufender kolumbianischer Soldat, es war für mich ein finsterer Russe, vor ihm hatte ich seit dem ersten Tag Angst, erkannte die Situation und warf mich vollends in den nassen Schlammdreck, zog den Frosch von meiner Haut, gab mir ein Söckchen, mit dem er sich beim Laufen das Viehzeug vom Gesicht wedelte und sagte nur: „Beiß fest zu Seniorita, fest beißen!"
Dann stach er mit seinem Messer in die fast nicht zu sehende Bisswunde des kleines Frosches und drückte das Blut aus der Wunde und somit das tödliche Gift des Frosches aus meinem Bein. Im Prinzip habe ich ihm das Leben zu verdanken, aber menschliches Leben hatte bei ihm, wie auch vielen anderen Leuten wenig Bedeutung. Aber er hat mir geholfen, nur das ist im Augenblick des Geschehens wichtig. Er hatte jedenfalls die Frauen wie Eigentum betrachtet, wenn er gierig war und hatte sie danach von sich gewiesen, wie totes Fleisch. Ich sehe den Frosch noch vor meinen Augen, klein, vielleicht zehn, zwölf Zentimeter lang, nicht dick, dunkelgrüne Haut mit an sich wunderschönen gelben Streifen am ganzen Körper. Es war ein stark giftiges Tier. Im Traum kam auch Latifa ins Camp nach der Befreiung, ich lag noch mit einem Tropf verbunden auf dem Feldbett. Sie schrie wie am Spieß, eine CC- Fliege hatte sie in den Arm gebissen sagte sie und hatte nun Angst, dass sie an der Schlafkrankheit oder an Malaria sterben muss."

*

Ich war putz munter, und froh, dass ich ohnehin bald, in einer Stunde aufzustehen hatte, denn heute war ein wichtiger Meetingtag und auf dem Programm stand meine Ablaufplanung.

Bis zum Aufstehen wollte ich noch etwas dösen. Aber der Traum und die damit verbundene Vergangenheit hatten mich immer wieder in den Bann meiner Gedanken gezogen. „Wir bekamen einmal fast drei Monate keine Verpflegung geliefert.

Die Vorräte waren schon lange aufgebraucht, auch an Diesel für die in der Nacht laufenden Generatoren mangelte es. Um uns nicht durch Geräusche zu verraten, mussten einige ausgewählte Einheimische mit Soldaten auf die Jagt gehen."

So habe ich im Prinzip alles gegessen, was ich heute nicht sehen kann, obwohl vielleicht einmal später, denn alles schmeckte ja nicht wirklich schlecht und die einheimische Bevölkerung aß manche Tiere als Delikatesse, Schildkröten, Würgeschlangen, bestimmte Arten von Fröschen, Papageien, und auch, oder insbesondere Exen aller Art, manchmal kam auch ein Schwein in die Fänge. Alles wurde mittels Fallen und Schlingen, jedenfalls ohne Waffenlärm gefangen. Wir Frauen hatten uns dann um die Zubereitung zu kümmern. Es kostete schon Überwindung, aber in der Not isst man alles, einfach egal was, alles, oder fast alle Lebewesen sind genießbar und für viele Menschen anderer Kulturen ist dies eben lecker, ja, das habe ich gelernt.

Ich klopfte leicht an Latifas Tür und fragte, wie es dem Biss ihrer CC- Fliege ginge, sie verstand nichts, es waren doch einige Aufklärungsworte notwendig.
Ich sprach noch mit Alicia zu meinen Träumen. Sie ist der Meinung, solange ich die Träume so verarbeiten kann, bin ich auf gutem Weg. Die Gefühlsache mit Simon betrachtet sie als eine Heilung unter dem Motto: „Marta, du kannst entlassen werden."

*

Ich entscheide mich – 2 Briefe nach Europa

Es ist einer jener trübsinnigen Sommertage, wo man nicht weiß, ob man nicht lieber, sofern man den Hund heraus jagen sollte, als sich selber bis zur U- Bahn durchzuschlagen im Gewühl der Massen, denn mit einem aufgespannten Schirm, unmöglich.

Latifa ist schon weg, also lege ich ihr einen Zettel hin:

„Schatz, bitte kümmere dich um die Wäsche, komme erst spät, treffe mich nach dem Meeting mit Simon, ach, wir haben keine Milch mehr, Tonerpatrone bringe ich mit, danke, liebe dich, Kuss, M.
PS: Bitte rufe unsere Putzfee an, sie möchte in den nächsten Tagen die Fenster putzen. Ich kann schon nicht mehr die Wolken und die Regentropfen sehen, geschweige die Sonne, danke, M."

*

Nach mehr als nun drei Monaten Jobarbeit und meinen, vom Team akzeptierten Arbeitsergebnissen bin ich aus meiner Sicht voll im Job angekommen, fühlte mich dem gewachsenen Stress gewachsen, ich war rundherum zufrieden, hätte nicht besser laufen können mit dem Team.
Verwundert war ich, dass ich heute vor dem planmäßigen Meeting zwei Stunden früher gerufen wurde. In unserem Raum empfing mich mein Teamleiter Carlo wie immer freudig höflich, aber mit mehr äußerem angestrengtem Gesichtsausdruck.
„Marta, ich habe Sie vor unserem Meeting hergebeten, weil außergewöhnliche Ereignisse auch außergewöhnliche Maßnahmen bedürfen und dies ist hier der Fall. In wenigen Minuten kommt der Vizechef zu uns und ich brauche vorher Ihre Zustimmung zur Mitarbeit. Marta, sie sind für mich meine rechte Hand, wenn auch bisher nicht ausgesprochen, mein Vertreter Leader."
Mir wurde etwas flau in meinem Bauch, trotz des Lobes und Anerkennung meiner Arbeit, was kommt jetzt? Er sprach unbeirrt weiter, allerdings doch mit etwas brüchiger Stimme: „Das heutige Problem ist, dass meine Frau gestern die Diagnose bestätigt bekam einen bösartigen Brustkarzinom zu haben und dass sich die Metastasen schnell bilden und im Körper verteilen

können, wenn sie das noch nicht sind, heißt, sie muss morgen operiert werden, beide Brüste werden abgenommen. Zudem habe ich drei Kinder, von dem das Jüngste an ADS leidet, Papa an Alzheimer seit Jahren leidet und selbst betreut werden muss, kurz und gut, ich kann derzeit keine Reisen unternehmen, Sie müssen mich vertreten und ich ziehe hier die Fäden. Von meinen privaten Problemen braucht keiner ausführliche Kenntnis erhalten. Ich bitte Sie mich zu unterstützen und zu vertreten, habe ich ihr Wort?" Das war kurz, prägnant, wie ein Hammer, der unsichtbar in der Luft über uns beider schwebte.
Er goss mir eine Tasse Tee ein und sah mich fragend an: „Natürlich helfe ich, wo ich kann und wenn sie mir das zutrauen, wobei ich sie aber dann sicher des öfters kontaktieren muss."
Im Augenblick meiner nickenden Zustimmungserklärung läutete sein Handy und wir bekamen Order zum Chef zu kommen.

Im Sekretariat stehend, kam mit Schwung der Vizechef des Konzerns auf mich zu, nahm mich kumpelhaft in den Arm und nahm mich mit in sein riesiges Zimmer. Meinem Teamchef wurde gestenhaft durch die Sekretärin mit einer Handbewegung gebeten sich im Sekretariat zu gedulden. Ein sehr smarter, gut gepflegter und modern gekleideter großer Chef bot mir einen Platz in einer Ledersesselecke an und fragte im typischen Oxfordenglisch: „Trinkst du mit mir einen Tee oder möchtest du lieber einen dieser bitteren kolumbianischen Espressos, noch dazu am frühen Morgen?" „Tee bitte" antwortete ich. Er lief zur Tür, bestellte zwei Kännchen Tee und verbat sich für fünfzehn Minuten jede Störung. Ich beim großen Boss, so unnahbar, für keinen, wie ich erreichbar, trinke Tee in seiner Residenz, unglaublich. Im Zimmer hatte er einen riesigen Schreibtisch, davor zwei Sessel für Besucher, einen langen Konferenztisch für mindesten 20 Mitarbeiter und diese Sesselecke, bestimmt dann, wenn die Verträge unterzeichnet waren zum Abschluss einen Drink.... Was mir angenehm auffiel, kein Geruch nach Zigarren oder Zigaretten. Man wusste, im Konzern, dass die Engländer

hier im Haus nicht rauchten, entgegen der allgemeinen landestypischen Tabakabhängigkeit. Die Zeit bis der Tee serviert wurde, überbrückte er mit allgemeinen Hinweisen zu seinem miserablen Spanisch und gratulierte zu meiner guten englischen Aussprache. Ich war sehr verunsichert zu dem Grund, dass sich ein riesiger Konzernchef, über den täglich Wirtschaftsmeldungen mit Fotos in der Presse und im TV zu sehen und zu hören war, sich Zeit nimmt, um mit einer jungen Mitarbeiterin in den heiligen Räumen Tee trinkt. Englisches Teegebäck wurde aus einer Originalpackung angeboten. Als wir dann allein waren, sagte er: „Ich kenne ihre nicht beneidenswerte Geschichte gut und freue mich umso mehr, dass sie nie aufgegeben haben. Ich betrachte es für mich als angenehme Überraschung dich persönlich kennenlernen zu dürfen. Wie hast du dich in die stressige Arbeit eingefunden?" „Ja, an sich gut, ich hatte ja noch die Möglichkeit mich die ersten Wochen herantasten zu können, also insgesamt gut." „Das Problem in einem Job der gehobenen Kategorie ist es so, dass, wenn man diesen angenommen hat, keiner Rücksicht nimmt und jeder nur an den Ergebnissen gemessen wird." „Ja, sicher in gehobenen Jobs schon...", er unterbrach mich: „Halt ein, das
neue Marketingkonzept ist für den Bestand eines Energieunternehmens von existenzieller Bedeutung, jeder Konzern ist wie ein Hai auf dem umkämpften Markt. Die geplanten Atomkraftwerke werden mit Sicherheit auf diesem Kontinent nicht mehr gebaut und die Zeit für alternative Energien haben wir hier mit Verlaub gesagt mehr als verschlafen und müssen deshalb jetzt umso schneller klotzen." Er sprach mit ruhiger vertrauenserweckender Stimme, aber ohne einen Zweifel an seinen Worten aufkommen zu lassen.

„Wenn schon das grobklotzige Deutschland erst die Atomkraftwerke bis 2050 länger laufen lassen will und Wochen später wegen einer japanischen Welle die Atomkraft urplötzlich verdammt und als beendet erklärt, ist das ein neuer Maßstab, an den kein Land vorbei kann, wie auch immer man sich entscheidet, verstehst du? Da ich gerade über Deutschland gesprochen habe, wie ist dein Deutsch, auch so gut wie Englisch?" Ich sagte: „Danke für das Englischlob, ja Deutsch sollte ich wohl etwas besser sprechen, nach den vielen Jahren in der Schweiz, ich verhaspele mich manchmal mit den Schweizer Deutsch, aber nach ein zwei Stunden, kein Problem, denke ich." Er goss mir Tee nach und fragte mich unverblümt: „Traust du dir die Arbeit zu, denn ich muss deinen Leader aus der Schusslinie nehmen, da habe selbst ich Respekt, denn ich habe auch eine Familie und die Familie geht vor, vor allem! Ich freue mich jedenfalls sehr, dass du hier eine aktive Rolle spielen kannst. Es ist auch ein Sprungbrett für deine Zukunft hier im Konzern." Er stand auf, legte eine Visitenkarte in meine linke Hand, gab mir herzlich seine rechte Hand und sagte mir: „Alles Gute, danke für das Kennenlernen, wenn einmal Probleme bestehen und du Hilfe oder einen Rat brauchst, ruf mich an. Diese Karten haben, bzw. bekommen nicht viele Personen, es ist vertraulich." Er steckte mir die Karte zu und rief jetzt meinen Teamleiter dazu.

Nun im gebrochenen, aber doch gut verständlichen Spanisch sprach er jetzt zu uns:
„Also, wie von Ihnen vorgeschlagen vertritt jetzt Mujer Marta sie bei den Außenkontakten und ist ausschließlich nur uns beiden rechenschaftspflichtig. Alle Aktivitäten sind vertraulich zu behandeln versteht sich. Bereitet jetzt die bekannten Aktivitäten vor." Ich sah beide fragend an, welche Außenkontakte, welche Aktivitäten? Der Big Boss kam meinem Teamleiter mit kurzen Worten, allerdings in Englisch, zuvor: „ Du musst in einigen Tagen an einer intern. Energiekonferenz in Berlin teilnehmen. Die Vorbereitung hierzu erfolgt in den Zentralen in Madrid und London." Wieder in Spanisch und mit gesprächsabschließender

Mimik. "Der junge Mann weiß über alles Bescheid. Bereitet alles vor, ich wünsche Erfolg."
Wir gaben uns beim Hinausgehen die Hand und lachend sagte er wieder in Englisch zu mir: „Machs gut, lach dir in Berlin ja keinen deutschen oder englischen Mann an, such die einen hiesigen, ich kann abtrünnige Leute nicht leiden. Außerdem sind deutsche Männer nicht feinfühlig und die meisten Engländer haben nur den Alkohol im Kopf", lacht und gab mir einen Klaps auf die Schulter und ich ward entlassen. Die im Vorzimmer arbeitenden zwei Frauen, waren auffällig herzlich und freundlich zu mir. Ich musste für sie eine besondere wichtige Person sein. Mein Teamleiter musste noch einen Augenblick bei ihm bleiben, so ging ich langsam die vier Etagen im Treppenhaus herunter. Das war für mich schon harter Tobak dachte ich, also hoch gelobt, zudem mit vielen Erwartungen beladen.

Im Team saßen wir noch Stunden zusammen um die nächsten Aufgaben und Reisen für mich vorzubereiten. Die gute Fee Lisa im Team hatte wohl jetzt den heißesten Job, sie musste drei Reisen für mich vorbereiten, eine Woche Madrid, zwei Wochen London und dann 4 Tage Berlin und anschließend wieder 2 Tage Madrid zur abschließenden Konferenzauswertung, also lebe ich fast einen Monat aus dem Koffer, fernab von Bogota und seit vielen Jahren das erste Mal wieder Auslandsluft schnuppern, allerdings Berufswegen.
Auf diese, so plötzlich auf mich zukommende neue Situation muss ich mich wohl erst einstellen. Es war schon Abend, es drehte sich alles in meinem Kopf. Ich wollte zur Besinnung kommen und mir für mich einen Plan machen.
Das Wetter ließ es zu, ich ging langsam aus der U- Bahnstation zu Fuß in meine Richtung. Bei einem Mc Donald stillte ich meinen Hunger, die Tüte Fritten und die Chickentücke taten eine Wohltat. Ich holte mir noch einen Becher Eis, Vanille mit Schokosoße und machte mich wesentlich befriedigter auf dem Weg.

Allerdings machte ich noch einen Umweg und setzte mich für einige Minuten in die Bank vor der Kapelle im Seitenflügel meiner Kirche.
Die Ruhe und das Gebet machten mich noch freier, friedlicher. Ich nahm mir noch einen Flyer mit den nächsten Messe- und Beichtterminen und so ging es nach Hause.

Gut, dass ich satt war, denn Latifa war nicht zu Hause. Ein Antwortzettel lag auf der Anrichte: „Hi, bin bis ca. 8:00 p.m. mit Carlos eine Pizza essen beim Italiener in der 5., Du weist schon. Aufgaben habe ich erfüllt, bin telefonisch erreichbar, Kuss Lati."

Ich setzte mich noch hin und schrieb mir meine wichtigen Aktivitäten auf, die es galt, alsbald zu erledigen.

- Dorle anrufen
- Termin Gynäkologie
- Termin Optiker
- Rollkoffer kaufen
- Klamotten kaufen

Mail an Tante mit Treffen in….
Mail an Enrice mit Treffen in London?

Treffen Wochenende, mit Simon??

Wegen des langen Meetings hatte ich das Handy aus und vergessen, nach eventuellen Nachrichten zu schauen. Nur ein zweimaliges Rufen war von Simon zu sehen. Ich rief Simon an und erzählte von meinen Stress und der wenigen Zeit in diesen Tagen, nahm aber seine Wochenendeinladung auf das Boot an, wir zwei allein, ohne den üblichen Rummel, schön, nur wir zwei.

Ich lag schon im Bett, als Latifa nach Hause kam. Wir verabredeten uns für den morgigen Abend. Ich wollte mit Ihr meine Neuigkeiten besprechen. Übrigens hatten wir uns schon über Wochen, nach dem letzten gemeinsamen Bad, unserer Sexorgie und der Einweihungsnacht nicht mehr körperlich- zärtlich berührt, eigenartig, keiner von uns machte dazu Anstalten.

„Hallo, liebe Tante Iren,

Du bist sicher überrascht, hoffentlich angenehm, wenn ich dir über den Computer deiner netten Nachbarsleute, diesen Brief schreibe.

Aber die Ereignisse meines Jobs haben eine schnellere Wendung genommen, als nur Zeit zum Träumen war. Ich muss meinen Chef vertreten, der familienbedingt nicht reisen kann. So muss ich eine fast einmonatige Reise in drei europäische Länder durchführen und die Route geht über die Stationen Madrid, London und Berlin.

Es geht halt schon kommende Woche los, allerdings habe ich den genauen Zeitplan nicht vor dem Wochenende.

Nun habe ich eine Überraschung. Ich möchte dich sehr gern umarmen und das nicht nur per Brief sondern ich möchte deine Wärme spüren.

Also, um konkret zu werden, ich werde zuerst eine Woche in Madrid sein. Einen Tag plane ich ein, dass ich in dieser ersten Woche nach Málaga fliege und mit dir diesen Tag verbringen möchte. Abends fliege ich dann zurück, vielleicht aber auch erst nächsten Tag. In diesem Fall brauche ich etwas Platz in der Besucherritze.

Ich denke, dass wir uns vielleicht in der malerischen Mühle in Mijos treffen. Vom Flughafen Málaga ist es mit dem Taxi nicht sehr weit, vielleicht dreißig Kilometer und von deiner Wohnung in Estepona vielleicht sechzig. Du könntest mit dem Bus, oder einer deiner noch Auto fahrender Bekannten haben ein Herz für dich. Ich bin mir sicher, dass du das selber organisieren kannst. Solltest du aber es nicht organisieren können, dann komme ich zu dir nach Haus.

Ich habe zwei, drei Wünsche:

    1.   einen Rosinenkuchen,
    2.   aus der Apotheke deinen Puder mit Zink, gibt es nicht mehr, sie bieten mir nur neumodische Salben an und nun

3. bitte sage Enrice nichts von unserem Treffen.

Enrice möchte ich nach London einladen, meiner zweiten Station. Hier auf „neutralem Boden" möchte ich ihn treffen. Ich bin zweigeteilt, zum einem freue ich mich darauf, zum anderem habe ich Angst.
Du wirst mich sicher besser verstehen, wenn wir uns treffen und ich dir mein Herz öffnen kann. Da dies nun bald so ist, wäre es pure „Zeitverschwendung" damit hier anzufangen.

Ich habe mich wirklich gut erholt und stehe meinen Mann und nun beginne ich auch wieder das Wort Familie in meinen Gedanken Platz einnehmen zu lassen.
Gott hat mir bisher beigestanden und wird dies auch weiter tun, dessen bin ich mir gewiss.

Ich hoffe, dass du bei guter Gesundheit bist und deine Blumen im Garten und vor dem Altar blühen.

Also, ich rufe dich sobald als möglich an, sofort nach meiner Ankunft, aus Madrid an und dann legen wir den Tag und die Uhrzeit für unseren Mühlenbesuch fest.

Ich liebe dich, besus, deine Marta.

PS: Vergiss den Kuchen nicht!"

> *Les grandes pensèe viennent du coceur.*
>
> *Die großen Gedanken kommen aus dem Herzen.*

Vauvenargues

„Guten Tag, lieber Enrice,
die seit Tagen hier verschwundene Sonne hat sich nun wieder eingestellt und bemüht sich um die Gunst der Bogoter. Vorerst allerdings ist es hier unerträglich schwül, es hatte tagelang geregnet.
Ich bin gesund, guter Dinge und freue mich auf das was ich dir schreiben möchte.

Zunächst einen dicken Dank für deine Mail, Deinen Lebensbericht und den vielen Fotos. Ich freue mich für dich, dass du sehr schöne und erlebnisreiche Wochen erleben konntest. Auch die Fotos und Berichte von dir und deinen Begleitern und auch den Begleiterinnen und das sage ich dir, ganz in ehrlicher Genugtuung, und alles was nicht geschrieben steht und nicht fotografiert ist, also zwischen den berühmten Zeilen, ich freue mich für dich.

Ich stehe inzwischen mit voller Kraft in einem doch sehr anspruchsvollen und verantwortungsvollen Job. Selbst der Stress macht mir Spaß und ich habe wohl meine so genannte Auszeit körperlich und weitestgehend auch seelisch gut verarbeitet.
Auch brauche ich keine ärztliche Betreuung mehr, zumal bei Bedarf meine Therapeutin der ersten Stunde inzwischen eine gute Freundin geworden ist und ein Anruf genügt…, aber dann haben wir uns meistens in einer Taverne gut gehen lassen. Also, ich bin gut drauf.

Im Job habe ich einen beängstigenden Aufstieg genommen, dass ich richtig Angst bekomme, wenn ich manchmal abends darüber nachdenke. Aber es macht mir ungeheuer Spaß und ich kann mit der Verantwortung und dem Stress inzwischen umgehen. Es kam mir hier auch zu gute, dass ich Zeit bekam, mich langsam hineinzufinden und dass mir die Sprachkenntnisse auch geholfen haben.

Das gesundheitliche Pech in der Familie meines Chefs, zwang mich dazu, einige Aufgaben zu übernehmen, die das Reisen betrifft. So werde ich schon in einigen Tagen nach Europa fliegen. Der Aufenthalt betrifft die Konzernzentralen Madrid und London, sowie eine Konferenzteilnahme in Berlin, also Deutschland. Ich kalkuliere mit einem Monat aus dem Koffer leben zu müssen.

Nun bin ich an dem Punkt angelangt, mich über uns Gedanken zu machen. Dazu bin ich bereit und voller Freude denke ich die Möglichkeit, uns in den nächsten zwei Wochen schon treffen zu können.
Ich lade dich herzlich ein nach London, oder nach Berlin zu kommen um miteinander zu sein und sprechen zu können, natürlich nur, wenn du möchtest, wenn du noch möchtest.

Am Wochenende werde ich den genauen Fahrplan für mich haben, wo und wann ich mich aufhalte und an welchen Tagen ich mir Zeit für mich, bzw. für uns nehmen kann. Für ein Treffen bietet sich aus heutiger Sicht London an, aber ggf. auch Berlin, sofern ich ein oder zwei Tage vor Konferenzbeginn reisen kann.
Enrice, ich bin in der Zwischenzeit in der glücklichen Lage für deine Hotelkosten aufkommen zu können, denn ich steige mit Sicherheit in einem der vielen Nobelhotels ab, was ich aber nicht beeinflussen kann.
Du kennst meine bescheidene Herkunft und meinen Lebensstiel. Meine Ansprüche haben sich keinesfalls verändert, aber die Situation gibt mir andere, exklusivere Möglichkeiten und Notwendigkeiten vor. Abgehoben sind nur die dienstlichen Erfordernisse, denen ich mich zu unterwerfen habe, wobei ich nicht böse bin, einmal in einem fünf Sternehotel wohnen zu dürfen.
Ich schlage dir vor, dass ich dir eine Mail sende mit allen Angaben zur Organisation und du dann auswählst nach deinen,

bzw. euern Möglichkeiten. Wenn ich richtig gelesen und verstanden habe, ist jetzt Jens mit seiner Familie in Deutschland, nachdem du wieder zur Verfügung stehst. Ich denke, du wirst schon, nein wir werden schon eine Möglichkeit finden. Wenn alle Stricke reißen, dann nehme ich mir bei der Rückreise ein oder zwei Tage Zeit um zu dir nach Tarifa zu kommen.

Eben habe ich mir noch einmal deine Afrikafotos mir angesehen. Allein schon deshalb, damit ich dich nicht übersehe, denn du siehst gut braungebrannt aus. Hast du dich in die dunkle Sportlerin verliebt oder nur verguckt? Viele Fotos deuten darauf hin, denn die „Eine" sucht zumindest fotografische Nähe. Schnappschüsse eines Teams neigen im Internet zu Wahrheiten. Aber ich würde es dir gönnen und das sage ich ganz ohne Argwohn. Hierzu hatte ich dir ja schon zwei Mal etwas geschrieben und schließlich ist, oder war meine Veränderung der Situation geschuldet.

Also, Enrice, ich freue mich auf die Möglichkeit, uns bald treffen zu können.

Ich wünsche dir eine gute Zeit, ein stressfreies Pizza-Bar-Leben und pass auf die Winde beim Surfen auf, bitte immer unter dem Motto „Land in Sicht".

Ich melde mich, habe aber auf meiner Reise täglich Mailempfang.

Besus, Marta."

*

Die Woche verging wie im Fluge, hätte ich nicht die Unterstützung von Dorle und Latifa gehabt, könnte ich mich nicht so genüsslich aalen und mich von Simon mit Sonnenlotion einreiben lassen. Vom Sonnendeck der Familienjacht sehe ich den Strand, vielleicht sind wir nur fünfhundert Meter vom Strand entfernt. Mit dem Fernglas beobachte ich mehrere Eltern mit deren Kinder planschen, herum jagen, aber wohl auch schimpfen.

Dienstagmittag fliege ich los, direkt nach Madrid. Mein erster Termin ist Mittwoch in der Konzernleitung. Schon Freitag treffe ich Tante Iren.
Ich bekomme Wehmut, zu viele Eindrücke stürmen meinen Kopf und nehmen Platz in meiner Gedankenwelt. In einigen Stunden fahre ich mit Simon zurück nach Hause und werde ihn eine ganze Weile nicht sehen. Obwohl er sagt, er kommt mich besuchen, nehme ich das nicht so ernst. Zwar kann er sich jede Reise leisten, aber ich bin mehr oder weniger im Dienst und bräuchte nur ihn zu bitten, oder anzubieten zu kommen, er würde gerne kommen.

Der gestrige Tag und vor allem die Nacht mit Simon und zum ersten Mal liebte mich ein Mann so, wie eine Frau geliebt werden möchte. Wir hatten wunderschönen Sex. Das erste Mal ließ ich einen Mann gewähren und mich glücklich machen. Das, was ich mir vor fast zwei Jahren, vielleicht auch nur vor Zweiundzwanzig Monaten für Enrice aufhob, erlebte ich gestern mit Simon, ein beglückendes Gefühl voller Sehnsucht nach diesem Glück. Ich bat ihm zu mir in meine Kajüte zu kommen und er sollte mich nicht allein lassen in dieser Nacht. Simon war aufgeregt, er konnte meine Lust, meinen Willen ableiten, er tat schüchtern vorsichtig, legte sich neben mich streichelte und liebkoste mich, so wie beim ersten intimen Kontakt vor Tagen, bei der Einweihungsfeier unserer WG. Er spürte sicher, dass ich nicht bekleidet war. Auch er, aber erst dann bemerkte ich, dass er sich bemühte mit seinen Bewegungen, beim Küssen meines Körpers, seine Boxershorts auszuziehen. Ich streichelte auch ihn, bewegte mich leicht hin und her. Mit diesen Bewegungen gerieten wir immer mehr in Ekstase. Simon, leicht aufgeregt und ein wenig

außer Atem fragte, mehr hauchte er: „Marta, möchtest du?" „Ja, komm, komm, ich will dich spüren." Ich war schon verschwitzt, fühlte mich völlig feucht, er glitt in mich ganz vorsichtig hinein, bewegte sich nur langsam. Ich fühlte seinen Penis, ich war beglückt und wollte nur mehr. Es war wesentlich schöner als der biegsame künstliche, zudem kühle Penis, den Latifa benutzt, oder benutzte, zumindest, den ich kennenlernen konnte. Sein Glied war stärker, wärmer und kein Fremdkörper. Ich spürte ihn ganz deutlich in mir als ein verbindendes Element zweier sich liebender Menschen. Automatisch übernahm ich den Rhythmus unserer Liebe, ich geriet in Wollust. Noch nie in meinem Leben bekam ich einen Orgasmus in dieser für mich einzigartigen Form, ich zitterte am ganzen Körper merkte aber, wie sich Simons Glied plötzlich noch stärker werdend und in mir explodierend in sich zusammen brach. Wir lagen beide noch lange, völlig nass, regungslos und glücklich nebeneinander. In der Dusche sah ich eine zähe, dick- gelbliche Flüssigkeit herauslaufen. Zum ersten Male sah ich Sperma, Sperma aus mir heraus laufen. Ich stellte die Dusche ab und sah dieser Flüssigkeit nach wie es langsam zum Ausfluss lief und dann danach in deren Innern verschwand.
Jedes sexuelle Zusammensein mit Latifa war für mich ein Erlebnis, aber nicht vergleichbar mit den erlebten Glücksmomenten, dank Simon.

Nun wusste ich, ich bin normal, ich bin nicht lesbisch, ich bin nicht bisexuell, ich will nur das eine, Sex mit dem Mann meiner Liebe.

*

Jetzt, heute Mittag nun werde ich von ihm verwöhnt, kleines Frühstück, denn wir wollen später grillen, die Creme ist auf meiner Haut verrieben und ich habe keinen Badeanzug an, nur

ein älteres Bikiniunterteil, keine Hemmungen, kein Wort über das, was zu sehen und auf dem Rücken zu erahnen ist.
Ich erbitte mir ein Glas Wasser mit Gas und zeige Simon an, sich zu mir zu setzen, dabei nicht wissend, wie ich es ihm sagen soll, wie fange ich an und was sage ich ihm.

„Simon, zwei Tage vor dem Überfall habe ich mich zwecks Heiratspapieren in der Dorfkirche meiner Heimatgemeinde erkundigt. Ich, wir wollten kirchlich in Kolumbien heiraten. Ich war mit meinem damaligen Geliebten, einen Spanier, Enrice, auch schon im spanischen Standesamt Cádiz, um uns zu Trauung anzumelden.
Ich war keusch und ich wollte rein vor dem Senior Jesus Christus an den Altar treten und mich dann meinem Ehemann hingeben. Meine Kultur ist sehr auf Gott und die katholische Kirche ausgerichtet. Auch das Schweizer Internet war streng katholisch geprägt. Der Hochzeitstermin war für drei Wochen nach dem Überfall fest vereinbart. Als ich mich nicht meldete, auch per täglichen „SKYPE- Telefon nicht und mit dem vereinbarten Flug auch nicht in Spanien landete versuchte Enrice mich zu suchen, bzw. in irgendeiner Weise ein Kontakt herzustellen.
Erst zwei Tage vor der Trauung erfuhr er, was passiert war und das ich unter den Opfern, aber wohlweislich lebend, war, heute aber ein anderer Mensch dadurch geworden bin. Ich wollte nur Leben, ich war zu feige um zu sterben, das wäre ich, wenn ich mich nicht willfährig hingegeben hätte, ich wurde zu einer Hure abgerichtet, ich wurde genommen. Ich sah den Tod mehrmals vor Augen. Ich sah Menschen, die NEIN sagten und ihrer Gesinnung treu bleiben wollten. Sie alle wurden wie wildes Vieh abgeschlachtet. Obwohl ich ein guter Christ war und bin, war ich schwach, vielleicht zu feige um zu sterben.

Wie du weißt, bin ich die einzige weibliche Überlebende aus der Befreiungsaktion.

Monatelang war ich in Behandlung, meine körperlichen Schäden sind schnell abgeheilt, leider einige für ewig sichtbar. Die seelischen Probleme haben mich dazu gebracht, dass ich erst heute in der Lage gewesen zu sein schien, wieder zu lieben.
Latifa hat mir sehr, sehr geholfen das Erlebte schrittweise zu verarbeiten, von Therapeuten abgesehen.

Ich konnte und wollte Enrice nicht treffen. Ich wollte und konnte mich von keinem Mann anfassen lassen. Selbst bei Ärzten hatte ich ängstliche Attacken. Ich habe ihm gesagt, dass er sein Leben beginnen soll so zu führen, als ob ich eine Freundin bin, weit weg. Das hat er auch wohl verstanden und handelt so.

Ich habe ihm gesagt, dass, wenn ich einmal nach Europa kommen werde und mich mental in der Lage sehe ihn zu treffen, dann gebe ich bescheid, allerdings auf neutralen Boden.
Ich habe ihm gestern angeboten mich in London oder Berlin zu treffen um mit ihm zu sprechen. Das bin ich seiner Liebe schuldig, er hat lange auf meine Befreiung gewartet, und als es dann so weit war, war ich ein anderer Mensch und konnte nicht.
Simon, dass ist die Situation. Ich habe dir bis heute noch nicht gesagt, dass ich dich liebe. Aber jede Sekunde des Zusammenseins mit dir war und ist Balsam auf meine Seele und ich genieße Deine liebenden Worte, danke. Bitte gib mir noch Zeit, dir zu antworten. Das, was ich dir schon geben wollte und geben konnte, habe ich dir heute Nacht gegeben. Ich brauche diese Zeit noch und wenn du mich wirklich liebst, mit mir eine Zukunft gestalten möchtest mit Familie, mit Kindern, dann gib mir diese Zeit."

Simon kam mit seinem Kopf an mich heran und küsste meine tränenden Augen. Ich lachte verlegen, wie lagen uns in den Armen. Simon versprach, dies zu akzeptieren, zu warten und sagte nochmals, dass seine Liebe zu mir ehrlich und stark ist. Er wartet und wenn ich ihn brauche, egal wo, er ist da.

Es war wohl eines meiner schönsten Wochenenden meines Lebens. Wir fuhren etwas ruhig, bedachter mit leichter Abschiedsstimmung und gegenseitiger Wehmut nach Hause, obwohl er mich ja noch am Dienstag zum Flughafen bringen wird.

*

Jeder Abschied fällt schwer,

bleibt doch jeweils ein Stück des eigenen Herzen zurück

Sprichwort

2. Kapitel: Enrice

*

Mit Fluggedanken nach Berlin

Ich habe es mir in meiner Sitzreihe 12, Platz K bequem gemacht. Die A360 ist nur zu einem Drittel besetzt, jeder Urlauber würde mich beneiden, keine überbuchte Maschine, gar übergewichtigen Nachbarn, ganz allein und nur für mich. Es ist eigenartig, denn Málaga ist doch eine Urlaubsidylle für Deutsche, es müssten doch viel mehr Leute sein, aber vielleicht sind die Schulferien, anders wie bei uns in Spanien, schon vorbei.
Ich kann nicht schlafen, hier nützt mir auch meine angenehme Platzierung und die Ruhe im Flieger nichts, mir geht meine aktuelle Situation und mein bewegtes Leben der letzten Jahre durch den Kopf, zunächst alles durcheinander, dann doch, wo ich beginne mir Notizen zu machen, etwas klarer strukturiert.
In schon dreieinhalb Stunden treffe ich vielleicht Marta am Flughafen Tegel ein. Vor sechs Stunden, ich saß schon lange im Bus nach Málaga kam Martas SMS mit dem Text an:

„Hola Enrice, ich freue mich, falls ich nicht am Gate stehe, nimm am Flughafen den Bus Nr. 109 und fahre bis zur Endhaltestelle „Zoologischer Garten", rechts, 350 m steht das Hotel „R2", Richtung Kurfürstendamm, (2,30 €), dort ist auf deinem Namen ein Zimmer reserviert, bezahlt für zwei Nächte, melde mich sofort nach einem Termin, guten Flug, besus, Marta."

Ich weiß nicht, was ich denken soll. Mir kommt alles fremd vor. Sie ist vollkommen, denkt an Alles.
Ich habe mir die 500 € zusammengekratzt, nach meinem

Aufenthalt in Afrika, um diesen Trip nach Deutschland zu finanzieren und um jetzt Marta zu treffen. Will ich sie, oder will sie denn mich wirklich treffen? Ich habe keine Antwort auf diese Frage. Ich hatte alles Geld gespart um die Hochzeit zu organisieren, ihr das Ticket zu bezahlen und die Hochzeit zu feiern, im kleinen Rahmen, genauso, wie sie, wie wir es wollten.
Jens hatte schon alles mit Dani organisiert. Nach der Trauung zum Strand, was dort, weiß ich allerdings nicht und danach in der Bar, ich wollte mich von Jens und Dani überraschen lassen. Im Internet war schon dieser interne Termin geparkt.
Zwar wollten wir bei ihr in Kolumbien kirchlich heiraten, aber terminlich so aufschieben, wie wir es uns leisten konnten. Das neunzigtägige und regierende europäische Aufenthaltsrecht hätte ausgereicht, dass sie nach der Hochzeit eine Aufenthaltserlaubnis erhält. Einen Job hätten wir auch gefunden, sicher bei den UN-Behörden oder gar beim lateinamerikanischen Verein, zwar in Madrid, aber…alternativ hätte sie auch in der Übergangszeit in der Bar reinigen können. Wir hätten dann die Polin ausgemustert, so hätte sie sogar gleich etwas eigenes Geld verdient.
Der Anfang war so geplant. Ein gemeinsamer Anfang auf den wir uns gemeinsam gefreut haben.
Wen ich die letzten Mails und heute kurz vor dem Flug vor allem die letzte SMS lese, denke ich, dass ich nicht Marta vor mir habe, sondern eine Frau aus einer Chefetage, die zum Business gerade heute in Berlin ist und morgen in einem anderen Teil der Welt und der Werbung „und der Taft garantiert dem Haar alle Wetterlagen.", ich bin sauer, böse, traurig, dazu ungewiss. Vielleicht bin ich auch selbstgefällig, egoistisch, aber ich habe keine Wahl, zudem zeigt der Monitor der Easyjet das Überfliegen von Barcelona an.

Ich habe über ein Jahr gewartet auf sie, wollte nach der Befreiung zu ihr fliegen um ihr zu helfen ins gemeinsame Leben zurückzufinden, wurde aber abgespeist, jetzt noch nicht, nein, später, bin noch in Therapie, wenn ich in Europa bin, neutralem Platz – was soll das alles, was?

Ich war einige Male in einem asiatischen Massagestudio und habe mich entspannen lassen, ein vornehmer Begriff für geile Männer, so wie ich, ab und zu. Diese Prozedur erregte mich auch sehr sexuell und ich konnte mich so ohne Geschlechtsverkehr mit anderen Frauen abreagieren lassen. Ich war über ein Jahr ihr treu, habe gehofft und gewartet. Ich habe auf Jens nicht gehört.

Ich habe bei keiner anderen Frau mehr zugelassen als Freundschaft, kein Sex, manchmal war es eine Selbstastration und nun jetzt diese SMS.

So erinnere ich mich an Sylvia aus München. Oft schon hatte sie mich eingeladen sie zu besuchen, zum Wintersport in die Alpen, auch zum Oktoberfest, sie hatte immer Ideen und mir ihre Sympathie bezeugt. Was war ich nur für ein Rindvieh, zumindest haben das mir meine Freunde, nicht nur einmal, gesagt.

Nun habe ich mich in Jamine verliebt. Warum gebe ich mein letztes Geld aus um Marta zu sprechen. Für das Geld hätte ich schon Jamine nach Tarifa kommen lassen können, oder zu ihr fliegen können, ich bin durcheinander.

Nach dem Gespräch mache ich meinen Plan und entscheide mich. Ich bin jetzt bald sechsundvierzig, ich will jetzt mein Leben ordnen, ich will, ich muss.

Alle meine Freunde sind liiert, nur ich wandle zwischen den Wünschen und Möglichkeiten, so traurig Martas Gefangenschaft auch ist, bzw. jetzt war.

Ich habe Angst, dass sie die gleiche geblieben ist, wie vor unserem Hochzeitstermin, dann muss ich mich entscheiden zwischen Marta und Jamine.

Ja, ich habe wirklich Angst, dass sie geworden ist wie ich aus der SMS ableite und sie mich haben möchte. Dann bekomme ich Jamine nicht, muss ihr absagen, trotz…, habe aber dann das

Problem, dass Marta dick im Businessgeschäft ist, Geld hat, auf Reisen ist und ich bin geblieben, wie eh und je.
Ich wäre in ihrer Abhängigkeit, müsste fragen, bitten, betteln, ich weiß nicht.

*

Nach meiner Scheidung und der leider notwendigen Trennung vom geliebten materiellen Wohlstand durch eine große Insolvenz vor mehr als inzwischen zehn Jahren, hatte ich immer nur zwei wesentliche Ziele. Zum einem mir ein, für mich auskömmliches Einkommen zu sichern und zum anderem das Finden eines weiblichen, familiären Mittelpunktes einer neuen Familie, eine Frau.

Ich bin ein Familienmensch, muss immer Menschen um mich haben, ich will mich um Dritte
kümmern, will verwöhnen, will verwöhnt werden. Aber auch meine Gefühle ausleben. Gefühle kann man nicht kaufen, es gibt nur käuflichen Sex, ohne Gefühl. Nicht kaufen, ohne Gefühl mich entspannen lassen, nein, das wollte ich nie, sehne und sehnte mich immer nach echten Gefühlen. Ich kann mich nicht beschweren, war über zwanzig Jahre verheiratet, keiner kann sagen ich bin unstetig, zumindest was die Familie angeht. Ich fühlte mich immer verantwortlich. Die Familie stand immer an erster Stelle. Mit wachsendem Wohlstand und dem Älterwerden, immer nur festgemacht an den Geburtstagen der Kinder, begann gefühlsmäßige Unzufriedenheit in meinem Leben Raum einzunehmen. Manch ein Leser nennt dies Midlifecrisis, zumindest bezieht sich dieser Allgemeinfluch der Frauen auf Männer. Aber ich denke es ist ein flaches Pauschalurteil Männern gegenüber. Ich behaupte, dass bei Scheidungen, egal wer den ersten Schritt hierzu geht, beide Partner einen Trennungsanteil haben, sei es direkt oder indirekt. Ich klammere natürlich häusliche Gewalt und andere perverse Absonderlichkeiten aus, aber im Allgemeinen ist dies wohl so.

Da aber jeder Partner für sich egoistisch und subjektiv über Ursache und Wirkung aufkeimender Unzufriedenheiten bis hin über Differenzen nachdenkt, hilft ein Kitten einer Bindung nur über einen immer kürzer werdenden Zeitraum. Jeder Partner fühlt sich auf die eine oder andere Art verletzt, einer mehr, der andere weniger. Natürlich verletzt derjenige mehr, der geht, denn derjenige der geht, weiß schon wohin, das ist wesentliche Grausamkeit, das dann plötzlich Alleine sein.
Obwohl ich ging, kam ich mit dem Alleine sein nie zu recht. Mir fehlte der Mittelpunkt, das sich Kümmern müssen, die Verantwortung für die Familie. Auf der einen Seite war das Neue, das alles zuerst sehr Schöne, mit zunehmender Dauer aber auch das täglich normal Werdende und auf der anderen Seite Gedanken über das Gewesene, über das, was ich hinterlassen habe und dort nicht mehr eingreifen kann, vielleicht auch manches Mal das plagende Gewissen.

Ich war, sicher bin ich das auch noch – auf kleiner Flamme-, ein sehr zielbewusster Mensch, habe immer geführt, mache sagten ich sei ein Macher. Natürlich bin ich dies auch heute noch, kann es aber nicht so erfolgreich und sichtbar ausleben. Das hörte ich natürlich auch gern, bezogen auf gewesene Erfolge meines überwiegend materiell geprägten Lebensstiels.
Ich kannte keine Tränen, wollte nie Probleme aufarbeiten, wollte nie über Probleme sprechen, konnte auch sehr hart Dritten gegenüber sein, zumindest was das Geschäftliche anbetraf.
Die Nachricht von dem Unglück Martas hatte mich sehr berührt, ich heulte wie ein Schlosshund, konnte es nicht fassen, hatte ohnmächtige Wut auf diese Situation. Man kannte solche Meldungen nur aus den Nachrichten, dass man aber selber davon betroffen werden könnte, nein, das nicht.

*

Ich bin jetzt über vier Jahre allein, mit wechselnden Versuchen nach einer festen Bindung für das verbleibende Leben. Diese Jahre haben mich zu einem anderen, mehr gefühlsmäßig denkenden Mensch werden lassen. Als Hauptursache, dass ich mich selbst umgekrempelt habe, ist wohl der so genannte „Kamerad Zufall" zu benennen. Nach knapp zwei Jahren nach dem Auszug aus einem familiären Umfeld, einer langjährigen Ehe, verließ ich meinerseits eine neue Beziehung. Es dauerte nicht lange und mir fiel die Decke, vor allem abends auf dem Kopf, vor dem nicht gekannten Alleinsein. Ein Freund riet mir meine Lebensgeschichte aufzuarbeiten, alles dass, was ich hätte in den vergangenen, letztendlich gescheiterten Ehe und Beziehungen hätte besprechen sollen, aufzuschreiben. Mit der dann niedergeschriebenen und auch veröffentlichten Biografie habe ich zwar nochmals Wunden aufgerissen bei der vergangenen Ehe, denn ich habe meine Geschichte, mein Leben, aus meiner Sicht geschrieben, und nicht aus der Sicht der verlassener dritten, lieben Personen, meiner Exfrau und unseren Kindern.
Aber es machte mich freier, ich bin verändert, zeige mehr Gefühle, wenn sich die Möglichkeit gibt, aber in mich hinein freier. Bis zu diesem Schritt konnte ich nicht weinen, nur einmal, als mein Vater verstarb. Dann bei Marta. Heute ist dies anders. Bei mancher emotionaler Situation, sei es im Kino, Radio, TV, etc., egal ob ich allein oder auch in Begleitung bin, ich kann…

Ich suchte jahrelang eine spanische Frau für ein gemeinsames neues Leben. Ich bin hier immer davon ausgegangen, dass diese Beziehung getragen werden muss von dem Willen nach neuen Gemeinsamkeiten zu suchen, ohne lieb gewonnene Interessen aufzugeben und gegenseitige Lebenskompromisse zu akzeptieren, denn einen Menschen kann man nicht „umkrempeln". Jeder ist eine Persönlichkeit, dem Achtung und Respekt entgegenzubringen ist und die man erwarten kann.

Vertrauen muss man allerdings leben. Nur das Versprechen „Schau mir in die Augen, können diese lügen?", reicht nicht.

Ich habe es nicht geschafft, keine Frauen gefunden, die diesen, meinen Attributen gerecht geworden sind, wie: noch aktiv sein, sportlich, attraktiv, schlank, kulturell aufgeschlossen, kommunikativ, sie sollte jünger sein und Manches mehr. Immer gehe ich von mir aus, stehe noch voll im Arbeitsleben. Ich bin aktiv täglich sportlich tätig, fahre immer noch vor unserer Arbeit zig Kilometer Fahrrad, bin kulturell interessiert und Vieles mehr. Mir war klar geworden, dass die suchenden Frauen auch ihre Vorstellungen haben. Ich war sicher vielen zu alt, finanziell nicht ausreichend abgesichert, mancher Frau zu klein und, und....
Der Gerechtigkeit auf beiden Seiten muss man Tribut zollen. Das „Schlimmste" ist oft der Fall, dass die begehrenswertesten Frauen verheiratet sind, oder in einer festen Beziehung leben,

Cèst la vie, so ist das Leben.

*

Mein schon fast krankhaft-magisches Bemühen eine Frau über Zeitungsannoncen und über die verschiedensten, halbwegs seriösen Internetplattformen kennen zu lernen, stieß auch bei meiner Familie auf teilweises Kopfschütteln. Meine Schwester gab mir mehrfach den Rat:
„Mensch, du hast ein schönes Leben geführt, hast studierte und gut versorgte Kinder, hast jetzt du mit Freunden eine bescheidene, zumindest auskömmliche neue Existenz aufgebaut, kannst deinen sportlichen Hobbys nachgehen. Vielleicht kommt eines Tages die ewige Liebe in dein Haus. Mach es dir gemütlich, lebe dein Leben allein, hol dir keine Sorgen ins Haus, lass Gott entscheiden...".
Wer hört schön auf gut gemeinte Ratschläge, wenn man noch unerfüllte Wünsche hat, Sehnsüchte nach dem prickelnden

Bauchgefühl und die Hoffnung auf eine gemeinsame Zukunft? Wer? Wer denkt schon so rational? Ich nicht. Ich will mein Leben nicht so abschließen, es hieße ja sich vorzubereiten auf den letzten Tag, wann immer dieser auf jeden unausweichlich zukommt. Die biologische Uhr tickt unerbittlich, wobei andererseits die sechsundvierzig noch eine gute Zahl ist, rede ich mir ein.

Afrika, ich schaue auf dem Monitor mit den noch zurückzulegenden Kilometern der Flugroute, es sind noch mehr als tausend, wie überfliegen gerade die französischen Alpen Richtung Lichtenstein. Da das Bild auf dem Monitor mit der Wetterkarte jetzt wieder Nordafrika und Südspanien zeigt ordne ich mein Tarifa ein und bin fast territorial in der Nähe von Tansania. Sofort kommt mir Jamine in den Sinn.
Erst heute Morgen kam ihre Mail bei mir an. Ich habe von meinem Trip nach Deutschland nichts geschrieben, sie wäre unruhig, beleidigt und gekränkt, denn sie wartet auf meine Antwort – meine Entscheidung. Sie steht gedanklich vor mir, eine wunderschöne, sehr dunkle Frau, sportlich, fit und voller Ideen.
Ich habe sie angelogen, bin drei oder vier Tage im Krankenhaus, lasse mir Polypen aus dem Darm entfernen und bin dadurch nicht erreichbar. Etwas schäme ich mich, warum Lügen, Samstag wieder beichten?!

Ich habe ich noch viel Zeit, eine Stunde, dann landen wir, also gebe ich mich meinen Gedanken weiter hin.
Auf der Suche nach Frauen im Internet hatte ich auch Kontakt mit ausländischen Frauen gefunden.
In meiner Studentenzeit wohnte ich fast drei Jahre mit Ibrahim, einem pechschwarzen lieben Kerl aus West- Guinea zusammen, war mehrfach in Kuba, Brasilien, Kenia und Tansania, teil dienstlich, teils privat im Familienurlaub. Mich faszinierten immer die doch anderen Lebensweisen, das Umfeld, die Kultur

und natürlich insbesondere auch die Schönheit der Menschen. Auch die scheinbare Leichtigkeit der Menschen, die allerdings beim näheren Kennen auch schnell umschlägt in Mitleid, aber die auch Achtung verlangt, Achtung und Respekt vor ihrem Leben und dem Bemühen auf Besserung von manchen schwierigen Lebenssituationen.
Das Auge isst mit, so sagt man beim Essen, aber ich schaute auch immer zu den rassig, wirkenden jungen mulattisch-, oder negro- ausschauenden Menschen, natürlich insbesondere Frauen. Egal, ob die dicke Frau mit der Zigarre im Mund vor dem Haus sitzend, auf dem kubanischen Land, die zwei großen grazilen brasilianischen Schönheiten im Varieté von Rio, bzw. den tausenden jungen Leuten am Strand der Copa, oder den sehr anmutigen, fast tief schwarz, ausschauenden Frauen mit ihren, farbenfreudigen langen Gewändern, zu einem tansanischen Markt wandernd, auf dem Kopf den sicher wippenden, flachen, kreisrunden Korb, gefüllt mit kurzen Kochbananen, auf dem Rücken das schlafende Baby eingewickelt, um das tägliche Leben kämpfend.

*

Ich sehe Marta vor mir bei unserm letzten Treffen, auf dem Flughafen stehen und uns verabschieden, bis bald auf dem spanischen Standesamt, Marta eine schöne mulattisch Frau, gerade mit dem Studium fertig.

*

Meine Gedanken springen ungeordnet in meinem Kopf umher. Ich denke, dass mein schreibendes Hobby mich auch nicht reich macht, vielleicht nach dem Tode. Aber ich brauchte jetzt viel eigenes Geld. Geld für unser kleines Surf- und Pizzabargeschäft, Geld, um mit Marta mithalten zu können, Geld, um mit Jamine und ihrem Kind, auskömmlich und sorgenfrei leben kann.

*

Eigentlich hatte ich mir vorgenommen mein gerade im Rohtext fertig geschrieben Manuskript meines 3. Buches zu redigieren, meine Schreibfehler ausmerzend, aber ich kann mich nicht darauf konzentrieren, Tansania und Kolumbien halten mich voll im Bann.
Mein 26- jähriger Buchheld, mein Protagonist, ist authentisch, er lebt in einem „goldenen" Flecken unserer Erde, nicht weit von meinem Elternhaus, nahe Cádiz entfernt, in einer WG eines christlichen Stiftes. Man kann Leid des Einen nicht mit Leid eines Anderen aufwiegen, dennoch lässt mich dieser Vergleich nicht los.
Christopher, jetzt 26, ist geboren mit einem Gendeffekt, dem TAR- Syndrom, hat keine Arme, seine kindhaft kleinen Hände sind angewachsen an den Schulterstümpfen, seine Beine sind verkrümmt, er ist nur sehr eingeschränkt selbstständig. Weltweit leben etwa hundert Menschen mit diesem Defekt. Er, Chris, hat eine Schulbildung, schreibt mit den Füßen, wird umsorgt, ist zufrieden, kennt kein anderes Leben, hat auch Zukunftsträume, will Mal allein leben, möglichst mit einer Frau. Chris ist nicht traurig, kennt kein anderes Leben, er hat keine Sorgen, er ist abgesichert. Wir haben gemeinsam ein Buch herausgegeben, ich schrieb über sein Leben, Chris hat mit seinen Füßen eine Fantasiegeschichte geschrieben, wobei ich ihm hier einerseits stimulierte, ihm animierte zu schreiben und ihm als ein Co-Autor half manchen Satz in die richtige Form zu bringen. Ich bin ihm ein väterlicher Freund geworden und ab und zu spielen wir Schach, nächste Woche wollte er wieder kommen.

*

Der Auslöser, auf den sportlichen Afrikatrip aufzuspringen und den, durch Ausfall eines Sportfreundes frei gewordenen Platz einzunehmen war vielfältig.
Zum einem die Aussage von Marta, dass ich mein Leben neu gestalten soll und auch, dass ich losgelöst von ihr Denken und handeln soll.

Wir alle haben ihre Zeilen mehrmals gelesen und Dani hielt mit ihrer Meinung nicht hinter den Berg. „Mensch Enrice, so sehr das Durchlebte von Marta auch furchtbar ist, kannst du nicht auch noch dein Leben in Trauer verbringen. Du musst akzeptieren, dass sie ihr Leben neu erlernen muss und du aber dein Leben jetzt in Griff bringen musst, aber jetzt zunächst ohne Marta.
Fahr mit, eine tolle Truppe, du kennst fast alle und zwei unbekannte schwarze Gazellen warten auch noch auf dich. Bring aber nur eine schwarze mit, vielleicht auch gut für unser Geschäft. Den teilweise derben, drolligen, satirischen Witz hat sie von ihrem deutschen Vater geerbt, sagt sie dann immer entschuldigend, dann, wenn sie nahe bei einem Fettnapf stand.
Außerdem kommst du auf andere Gedanken und wir wollen dich haben, wie du warst, einen lustigen Kumpel und Partner, kein arbeitenden Trauerklos der auf den Jahrnimmerleinstag und das Glück wartet.
Mit allen, diesen guten Wünschen und Ratschlägen versehen, wurde ich mitgeschickt.

Ich war vorher erst einmal Mal in Afrika, zwei Wochen in Kenia, machte hier im Umfeld von Mombasa mit meiner Familie Urlaub, allerdings in einer europäisch geführten, kleinen Hotelanlage und nun Tansania, drei Wochen mit Freunden, einer Sportgruppe „Tarifa", ein internationaler Trupp.

Hier waren wir mit unseren Zelten und Mountainbikes unterwegs, machten gemeinsame Ausflüge mit tansanischen Sportfreunden und lebten in einem schon gehobenen, afrikanischen Stil, als sportliche Camper.
Ich hätte es mir denken können, alles Pärchen, natürlich kannte ich sie alle, aber es war alles aufgeteilt. Die zwei Engländer waren homosexuell, zwei Franzosen hatten die Tour organisiert. Sie waren mit den zwei Tansanischen Frauen, bzw. Danis dunklen

Gazellen, leiert, einer war verlobt und die Heirat in Vorbereitung und der zweite Typ war nicht krank, er hatte wohl kalte Füße bekommen und Angst vor der zweiten Frau. Ich bekam nicht viel mit aber so ähnlich war es wohl.
Schon im Flugzeug wurde ich gefeiert wie ein Popstar, endlich einmal wieder raus aus Tarifa. Alle kannten Marta persönlich, zumindest wussten alle von der Situation des Überfalls und der Befreiung, bis hin zur derzeitigen Situation. Alle wollten helfen, meinen Kopf frei zu bekommen. Sicher hatte man ohne mich dazu einen Beitrag geleistet. Ich sah manchmal im Flugzeug einige Tuscheln und zu mir blicken.

Als wir ankamen und die erste Übernachtung vorbereiteten bekam ich es mit. Der Franzose, Piere schlief mit mir im Zelt und die beider Afrikanerinnen im anderen Zelt. Erst in der Nacht erzählte mir Piere, dass man mich nicht zwingen wollte mit der für mich doch fremden Frau im Zelt zu übernachten, obwohl er ja mit einer von beiden verlobt war.
Da war es raus, alle wussten es, nur ich nicht, „dieses Pack", dachte ich.
An den ersten Tagen freundete ich mich automatisch mit Jamine an. Sie sprach ein sehr gutes Englisch, obwohl als Amtssprache nicht zugelassen, aber als erste Fremdsprache in der Schulbildung. Ich gab mit Mühe mit meinem bescheidenen Englisch.
Der afrikanische Unterton mit ihrem Swahili brachte eine faszinierende Stimme heraus. Zudem war es eine wunderschöne Frau, schlank, etwas zu groß, wie waren, wir sind gleich groß. Beide Frauen waren gerade fertig mit einem Lehrstudium und es waren für sie ihre letzten Ferien. Ab dem dritten Tag schliefen wir in unseren Schlafsäcken, getrennt, aber im gleichen Zelt.
Es kam so, wie es wohl kommen musste, vielleicht für viele gewünscht, dass auch kommen sollte, es war mehr als nur sportliche Sympathie, wir kamen uns näher und wurden zu einem, sich nicht mehr trennen zu wollenden Paar.

Nach einem, auch mit Alkoholinhalt versehenem Grillabend mit Lagerfeuer, die deutsche Sieglinde, hatte Geburtstag, wurde einunddreißig, schliefen wir zusammen, hatten Sex, es war ein nicht geplanter, aber dann doch so gekommen, wir wollten es beide.

Wir schliefen an diesem Grillabend lustig, über alle Zelte lachend und miterlebend, in unseren Schlafsäcken. Wir rollten sie aber näher an uns heran, sodass wir uns küssten und die Hände hielten. In der Folge ließen wir es geschehen. Ich denke, beide wollten wir es, nahmen keine Rücksicht auf irgendwelche anderen Gedanken, wir liebten uns bis zu einem für beide erlebbaren Orgasmen.   Für mich war es ein herrliches sexuelles Erlebnis.

Einen Monat, bevor ich Marta kennen und lieben gelernt hatte, hatte ich das letzte Mal Sex mit einer verflossenen Freundin, Sportlerin. Sie war verheiratet und kam jedes Jahr zum Surfen nach Tarifa, allein ohne Mann, um sich von Ihrer Familie zu erholen, zu entspannen und abzulenken lassen, so wie mit mir. Der Mann hat vielleicht etwas geahnt, denn im letzten Jahr kam er mit und dieses Jahr? Ich weiß es nicht, mir egal!

Wir sahen täglich den faszinierten weißen Berg, den Kilimanjaro und ich dachte hier oft an meine deutschen Freunde, die diesen Berg bestiegen und mir von ihren bergsteigerischen Erlebnissen, Erkenntnisse und den nicht sichtbaren, unbekannten, dünner werdenden Luftschichten, dafür für Flachländer doch auch bedrohlichen körperlichen Auswirkungen berichteten.

Gerne, mehr mit Wehmut, sehe ich mich mit meinen Freunden auf dem 1.Level der „Coca Cola"- Route stehen, auf dem Plato„"Kariba Tena" in 1.870 Meter stehen. Bis hier hoch konnten wir mit unseren Baigs fahren.   Das Wort fahren ist etwas übertrieben, denn es war schon eine Quälerei für alle. Die mit den Jeeps vorbeifahrenden Bergsteiger schauten uns bedauernswert an. In der „Mandora Hütte", wo wir gemeinsam

Übernachteten, war eine tolle Stimmung, wir, weil wir die Hütte fahrend erreicht hatten und die Bergsteiger, dass es am nächsten Tag endlich Richtung Gipfel los geht. Von hier aus liefen die Bergsteiger in den kommenden fünf bis sechs Tagen die noch notwendigen viertausend Meter zum Gipfel. Es ist erstaunlich, dass ein vielfaches Sprachengewirr mehr vereinen als trennen kann, wenn das auch in der Politik so wäre, wie es im täglichen friedfertigen Leben möglich ist.
Leider musste ich für eine Woche Abschied nehmen von Jamine. Sie schloss sich mit 3 anderen Frauen aus unserem Team, einer südafrikanischen Gruppe an, um den Gipfel zu erreichen. Dies war über Monate geplant und organisiert. Wir waren beide etwas traurig, aber nur fünf oder sechs Tage.

Eine Gruppe von sechs Österreichern trafen wir einen Tag später. Sie kamen vom Berg. Vier waren oben angekommen, bei den anderen war die Luft zu dünn geworden, oder hatten den Aufstieg zu schnell gewagt und sich nicht ausreichend akklimatisiert.
Täglich hatten wir uns geliebt, als ob wir nachholen mussten oder ausgehungert waren nach der körperlichen Liebe.
Bei unseren täglichen Ausfahrten wurden wir begleitet von zwei, für unsere Sicherheit zuständige, aber nur und gegenüber zum Schein besorgten Milizionären in ihrem, wohl aus dem zweiten Weltkrieg verbliebenen Jeeps, denn eine absolute Sicherheit ist nicht gegeben. Immerhin hatten unsere Rucksäcke Platz und wenn ich deren veraltete Ausrüstung sah, erinnerte ich mich an die mit Pfeil und Bogen ausgestattete Sicherheitsgruppe in einer kenianischen Hotelanlage. Auf meine Frage nach Robin Hoods Nachkommen, nannten sie den plausiblen Grund, der Geräuscharmut, denn die Urlauber sollten nicht oft in der Nacht durch Schüsse geweckt und verängstigt werden, ist doch „nett", danke…!
Bei den Milizen war es anders, Sicherheit von Staatswegen ja, aber sie lebten die 10 Tage von uns, aus afrikanischen

Lebensverhältnissen heraus, in Saus und Braus. Statt Tier und Feind aus weitem Abstand von uns fernzuhalten, lebten sie mitten unter uns, immer bei Pausen bedacht zu sein, nichts zu verpassen, trotzdem, es waren liebe Kerle und wir hatten manchen Spaß miteinander.
Wir durchfuhren auch zwei Siedlungen, wo die Familien, unserer Milizionäre lebten. Hier erst und außerhalb europäisch geführter Tourismustouren, lernt man Afrika kennen in seiner teils noch ursprünglichen Lebensweise, vom allgegenwärtigen Handy abgesehen und beginnt mit diesen Eindrücken an eigener Lebensweise zu zweifeln oder diese doch wertschätzen. Trotz mancher Einladungen an diesen Tagen in den Hütten der Familien zu übernachten, schlugen wir doch die Zelte auf…, schließlich wurden wir ja bewacht, oder?

Eine Erkenntnis bestätigte sich wieder einmal, je ärmer der Mensch ist, egal wo dieser lebt, ob bei meinen Reisen in Kasachstan, Kuba, oder hier in Afrika, er teilt auch noch das fast *Nichts*, was er besitzt.
Ich, nein wir vier Männer vor allem waren froh, als der Jeep am sechsten Tag Staub aufwirbelte und um die letzte Kurve bog um unsere Frauen, darunter meine liebgewonnene Jamine, gesund zurück in unser Lager brachten. Alle vier waren stolz auf ihre Leistungen, nur Sieglinde, sie blieb dann am letzten Level im Lager, die Luft fehlte ihr für die letzten vierhundert Meter. Jamine schlief fast zwei Tage bis sie wieder mit uns aufs Rad stieg.

Mir half es jedenfalls, ich kam damals mit einer teils neuen Lebenseinstellung zurück, die sich teilweise bei mir verinnerlicht hat. Sie half mir sehr, meine selbst verschuldeten Hürden zu überwinden und nach vorne zu schauen.
Gern erinnere ich mich, als mir persönlich ein Missionar in einem, nur für mich, im Gewirr englischer-, Swahili- und

anderer- Sprachfetzen schwer verständlich, ein afrikanisches Zitat mit auf den Weg gab:

Nur im Vorwärtsgehen gelangt man ans Ende der Reise

*

Sechs Wochen nach unserer Verabschiedung von Jamine erhielt ich Mitteilung: Jamine war schwanger, sie bekommt mein Kind, wie weiter? Wie entscheide ich mich? Ich muss mich entscheiden!

*

Ich werde je aus meinen Gedanken gerissen, das Anschnallzeichen bringt mich in die Realität zurück, ich bin in Berlin. Die A360 ist mit mir wohlbehalten gelandet, rollt gemächlich auf das Vorfeld.

Willkommen in Berlin – Tegel, ich treffe jetzt Marta. Neben mir läuft ein afrikanisches Mädchen, ein Kind, mit einem Schild umhängend wird es von einer Flugbegleiterin betreut, in Gedanken bin ich bei Jamine und muss lächeln.

*

Dad oder Meeting mit Senorita Marta?

Ich habe mich in meinem stinkfeinem Hotelzimmer eingerichtet, nur mein Schafanzug und das Rasier- und Waschzeug ausgepackt, letzte Nachrichten dem Zimmer- TV entnommen, BBC meldet die Befreiung Tripolis und letzte Information von der Suche nach Gaddafi, er soll wohl mit sechs gepanzerten Jeeps nach Algerien geflohen sein und während ein Reporter vom Hurrikan „Irene" auf die Ostküste der USA berichtet, klingelt das Haustelefon, Marta ist an der anderen Seite des Hoteltelefons. „Hola, Enrice, ich komme gerade ins Hotel. Können wir uns in 30 Minuten treffen, ich bin gleich fertig, nur etwas frisch machen, freue mich Deine Stimme zu hören. Also um 7 und im Foyer, bis gleich." „o.k., bis gleich Marta."

Ich bin aufgeregt und gehe auf eine Freundin, meine vorgesehene Ehefrau, die ich abgöttisch liebe, oder liebte, zu.
Vor mir steht eine gestylte, wunderschön an zu sehende Marta. Ein zartgrünes Kostüm, in Gold gefasste Ohrringe mit einer Perle, eine Perlengoldkette um ihren Hals, lindgrüne Pamps, am linken Knöchel ein zartes Fußgoldkettchen, dazu eine kleine Handtasche aus der gleichen Lederfarbe wie die Schuhe. Ich bin perplex. Sie begrüßt mich, kommt auf mich zu, wir geben uns drei Wangenküsschen und mit einem nun doch verstörten und schüchternen: „Hola Enrice, endlich treffen wir uns, wie geht es dir?" Sie fragt mich, nicht ich sie. Es ist nicht mehr die Marta, die ich kennenlernte, es ist eine wunderschöne aber nicht einfache, sondern eine moderne elegante Frau.
Es ist nicht meine Marta, die immer bemüht war, wenn wir ausgingen, ihre drei kleinen Pickel an der Nase auszudrücken und den Leberfleck an ihrer linken Wange mit Puder abzudecken.
Es klappte nicht, dass der Puder nicht ihrer braunen Hautfarbe entsprach. Nichts von dem ist zu sehen. Ihre Haut ist völlig glatt, ihre Augenbrauen sind sehr gepflegt. Ihre grausigen Naturhaare waren glatt gekämmt und hoch gesteckt.
Ich bin überwältigt, nein, sie ist es nicht. „Komm Enrice, ich habe einen Tisch für uns im Salon, lass uns setzen und sprechen, ich bin ja so neugierig, siehst gut aus, sportlich wie immer."
Ich finde erste Worte: „Marta, du siehst umwerfend aus, du hast dich ja toll erholt, scheinst einen riesigen Job zu haben, was ist aus dir geworden? Ich bin überrascht, gratuliere."
„Danke für dein Kompliment."
Unser Tisch ist im Mittelpunkt der Blicke, zumindest von dem

männlichen Gästen kann man manchen Blick in unsere Richtung erhaschen, Frauen schauen zu Marta. Ihr Handy klingelt, im flüssigen Deutsch antwortet sie und entschuldigt sich, sie hätte jetzt keine Zeit, morgen bitte, kurz vor Konferenzbeginn. Sie stellt das Handy ab, entschuldigt sich für die Störung, wir wählen das Essen aus der Karte, ich lass sie wählen, sie kennt mich und in Spanisch stehen die Gerichte nicht geschrieben und um in Englisch zu bestellen, dauert es für mich zu lange, ich gehöre hier nicht hin. Marta ist hier richtig, es ist ihr Stiel geworden, denke ich. Wir reden über Belanglosigkeiten, ich von meinen sportlichen Aktivitäten und von Tarifa, von uns, sie von ihrer neuen Wohnung, von ihrer Schwester und etwas von Ihrer Arbeit. Marta entschuldigt sich, geht zur Toilette, vielleicht hat sie ihre Regel, denke ich und lächele, etwas zynisch in mich hinein.

Ich denke an Jamine, in Ihrem bescheidenen Heim bei ihrer Familie, die alle froh sind auf das Ende ihres Studiums und auf ihren Job an der neuen Sportakademie, wo sie angestellt wurde. Sie kann dann ihrer Familie helfen, um das Leben leichter zu ertragen und sich nun auch Manches leisten, was vorher nicht möglich war. Ihr Lebensniveau ist vergleichbar mit dem von Marta, als ich sie kennen lernte.

„Marta", beginne ich unser Gespräch auf uns direkt zu lenken, „Was ist aus uns geworden und welche Chance haben wir gemeinsam, wo ist der Punkt, den ich verpasst habe. Ich erkenne dich nicht wieder, was ist geschehen, erkläre es mir bitte.",
„Was möchtest du Trinken, wie früher, ein Glas milden Wino tinto?" Ich nicke.

„Enrice, du hast über die Befreiung viele Informationen gelesen, vielleicht mehr als ich. Es war eine schlimme Zeit in der Gefangenschaft, danach eine komplizierte Zeit nach der Befreiung und der dann folgenden Zeit.

Erst seit einigen Wochen kann ich über alles sprechen, wenn auch ich nicht sprechen will über die Zeit während der Gefangenschaft. Ja, ich bin eine andere Frau geworden, aber ich lebe. Dieses, am Leben geblieben zu sein, hat mich sehr verändert, wohl auch ohne, dass ich dem eine Bedeutung beigemessen habe. Es ergab sich so, es war der Weg, den ich nicht von selber gehen konnte, bzw. musste. Die OPs, die Therapien, die staatlichen Zuwendungen und der Konzern, dazu sicher auch meine Vielsprachigkeit. Dies hat in der Summe dazu geführt, dass ich in einen Job hineingepresst wurde, den ich mir nicht ausgesucht habe, diesen aber auch gerne angenommen habe, ohne anfangs zu wissen, dass ich einmal eine, wohl für andere wichtige Rolle wahrzunehmen habe.

Aber glaube mir, Gott hat mich beschützt, ich durfte am Leben bleiben. Ich darf bis heute keine Äußerungen machen für die Presse, die Öffentlichkeit. Dies solange, bis die Regierung mir grünes Licht gibt. Es war ein Deal, weil der politische und militärische Kampf noch Jahre dauern kann. Es ist auch ein Selbstschutz für mich. Wenn du jetzt Presse wärest, würde ich alles leugnen.

Die Frau, die du kanntest, Enrice bin ich nicht mehr. Ich habe ein neues Ich. Ob dies gut oder schlecht ist, weiß ich überhaupt nicht, denn es hat sich so automatisch ergeben. Ich bin zu einer Hure abgerichtet und benutzt worden, nur mit dem Unterschied, gegen meinen Willen und ohne Geld, ja eine Hure.

Ich hatte mir meine Unschuld für dich zu unserer Hochzeitsnacht aufgehoben, wollte mich unschuldig, als Jungfer dir schenken, aber unser Weg wurde je abgeschnitten.

Ich weiß, du hast damit auch gelitten wie ich, nur nicht körperlich, sicher im Herzen, dass ist mir klar. Es tut mir auch Leid, aber Enrice, wer hat das so gewollt, wir zwei, ich am aller wenigsten.

Ich habe mich keinem Menschen versprochen. Ich habe nur wenige Menschen in meinem Umfeld.

Neben Dorle und ihrer Familie habe ich meine Freundin Latifa, mit ihr wohne ich in einer WG, eine Weiber- WG und einen Freund, sowie Alicia, meine Therapeutin. Enrice, dass ist mein Umfeld, nicht mehr, nicht weniger.

Mein Job ist ein Marketingauftrag innerhalb des Konzerns, zudem absolut vertraulich. Normal hätte ich einen Büroschreibtisch. Aber mein Teamchef musste wegen einer komplizierten Krankheit in seiner Familie in Bogota bleiben, sodass ich den Außendienst hier wahrnehmen musste.

Natürlich gefällt es mir, nicht auf den Dollar sehen zu müssen, Zum ersten Mal in meinem ganzen Leben geht es mir finanziell gut. Dass du mich hier so gestylt siehst, ist natürlich verbunden mit dem Job und wird finanziert. Eine Frau schmeichelt es, Enrice, das nimmst du mir sicher ab."

„Ja, meine liebe Marta, wir sind verlobt, was machen wir? Denkst du, wir können ab heute wie ein Ehepaar miteinander leben? Ich denke nein, ich kann überhaupt nicht mit dir mithalten, könnte dir nicht annähernd das bieten wie du gerade lebst."

„Was ist nur los mit mir, mein Magen spinnt, mir ist so flau, ich habe nur Durst und etwas schlecht ist mir. Ich gehe noch mal zur Toilette, bestellst du mir bitte noch ein Wasser, am besten ein großes, aber ohne Gas, ich nehme mal eine Magentablette."

Unser Tisch wird gerade eingedeckt, Marta ist schon eine tolle Frau, aber ganz anders, als ich sie kenne. Ich möchte sie auch jetzt nicht küssen, möchte ich sie jetzt ins Bett haben, ich weiß es nicht, denke an Jamine und sehe Marta wieder zu Tisch kommen.

„Na, geht es dir ein wenig besser?" „Ja etwas, hoffe, dass es weg bleibt. Vielleicht ist es auch der Hunger, hatte heute wenig gegessen, bzw. den Hunger übergangen. Außerdem bin ich jetzt über drei Wochen unterwegs, es war wohl doch etwas zu viel für mich, vielleicht habe ich mich etwas übernommen, na wird schon gehen."

„Wie lange hast du noch zu tun? Wann bist du wieder zu Hause?" „Morgen noch der letzte Konferenztag, dann einen Pressetag vorbereiten, allerdings der ist in Potsdam, liegt aber nicht weit weg von Berlin. Freitag dann noch einen Termin, in der Madrider Zentrale und für Samstag habe ich eine o. k. Buchung nach Bogota. Übrigens, ich habe mich auf dem Hinflug mit Tante Iren getroffen. Es war ein sehr schönes Wiedersehen, sie ist wirklich meine Ersatzmama und wird es auch immer bleiben, ich verehre sie sehr. Ich freue mich, dass sie dich in ihr Herz geschlossen hat.
Enrice, zu deiner Frage, was mit uns ist, du sagst Verlobung. Ich kann nichts richtig dazu sagen. Unser Treffen, hier und jetzt gibt uns die Antwort, oder?
Ich hoffe, dir schmeckt das Essen, mir nicht so richtig. Ich denke, dass du für mich ein richtiger Freund geworden bist und hoffentlich auch bleibst. Ich wäre froh, wenn du mich als deine Freundin betrachtest."

„Marta, im Leben soll man niemals „Nie" sagen, aber es ist eine neue Freundschaft zwischen uns entstanden und leider nicht mehr. Ich bedauere das zwar, aber das Schicksal, Gott hat es so gewollt. Jeder von uns muss sich jetzt seine eigene Zukunft gestalten, leider, aber getrennt von einander, aber so ist das Leben. Das ist die Antwort für heute, ich akzeptiere es, es ist Gott gewollt. Ich möchte aber morgen schon zurück, bitte verstehe. Ich danke dir für die Einladung, aber ich fühle mich nicht wohl, länger hier zu bleiben."

Ich sehe mit etwas Genugtuung eine Träne aus Martas Augen laufen.

„Enrice, ich verstehe dich, aber lass es mich bitte organisieren. Heute Abend bist du mein Gast. Ich möchte dir wenigstens noch etwas Berlin zeigen, du warst ja noch nie in Berlin, wie du erzähltest hattest und ich noch in Erinnerung habe."

An dieser Stelle hatte ich meine Reise nach Berlin schon bereut, ich habe es ja gewusst, es wird nicht mehr so sein, wie es war. Aber wenn es mit Marta gut gegangen wäre, was hätte ich Jamine gesagt? Nein, ich habe mich entschieden!
„Ja, wenn du mir die o.k. Buchung über eure Organisation sichern kannst, möglichst Morgen, möglichst direkt nach Málaga und in Abhängigkeit von der Flugzeit, mache ich noch eine Berlinrundfahrt."
„Gut, das organisiere ich dir gerne. So, nun sag mal etwas zu deine Liaison mit deiner Afrikanerin. Es ist eine sehr schöne Frau. Es war sicher eine tolle Erfahrung, dieser Afrikatrip, zumindest kann ich es mir gut vorstellen." „Ja, es war schon toll, es war einfach geil, diese Eindrücke von diesem Land. Aber über andere Partner und mögliche Dinge der Zukunft möchte ich nichts wissen und auch nichts hören, verstehe bitte. Bis heute warst du meine Zukunft."

Mein Ton war etwas sachlicher geworden, nicht zynisch aber doch wohl etwas Schuld suchend, sicher ungerecht, aber etwas verbittert bin ich schon.
Nach dem Essen hatte ich meinen Toilettengang und dabei war ich kurz in meinem Zimmer, um Ticket und Pass zu holen. Marta hatte die deutsche, auch im Hotel wohnende, Organisationsfrau kontaktiert, ihr meine Dokumente anvertraut, die sie bis morgen früh, 9.00 bei der Rezeption für mich hinterlegen wollte.

Unser Essen mit dem Nachtisch war beendet und die Flasche Wein war aufgebraucht. Wir sprachen erstaunlich weniger, als zu Beginn unseres Treffens. Ich bedankte mich für alles, schob mein Aufbrechen wollen auf die Anstrengungen am Tag heute und auf das etwas Unwohlsein Martas zurück. Die Einladung zum Abendwein sagte ich auch ab.

Wir verabschiedeten uns so, wie wir uns begrüßten.

Und verabschiedeten uns bis morgen, wohl wissend, dass es im Prinzip kein Morgen für uns zwei geben wird.

*

Zwei Mails aus dem Hotel „R 2"

Eine Mail aus dem Hotel „R2" Zimmer 512:

„Guten Abend Tansania, guten Abend meine liebe Jamine,
der chirurgische Eingriff ist gut verlaufen und meine Gedanken sind bei dir. Ich hatte heute den ganzen Tag Zeit und auch Ruhe für mich allein, um mir Gedanken zu machen, über mein Leben und wie ich mir die Zukunft vorstelle.
Ich hätte dich am liebsten heute angerufen, aber in den spanischen Krankenhäusern ist es verboten, Handys zu benutzen, deshalb jetzt diese Mail an dich. Wie ich dich aber kenne, wirst du sie bald lesen und entweder enttäuscht oder glücklich sein. Deshalb warte ich auf deine baldige Antwort. Ich werde morgen Abend, spätestens übermorgen früh schon wieder zu Hause sein.

Jamine, ich möchte mein Leben in Ruhe und in Stetigkeit leben. Ich möchte eine Familie haben und glücklich leben. Ich habe allen meinen Freunden und auch meinen Freundinnen gesagt, dass ich nunmehr eine Frau gefunden habe, die ich fest glaube zu lieben und ich glaube, auch, dass sie mich liebt.
Diese Frau trägt ein Kind unter ihrem Herzen und der Vater dieses Kindes bin ich. Ich möchte für das Kind ein guter Vater sein und für die Mama des Kindes ein guter Ehemann.

Jamine, i love you and ask you: would like you to become my wife?

Kannst du mein schlechtes Englisch lesen und die Frage verstehen, ich hoffe!?
Diese Frage stellt man bei uns in Europa normalerweise, indem man einen großen Strauß roter Rosen, fällt auf die Knie und fragt, aber bei uns beiden ist alles anders, stimmt es? Das mit dem Kniefall und der roten Rosen kann ich ja nachholen.

Also mein Liebling, jetzt kannst du entscheiden, möchtest du mich als Ehemann haben oder nicht? Wenn wir eine Familie werden wollen, dann machen wir einen Plan für uns.
Ich überlege, ob ich einige Tage zu dir kommen kann, oder du kommst zu mir. Wann beginnt der Job bei dir?

Du kennst meinen Wunsch, ich möchte möglichst mit dir hier in Spanien leben. Das bedeutet aber die Sprache, Spanisch lernen!?!? Bitte denke über alles nach. Wenn wir uns wollen, dann finden wir einen guten gemeinsamen Weg.
Jetzt musst du erst einmal über meine Frage nachdenken und dann…
Bitte pass auf „mein" Kind auf, ich küsse Euch, Dein Enrice."

*

Eine Mail aus dem Hotel „R2": 321:

„Mein geliebter Simon,
es ist schon spät, ich komme gerade vom Essen aus dem Restaurant in mein Zimmer. Es war ein aufregender Tag, einmal der Dienst und dann war heute Abend Enrice aus Spanien eingetroffen und unser Gespräch ist jetzt beendet. Ich bin froh, aber auch ein wenig traurig. Froh, weil ich jetzt frei bin und mich ehrlichen Herzens entscheiden kann für mein Leben. Traurig, aber doch, weil ich mich ein wenig doch schuldig finde, dass wir uns nicht bekommen, wie vor vielen Monaten gewollt und

geplant. Enrice hat mich nicht bekommen, wir haben uns nicht bekommen, durch die Umstände haben wir uns nun eingestanden, dass wir uns auseinander gelebt haben. Ich bin ein anderer Mensch geworden, als er mich kennenlernte.
Ich werde ihn nicht mehr wieder sehen. Muss ich ein schlechtes Gewissen haben? Wir haben uns als Freunde verabschiedet.

Simon, seit einigen Tagen habe ich schlechtes Bauchgefühl, mir ist oft schlecht, transpiriere plötzlich und aus heiteren Himmel. Ich habe viel Hunger und Appetit und wenn ich am Tisch sitze, ist der Hunger weg. Ich hatte letzte Wochen mit Alicia telefoniert und gestern habe ich ihren Rat befolgt.
Nun setz dich hin: Ich habe mir einen Schwangerschaftsschnelltester aus der Apotheke gekauft.

> Simon: Ich bin von dir schwanger, bekomme ein Kind und hoffe, dass ich glücklich sein kann.

Aber hierzu warte ich erst deine Reaktion ab. Danach beantworte ich dir deine Frage.

Ich freue mich auf meine Rückkehr. Ich bin müde und werde jetzt schlafen, die letzten Arbeiten schaffe ich auch noch. Soll ich mir am Flughafen am Samstag ein Taxi nehmen???

Bis bald, ich liebe dich, besus, Marta"

*

Zwei Antworten ins „R 2" nach Berlin

> „ Querido Marta, yo soy el màs felz del mundo taxista el beso de tu, Simon"

*

> „Hello Papa Enrice, yes will wait until Saturday, have little time, I have to prepare a family plans,
> kiss your lucky Jamine"

*

Mein neues Leben ohne Marta

Ich hatte nicht gerade gut geschlafen, der Vorabend und die dazu gehörende Geschichte hatten mich schon aus dem Gleichgewicht geworfen. Allerdings will ich auch sagen, dass ich befreit wurde, befreit von der Ungewissheit zwischen Marta und Jamine entscheiden zu müssen. Ein gewisser realistischer Automatismus hat die Entscheidung übernommen. Ich bin jetzt auch erleichtert, ich will Jamine!

Ich habe mit etwas Unruhe immer auf das Haustelefon geachtet, während ich mich duschte und rasierte, ob nicht doch noch Marta mich sprechen wollte, gar zum Frühstück mich nochmals treffen möchte.
Auf dem Gang in den sehr gut besuchten Frühstückssalon fragte ich an der Rezeption nach meinen Unterlagen und wie nicht anders erwartet, lag eine o.k. Buchung nach Málaga im Fach meines Zimmers für heute Nachmittag. In meinem Pass war ein Gutschein für eine Stadtrundfahrt mit einer, vor dem Berliner KaDeWe stündlich abfahrenden Busgesellschaft.
Auch ein verschlossener Briefumschlag lag bei. Ich suchte mir einen etwas abseits stehenden kleinen Tisch, holte mir mein Frühstück und setzte mich mit Blickrichtung Eingangsbereich, eine Marotte, ich will immer sehen wer kommt und geht, vielleicht eine Angewohnheit aus unserer Bar. Manchmal habe ich einen Gast auffordern müssen noch zu bezahlen und

andersherum habe ich manchen Drink schon vorbereiten können für unsere bekannten Stammgäste.
Es ist zwar ein Gehen und Kommen, aber in ruhiger Atmosphäre. Die Gäste gehören der gehobenen Kategorie einer bestimmten finanziellen Unabhängigkeit an. Ihre Kleidung ist entsprechend abgehoben, wie manche Gestik bei den Unterhaltungen untereinander. Ich kann diese Menschen nicht leiden, fände mit Sicherheit keinen Draht zu Ihnen. Obwohl ich einige schöne jungen Damen sehe, erinnere ich mich gleich an Marta und ihrer äußeren und inneren Veränderung, wenn auch vielleicht noch keine Abgehobenheit, wie jene, die das Geld mit in die Wiege gelegt bekamen.
Mein Vater sagte immer: „Umwelt formt den Menschen." Ich pflichte ihm bei, denn manch einer vergisst sehr schnell woher er gekommen war. Ein Gast, der seit Jahren nach Tarifa zum Surfen kam, erbte einen Batzen Geld, kam dann im ersten Jahr danach mit einem riesigen Wohnmobil, ein Jahr später erzählte er von Riesenwellen nahe Hawaii, wo er war und ward dann nicht mehr gesehen. Ich sage immer Geld verdirbt den Charakter, aber an meine Geldbeutel mich erinnernd sage ich mir aber auch: „Geld kann auch beruhigen, denn ich muss jetzt sparen für ein Ticket, damit ich Jamine zu mir holen kann. Der Kaffe wird serviert und ich öffne den Umschlag meiner Rezeptionspost. Ich muss schon sagen, dass „R 2" hat ein tolles Briefpapier.

„Lieber Enrice,

es ist sehr spät und ich kann nicht so recht einschlafen, da ich die Ursache mit unserem Gespräch lokalisiere, will ich dir noch einige Zeilen schreiben. Ich habe lange nachgedacht und sehe den Fehler, des so lange Wartens, um dich zu treffen, eindeutig, bei mir! Es war ein, es war mein Fehler. Die Monate der Rehabilitation ohne dich haben mich in ein anderes Fahrwasser entwickeln lassen, ohne dass ich es bemerkte.

Ich habe immer geglaubt, nur die anderen Menschen um mich entscheiden zu lassen, wäre richtig. Nein, es war nicht richtig, Du hättest einen Platz neben mir einnehmen müssen, den ich dir unwissentlich verwehrt habe. Ich lies mich treiben. Die Mediziner bestimmten über mich, auch nachdem meine körperlichen Schäden behoben waren.

Das ist mir erst heute klar geworden, heute, als ich sah, dich, für uns verloren zu haben.

Was soll ich tun? Ich kann mich nur entschuldigen, ich kann nicht alles auf die Ereignisse schieben, ich habe zum Teil unsere Liebe nicht für mich in Anspruch genommen, wo ich sie am wichtigsten gebraucht hätte, ich war blind, als ich dein Kommen nach meiner Befreiung abgelehnt habe.
Diese Entscheidung hat kein anderer Mensch getroffen, das war ich, von den ärztlichen Empfehlungen abgesehen. Aber du warst meine Liebe und nicht die lieben dritten Personen,

Enrice ich bitte um Verzeihung.

Unser Leben verläuft nun getrennt, diese Bewegung hat schon begonnen und ist nicht aufzuhalten. Dies gilt für mich, wie für mich.
Enrice, ich fühle mich schuldig und stehe in deiner Schuld, zumindest der moralischen Schuld.
Bitte gebe mir deine Hand und erhalte unsere Freundschaft, sie wird von mir sehr ehrlich und offen sein, du wirst immer ein fester Teil meines Lebens sein.

Enrice, für morgen ist alles geregelt bezüglich Buchung, Stadtrundfahrt und dem Zimmer. Ich selbst habe im Rahmen meiner hiesigen Verantwortung eine kleine Möglichkeit dir noch einen Gruß von mir hier beizulegen.

Ich wünsche dir für dein Leben alles Liebe und Gute, vor allem Glück und Gesundheit. Behalte mich in Erinnerung. Wenn du die Liebe deines Lebens gefunden hast, so seid ihr herzlich eingeladen nach Bogota, wie ich von dir eingeladen werden möchte nach Tarifa.
Ich sende dir Küsse mit zum Flug nach Hause und erhalte den lieben Kontakt zu Mamatante Irene.
Besus, deine neue Freundin, Marta."

*

Wenn Gott nicht verzeihen würde,

bliebe das Paradies leer

Sprichwort

3. Kapitel: Marta liebt und verzeiht

*

Europa, fast ade

In der Madrider Zentrale wurden meine Berichte von allen Beratungen in Madrid, London und auch Berlin sehr aufmerksam und anscheinend sehr wohlwollend zur Kenntnis genommen. Das hatte ich schon vor meinem Abschlusstermin gestern Vormittag vom Teamchef per Mail mitbekommen. Dies nahm mir die Hemmungen für heute. Pünktlich soll ich mich um 11:00 Uhr am Empfang melden. Dadurch, dass ich schon gestern von Berlin kommend hier eintraf konnte ich einmal richtig ausschlafen. Ich war schon um neun Uhr abends ins Bett gegangen, hatte Handy auf Summen gestellt, war anscheinend schnell eingeschlafen, denn ein Summen hatte ich nicht mitbekommen. Dorle hatte versucht mich zu erreichen und von Latifa war eine Sms, mit der Bitte mich vor dem Rückflug per Telefon zu melden. Nur von Simon kein Zeichen, schon zwei Tage kein Anruf, keine Mail, er hält sich an unsere Verabredung, wobei ich doch darauf lauerte von ihm zu hören.

Latifa hatte ich vom Gespräch, bzw. unserm Schriftwechsel mit Enrice berichtet und an Tante Iren habe ich einen Brief geschrieben und gestern auf spanischen Boden angekommen gleich zur Flughafenpost gebracht. Latifa war wohl sehr bewegt über meine Situation Enrices gegenüber. Sie gab auch sich und Alicias eine gewisse Mitschuld in der Beratung zu einer so genannten Kontaktsperre während der wieder Eingewöhnungsphase nach der Widergeburt, wie wir manchmal über den Tag X nach der Befreiung sprachen.
Sicher, wenn sie mich anders beraten hätten, die zwei Chirurgen und vor allem Alicia, wäre es vielleicht anders verlaufen.

Aber ich bin so realistisch, was nützt heute ein „hätte wenn", es ist eine Spekulation es ist und bleibt ein Vielleicht. Ich gebe keinem, außer mir selber eine Schuld. Es ändere sich ohnehin nichts, denn es ist ein Stück Geschichte, so hart es vielleicht sein kann, Gott gewollt.
Angst hätte ich mehr dann, wenn es zwischen mir und Simon nicht passen sollte, was sicher niemand hofft. Allerdings hoffe ich für Enrice, vielleicht funkt es mit der schwarzen Gazelle, hübsch ist sie ja, zudem als studierte Lehrerin.

Es ist Freitag, morgen früh geht der Flieger, wie ich mich freue, einfach mich gehen lassen können. Simon kennt meine Ankunftszeit, gleich nach der o. k.- Buchung habe ich ihm die Zeit mitgeteilt. Er aber hat nur kurz geschrieben:
„Liebling, ich freue mich auf dich, bin etwas im Stress, guten Abschluss in Europa, bis Samstag, ich liebe dich, S."

Ich bin fertig und zur Abfahrt bereit, lese noch etwas in dem Evangelium für den Tag, gehe in die Eingangshalle, nehme mir eine aktuelle Zeitung und nehme die neuestens Nachrichten vom vorüber gezogenem Sturm an der Ostküste Nordamerikas, noch wohl glimpflich abgegangen denke ich, da kommt ein Herr und fragt: „Mujer Quesada?" Sehr freundlich, ich nicke und öffnet mir den Wagenschlag eines supermodernen M5 Mercedes. Ein ähnliches Modell fährt Simon, etwas kleiner, nicht ganz so pikfein reinlich, innen wie außen, ich glaube einen deutschen VW.

Manchmal dachte ich wie jetzt, ich bin wohl ein ganz besonderer Mitarbeiter, mit viel Aufmerksamkeit.
Ehe wir losfahren, überreicht mir der Nette Herr, klein, graue Haare, vielleicht um die sechzig Jahre ein Namensschild mit einem Strichcode ich möchte es mir bitte sichtbar anstecken.

In der Zentrale angekommen bringt er mich zu einem Aufzug,

aber an einer anderen Seite, als ich nach meiner ersten Ankunft benutzte. Ich spüre viele Blicke der vielen wartenden und auch emsig sich bewegenden Menschen in diesem riesigen Empfangsbereich.

Mein Fahrer verabschiedet sich mit einem kleinen Bückling und ich danke ihm für die gute Fahrbetreuung. Der Fahrstuhl hält in einen offenen Raum, eine Dame nimmt mich in Empfang, man kennt anscheinend jeden Besucher der diesen Fahrstuhl benutzt. Sie führt mich in einen kleinen freundlich, wohnlich, schick ausgestalteten Raum, der Tisch ist eingedeckt für vier Personen.

Plötzlich stehen zwei Herren und eine Dame vor mir und ich bin perplex, mein englischer Vizechef kommt freudig auf mich zu, begrüßte mich als seine alte Bekannte mit drei Wangenküsschen und stellt die zwei anderen Herrschaften vor. Es begrüßt mich der zweite Vizekonzernchef für den Standort Spanien und Portugal, ein Österreicher, Herr Piröli und eine Direktorin des Mutterkonzerns für Strategie Werbung und Marketing. Die Frau vielleicht auch um die fünf-, sechsunddreißig, der Mann vielleicht schon an die sechzig.

„Hola, Marta und Mujer Quesada; Senior Piröli, Seniorat Vigente und natürlich ich, begrüßen sie sehr herzlich. Tut mir leid, aber um uns gut miteinander verständigen zu können, müssen wir beim Englischen bleiben. Ich fliege morgen in die Londoner Zentrale und wollte aber mein Wort haltend, sie selber begrüßen und dann vor allem sie den Herrschaften persönlich bekannt machen. Was heißt bekannt machen, persönlich wollte ich sie vorstellen. Mujer Sophie Vigente ist Spanierin, lebt in Madrid und ist im Prinzip ihre oberste Chefin. Mit ihr sollten sie sich vertragen, immer ja sagen, dann ist es gut, stimmt es?" Alle lachten herzlich. „Marta, die Chefetage kennt die leidige Vergangenheit, man möchte sie Kennen lernen. Das ist kein hofieren.

Ich stelle Sie hier heute vor, weil ich von ihren Leistungen und Ergebnissen in der kurzen Zeit der Zusammenarbeit überzeugt bin, aber nicht das Wort ergreifen kann um sie einschätzen, hier ist das Ressort zuständig, also Mujer Vigente."
Sophie Vigente schenkt ein, fragt mich mit ihren Augen nach Tee und Kaffee, wir setzen uns, eine äußerst entspannte Atmosphäre, wir lachen herzlich und meine anfängliche Anspannung ist völlig gewichen.

„Ich kann sie ja in unserer Muttersprache begrüßen. Wenn der gesamte Vorstand zusammen sitzt und das sind mit den Damen und Herren in London, Bogota und jetzt noch in Daressalam für den afrikanischen Kontinent, dann sind es sieben verschiedene Muttersprachen, nein Amtssprachen, denn jeder Afrikaner ist ein Sprachkünstler mit einigen noch vorherrschenden landesüblichen Sprachen. Also funktioniert alles leider nur mit Englisch. Damit wir uns hier aber verstehen, geht es nur per Englisch, freue mich aber sie hier zu treffen" und zeigt auf Mujer Vigente.

„Leider konnte ich nicht persönlich in Berlin teilnehmen. Sie haben ja den Londoner Mr. Pains kennen gelernt. Mr. Pains hat von Ihnen geschwärmt und teilt ihre Herangehensweise. Sie haben sich schon sehr gut eingelebt, zumindest was das Fachbezogene betrifft. Aber Fachwissen ist heute nicht allein das Ausschlaggebende.

Wir müssen auch Überzeugungskraft wirken lassen und so motivieren, dass wir alle unsere Vorstellungen umsetzen können, letztlich beim Verkäufer unserer Energieprodukte an der Tür des Verbrauchers und das weltweit. Weltweit ist übertrieben, denn in Asien, Nordamerika und Russland ist alles viel komplizierter und läuft fast nur über Investitionen im Öl- und Gasgeschäft.
Wir haben in der Konzernführung eine Strukturmaßnahme in diesen Tagen verabschiedet, deshalb mein Nichtkommen nach

Berlin, die wir rasch umsetzen wollen.

In dieses Konzept möchte ich Sie einbeziehen."
Ich schaute mich um und antwortete verlegen: „Erst einmal ein Danke für diesen Empfang und die Freundlichkeit und Anerkennung für meine Person. Sie wissen auch, dass ich erst einige wenige Monate meinen Job mache und mir der Durchblick bei weitem fehlt. Gerne helfe ich wenn ich eine Aufgabe bekomme und den Weg zu dessen Erledigung kenne, aber mehr traue ich mir dann doch nicht zu, dazu fehlt mir einfach Wissen und Kompetenz."

Meine Chefin ließ mit der Antwort nicht lange auf sich warten. Meine zwei Herren hörten uns zu, tauschten mitunter sich gegenseitig einige Worte aus.
„Also, Marta, darf ich so sagen?" Ich nickte: „Selbstverständlich, gerne."
„Ja es klingt mitunter absurd, aber uns allen ist klar, sie sind ein Naturtalent, das sich heimlich und unentdeckt entwickelt hat. Ihre Logik, ihr mentales Herangehen hat uns überzeugt. Es geht nicht darum, wie lange sie im Geschäft sind, sondern ob sie uns helfen können und wie. Dass sie das können, gerade davon sind wir überzeugt. Ich möchte Sie einbeziehen in die weitere Konzernmitarbeit."

Mein Vize schaltete sich ein: „Marta, keine Angst, wir wollen sie nicht verheizen, wir möchten Sie wirklich nur einbeziehen in unsere Konzernarbeit. Dabei ist neben ihrem Wissen, ihre, vielleicht in die Wiege gelegte, logische Auffassungsgabe und ihre Reaktionsschnelligkeit, dazu Integrität und Vertraulichkeit, gepaart mit ihrer Anmut für uns sehr wichtig. Außerdem stehen wir hinter zwei Männern. Hören sie sich alles an, was sich Mujer Vigente arbeitsmäßig vorstellt. Übrigens, so traurig wie alles ist, ihren Teamchef habe ich mit Wirkung von gestern Vormittag für

eine noch nicht absehbare Zeit beurlaubt. Seine Frau ist während der Operation eingeschlafen und er hat jetzt seine Last zu tragen. Mit meinen Möglichkeiten des Konzern und des Urlaubes haben wir ihm geholfen sich und seine Familie neu zu finden.
Das Leben geht für jeden weiter, der leben darf, so wie wir vier. Ich verlass mich auf Sie Marta. Wir treffen uns in etwa zwei Wochen, nach meiner Rückkehr nach Bogota. Jetzt muss ich mich um meine Familie kümmern, sonst nennen mich meine Kinder nicht Papa sondern nur noch Onkel."

„Sagen sie Marta, sie fliegen morgen Mittag zurück, ich meine zurück nach Hause. Hätten sie noch zwei, drei Stunden Zeit für mich?"
„Am liebsten wäre es mir noch heute, am späten Nachmittag, denn morgen möchte ich lange ausschlafen, denn nach meiner Rückankunft stehen mir einige kleine Feiern ins Haus und die Waschmaschine fährt nach den fast vier Wochen Europa dann auf Hochtouren."
„Prima, dann komme ich in Ihr Hotel, so gegen 5:00 p.m., dann können wir ja von Frau zu Frau und das auch noch in Spanisch sprechen, ich freue mich." „Ich auch."

Schon freundschaftlich und liebevoll verabschiedeten wir uns alle voneinander. Mein Vize brachte mich an der Hand festhaltend zum Lift und konnte sich ein paar Komplimente nicht verkneifen: „Marta, sie sehen übrigens wunderschön aus. Bleiben sie nie länger in meiner Gegenwart wenn ich allein bin, sonst gehen einen Engländer die Nerven durch", wir lachten und mit einem Wangenküsschen stand ich im Fahrstuhl, Richtung Erdgeschoss, bzw. Ausgang. Mein netter Fahrer nahm mich am Liftausgang wieder in Empfang. Im Hotel angekommen fragte er mich, ob es morgen 9:00 Uhr recht sei mit dem Abholen zum Airport.
Wir verabredeten uns für lieber 8.30 a. m., ich bin etwas ängstlich, wenn was passiert, oder so.

Komplimente zu hören ist schön, aber ich muss mich erst daran gewöhnen. Während des Studiums war alles mehr kumpelhaft und ich fühlte mich schönheitsmäßig im Mittelfeld meiner Kommilitoninnen, nicht herausgehoben. Die erste Beachtung empfand ich durch eine Studienfreundin, die sich in ein Internetportal stellte, um Kontakte zu anderen Menschen, natürlich auch insbesondere zu Männern zu knüpfen und mich auch animierte, Gleiches zu tun. Aber die Kontaktgemeinde über „facebook" wurde für mich fast ohne mein Zutun immer größer uns damit auch unübersichtlicher. Dazu trugen sicher neben meinem Foto auch die Angaben von mir, insbesondere, weil ich als Sprache noch Englisch und Deutsch angab. Über ein „Afro…portal" lernte ich ja Enrice kennen. Von ihm nahm ich die ersten Komplimente entgegen und fand mich dadurch doch mehr und mehr beachtenswert, aufgewertet und selbstbewusster. Natürlich stimmen immer wieder Berichte, dass viele Männer nicht ehrlich sind und ein Abenteuer, als sportliche Herausforderung mit Trophähensammlung suchen. Seitens vieler Anzeigen von Damen ist es natürlich analog, was die Ehrlichkeit betrifft, hier geht es wohl mehr um Prostitution.

Aber ich war und bin noch viel zu unbedarft als das ganze Feld virtueller Möglichkeiten zu überschauen, schon gar nicht zu analysieren.

Aber Enrice und jetzt insbesondere Simon überhäuften mich mit Komplimenten zu meinen Äußerlichkeiten und Intelligenz, wobei ich seit meiner Jobaufnahme erst dies wirklich in mich aufnahm. Ich muss unbedingt die eingegebenen Profile von mir löschen, bekomme laufend Hinweise zum Öffnen meiner nicht gelesenen Post. Ich hatte nie Blumen bekommen, es sei denn ich hatte Geburtstag oder jetzt durch Simon, wobei er hier wohl nachholt, was andere Männer vergessen haben, vielleicht als Wiedergutmachung im Namen aller Männer dieser Welt.

Jedenfalls genieße ich die jetzige Situation.

Ich hatte auch schon das eine oder andere anzügliche, ja beleidigende Angebot, ich war empört, aber es gehört wohl dazu, dass eine Frau damit umgehen kann, ich muss dies wohl noch erlernen.

Mein Vize ist ein schöner Mann, sicher im Auftreten, attraktiv und im Äußeren, kaum ein Makel, wenngleich er heute nicht die passenden Socken anhatte. Sie passten nicht zu Schuhen und Anzugshose. Aber sein Kompliment mir gegenüber beschäftigt mich doch.

Nach der Rückkehr lag ich noch eine Weile auf meinem Hotelbett und aß schon die auf dem Kopfkissen liegende Schokolade des Zimmermädchens, dass das Zimmer täglich reinigt, die Betten macht, Handtücher austauscht und viele Handgriffe mehr. Ich darf nicht vergessen ihr etwas Trinkgeld als ein „Danke" ihr hinzulegen, vielleicht zehn Dollar, besser wohl zehn Euro, ich muss sie sowieso zurücktauschen, die Euro helfen mehr als ein schriftliches Danke. Sie werden sicher auch nicht viel Geld verdienen, nicht anders als in Bogota. Nur wundere ich mich, dass hier in Europa die Zimmerfrauen fast ausschließlich Ausländerinnen sind. Ich sehe hier im Hotel fast nur Frauen aus Mittelamerika, in Berlin waren es in der Überzahl Afrikanerinnen und in London Asiaten, verrückte Welt! Die Arbeit dieser Frauen ist sehr schwer, allein das ständige Bettenüberziehen. Ich hasse das immer, auch wenn wir jetzt eine Putzfee haben, ich weiß es.

Ich denke noch über das Kompliment des Vizes nach. Ein gestandener und erfolgreicher Mann schaut mich als Frau vielleicht anders an. Vielleicht sind meine äußeren Reize anders als die seiner Familie, seiner Frau zu Hause, die auf ihn wartet, die ihm zwei Kinder geschenkt hat. Man liest viel in den Zeitungen, dass gerade erfolgreiche Männer sich scheiden lassen,

alles zurücklassen und sich eine neue, jüngere Frau nehmen, Midlifecrisis?
Aber je mehr ich mir darüber Gedanken mache, umso mehr komme ich von diesem Gedankenspiel nicht los. Findet er mich wirklich so attraktiv? Möchte er wirklich alles bisher Erreichte aufgeben und eine jüngere Frau wie mich haben wollen? Würde dann diese Verbindung ein Leben lang halten, oder auch nur so lange, bis nach Jahren eine andere noch Jüngere Frau ins Rampenlicht tritt. Aber vielleicht spielt es auch nur.
Was ist mit dem Glauben an die unsterbliche Ehe „Bis an das Lebensende, bis Gott euch scheidet", also bis zum Tod, in guten, wie in schlechten Zeiten der Ehepartner Lieben…?
Ich will es, will nichts anderes, ich will mit Simon eine Familie und ihn lieben und von ihm geliebt werden, bis ans Lebensende.

Ich verstehe nicht die gerade in einer Berliner Tageszeitung neulich veröffentlichen Statistik, dass die Scheidungsrate in Deutschland sehr hoch ist, 1:3 und in Österreich gar wohl 1:2. Was ist das für eine unchristliche Lebensführung frage ich mich. Oder ist es der Lauf der Geschichte, je entwickelter ein Land ist, umso freier und selbstbewusster nimmt jeder für sich allein, losgelöst vom Nebenmann, oder Frau, sein Schicksal in die Hand, ich bin durcheinander. Beide Länder sind doch konservativ und röm. katholisch geprägt, „Verrückte Welt", denke ich.

Ich nehme instinktiv mein Handy zu Hand und sende den gleichen Text an Latifa und an Simon: „Hola, ich habe nach Verlangen nach dir!!! Bis morgen, Küsse von deiner Marta."

*

Sehnsucht nach zu Hause

Ich bin froh, morgen geht es zurück, ich freue mich wie ein Kind, Latifa, Simon, mein Zimmer, vor allem mein Bett, aber auch nach Dorle und den Kindern, ich habe einfach Sehnsucht nach allem.
Ich nehme mir vor, jetzt nur noch zu relaxen, schlafen, relaxen, usw.

Ich sitze in der Sesselreihe mit Blick zum Eingang, nahe der Rezeption. Eine sms kommt gerade von Latifa: „Liebling, guten Flug, ich warte auf dich, leider habe ich ein Verbot, ich darf dich nicht vom Airport abholen, striktes Verbot, wurde zum Kochen verpflichtet, guten Flug, bis morgen, Besus, besus, Lafi."

„ Oh Marta, sie warten schon pünktlich auf mich. Sie haben schon die deutsche Pünktlichkeit übernommen. Für den Spanier, wie für viele Lateinamerikaner, zumindest für viele, die ich kenne, ist das Wort „Zeit" nur ein Begriff, ohne große Bedeutung und trotzdem klappt das Leben, stimmst." Hola, Mujer ...", sie unterbricht, „Ich heiße Sophie für Dich, o.k.!"
Lachend suchen wir uns einen Tisch im Cafe, wo die Hotelstille herrscht, wenig Besucher. Sie ist eine erstaunliche Frau, wunderschön anzuschauen, toll gekleidet, mir fällt ihr Pafümgeruch auf, Chanell 5?

„Darf ich Marta sagen?" „Ja, gerne." Trinken wir etwas fragt sie, zumindest auf die Brüderschaft zwischen Frauen, sie ist gut drauf und gibt mir das Gefühl eine Freundin zu sein, die aus Bogota ist und morgen zurück muss. Der Sekt kommt, halbtrocken, sehr kalt, mich fröstelt beim ersten Schluck, wir geben und einen Wangenkuss und sind jetzt „Dutzschwestern".

Wir unterhalten uns etwas privat, sie erzählt seit wann sie im

Konzern arbeitet. Sie hatte während der Schulzeit ein Praktikum absolviert und in einer Schülerzeitung über den Konzern geschrieben. Die zwei Kinder eines früheren Chefs, gingen auch auf die Schule mit ihr, nur ein Jahr unter ihr. So wurde deren Vater auf sie aufmerksam und bekam als Schülerauszeichnung den Auftrag, besser das Angebot eine Mitarbeiterzeitung herauszugeben. Dadurch bekam sie zusätzlich zum Studium etwas Geld und die Verbindung zum Konzern war geebnet. Es folgten dann die Praktika, Abschlussarbeit, Trinistelle, Übernahme und eben bis heute als Direktorin.
„Na das hast du ja auch nicht viel Zeit für deine Familie und jetzt auch noch heute Abend mit mir."
„Ja, Marta das stimmt zwar, aber ich habe keine Familie. Ich habe eine feste Freundin, ich bin lesbisch und wohne zwar getrennt von meiner Freundin, sie ist geschieden und hat ein Kind, aber wir sehen uns meist an Wochenenden. Bist du enttäuscht, dass es solche Lebensformen gibt? Erzähle etwas von dir, wie du lebst."

„Nein, ich bin nicht enttäuscht, denn schließlich kann jeder leben wie er möchte. Ich habe auch eine eigenartige Lebensform hinter mir. Durch meine Situation damals habe ich meine erste große Liebe verloren, ein Spanier, wir wollten heiraten, ich war für ihn Jungfrau. Aber in Folge der Zeit und meiner menschlichen Veränderung haben wir uns versprochen gute Freunde zu sein, zumindest solche zu werden. Ich habe ihn in Berlin zum ersten Male nach fast zwei Jahren wieder getroffen, aber nicht zueinander gefunden. Wir hatten schon das Aufgebot bestellt, wollten in der Nähe von Tarifa, dort lebt er, heiraten. Ja so ist das Leben.
Ich habe mit einer Freundin eine Weiber- WG und einen Freund und wir planen unser Leben zu zweit. Ich freu mich schon auf die Rückkehr."

Unser Gespräch gab Vertrauen und nach dem zweiten leerem Glas Champagner kamen wir überein, über den Job zu sprechen, ließen uns aber doch ein paar Häppchen Essen zurechtmachen, damit der Alkohol eine Grundlage erhält.

„Also Marta, wir haben eine neue Struktur gebildet.
Das bisher mir unterstandene Ressours bestand aus den Bereichen, Strategie, Marketing und Werbung. Durch die Expansion des Konzerns und der zunehmenden Globalisierung, ging der Bereich Strategie zur Investition, denn die Atomkraft wird weltweit nicht wachsen, im Gegenteil sie wird zurückgefahren, siehe Deutschland. Dafür werden die regenerativen Anteile explodieren.
Die Sachgebiete Marketing, mit der alten Bezeichnung Verkauf und die Werbung bleiben unter mir angesiedelt.
Es gibt unter mir der Standort Madrid als Muttergesellschaft und dann drei gleiche Standorte in London, Bogota und neu in Daressalam. Du leitest ab heute, morgen, besser ab Montag als
Chef in Bogota, dein Vize, er hat ein Auge als Mann auf dich gerichtet, pass auf, hat ja schon erzählt von der leidigen und bedauerlichen Beurlaubung Deines Teamleiters. Du führst jetzt das Team und baust es als Direktion Bogota aus. Der Teamleiter London wird in zwei Jahren in Pension gehen. Deshalb haben wir dich vorgesehen, dass du mein Stellvertreter im Gesamtbereich werden sollst. Keine Angst, wir gehen das langsam an, ganz behutsam und ich bin, toi, toi, toi, topfit, sodass ich nicht ausfallen will.
Wir werden uns gemeinsam öfter treffen und anstehende Entscheidungen gemeinsam beraten und diskutieren. Du schaust so erstaunt, besser etwas betroffen aus!"

„Ja. Sophie, ein bisschen viel, oder nicht? Vielleicht schaffe ich es gar nicht. Na ja, ein Danke für die Vorschusslorbeeren, ich gebe mir Mühe, aber die letzten vier Wochen können nicht die ständige Erwartungshalten sein, die Ihr an mich habt."

„Nein, haben wir nicht, aber es war doch wohl ein bestandener globaler Stresstest, oder nicht? Jetzt erst einmal etwas Essen, also bon Appetit und salute auf unsere Zusammenarbeit, auf unsere Freundschaft."

„Allerdings habe ich jetzt erst einmal ein größeres Problem, wir müssen Afrika aufbauen und dort die Struktur analog aufbauen. Zwar haben wir für unseren Bereich zwei sehr gute studierte Afrikaner. Ein Engländer, der bisher in Kenia im UN-Umweltressort gearbeitet hat, soll den Fachbereich führen. Er ist schon seit einem Monat hier in Madrid zur Einarbeitung und Übernehme der Standards. Jetzt suchen wir dringend nach einer studierten Person, aber möglichst einen Spanier, der dort mitarbeiten soll. Ich sage es mal so, die Konzernleitung hat sehr gerne eigene Vertrauensleute in den jeweilig wichtig agierenden Bereichen, wenn du verstehst, was ich dir zwischen den Zeilen damit sagen will, aber offiziell nie unterschreiben würde."

„Sophie, halt ein, bestell mir bitte ein Wasser, aber ich muss erst einmal zur Toilette gehen."
Als ich allein war, mich langsam zur Toilette suchte, ich war im Untergeschoss noch nicht, muss also suchen.
Auf der Toilette hatte ich ein merkwürdiges, sehr anregendes Kribbeln im Bauch. Ich sah jetzt Sophie als Frau vor mir, wunderschön, tolle Kurven, etwas mehr Fleisch an den Stellen, wo ich noch daran zu arbeiten habe, daran zu arbeiten heißt aber schließlich in Ruhe zum Essen zu habe, na sicher ab morgen. Sophie hat schöne ruhige, lieb auf mich wirkende Augen und was ich jetzt besonders spüre. Ich würde mich von ihren Lippen sicher küssen lassen, denn ich vergleiche ich Sie in diesen Punkt mit Latifa, mein Gefühl nimmt nicht ab, muss mich beeilen und zu Sophie zurück.

Sophie strahlt mich aufstehend an, reicht mir ein neues Glas Schampus und sagt: „Marta, ein schönes Abend, ein

Gutes Gespräch und Wasser steht zum Nachspülen bereit" und zeigt auf den Tisch. Wir prosten uns zu, sie gibt mir ein Wangenküsschen, vielleicht spinne ich, aber ich spüre ihre feuchten Lippen auf meiner Wange und sagt schon in der Vorwärtsbewegung, jetzt muss ich aber dorthin, wo du warst. Eigentlich gehen ja Frauen immer zu zweit auf Toilette, schon seit Kinderzeit", lacht und läuft in die Richtung, aus ich kam.

Als sie wieder sitzt spreche ich sie an: „Weißt du, vielleicht ist es eine Idee, vielleicht auch Unsinn. Mein neuer Freund Enrice, ich habe dir von uns berichtet, hat Sport und Medien studiert. Er wollte immer seinem Traum nachgehen und Sportreporter werden. Aber es fehlte der richtige berühmte Kontakt. Er hat, so glaube ich jedenfalls, in Sevilla an der Uni studiert, wie schon gesagt, die Gelegenheit und der berühmte Zufall haben gefehlt. Da hat er mit Freunden sein Hobby gefrönt und eine Surfschule in Tarifa eröffnet, dazu führen sie abends eine Pizzabar. Aber er ist 45 Jahre und bis zum Lebensende studierter Kneiper, ich weis nicht? Jetzt hat er wohl eine tansanische Freundin sich angelacht, sie ist Lehrerin und war mit ihr auf dem Kilimandscharo.

Vielleicht wäre ein Gespräch interessant. Aber ich möchte ihn nicht von mir aus animieren, sich zu bewerben, zum anderem kann er auch nicht perfekt Englisch, Sophie, nur eine Idee."

„Oh, das ist doch fast perfekt, zumindest dieses Studium Medien. Medien, Kommunikation und Werbung ist doch eine tolle Symbiose, danke. Wenn du mir die Adresse, möglichst Postanschrift gibst, lass ich mir schon etwas einfallen, um ihn zu animieren mit unseren Leuten sich mindestens einmal zu unterhalten."

„Ich habe die Adresse oben im Zimmer, in meinen Unterlagen, kann ich dir dann gleich mitgeben." „Toll, danke."

„Komm, lass uns noch einen Cocktail an der Bar zu uns nehmen, es ist alles gesagt, oder?"
Ich lies den Beleg auf das Zimmer schreiben und gleich von

Sophie gegenzeichnen, schließlich war es dienstlich. An der Bar der weitläufigen Eingangshalle war reger Betrieb, ein kleiner, fast kleinwüchsiger Mexikaner spielte Klavier und wurde von einer Klarinette und Gitarre begleitet, von wohl zwei Spaniern. Der Mexikaner auf seinem hohen Hocker war ein echter Hingucker. Die Musik war toll, bekannte Lieder aus dem spanischen Sprachraum, einige Pärchen tanzten.

Wir saßen am Bartresen und lachten uns an. Unsere Hände berührten sich gegenseitig bei den Unterhaltungen. Ich denke an das Kribbeln als ich auf der Toilette war, es war wesentlich verstärkt. Ich überlegte, ob ich es ihr sagen sollte, was ich empfinde, verwarf aber diesen Gedanken, mir schoss das Blut in den Kopf, ich fasste Mut und übernahm plötzlich die Initiative. „Sophie, ich sollte langsam schlafen gehen, bin müde, zudem beschwipst und habe morgen einen Reisetag, danach einen Feiertag und danach muss ich eine kleine Direktorin sein" und lachte schallend, was sie erwiderte und meine Hand nahm. „Die Rechnung bitte auf 231", ich machte mein Unterschriftskürzel, Sophie zeichnete ebenfalls ab und wortlos gingen wir zwei zum Lift und waren nach wenigen Schritten in meinem Zimmer. „Oh, schau das Chaos nicht an, sieh nicht hin, wollte noch Einpacken und suchte nach der Adresse von Enrice. Sophie war auf meiner Toilette, und mein Suchen in meinen Unterlagen wurde je unterbrochen. Sophie nahm mich in den Arm, sagte zu mir: „Marta, ich bin etwas verrückt, vielleicht ist es der Alkohol, du bist wunderschön, ich möchte dich küssen, verzeih meine Offenheit", drückte mich ganz leicht an Ihr Gesicht, unsere Lippen kamen näher. Ich wollte es auch. „Ich will es auch" hauchte ich und unsere Lippen berührten sich. Wie wild suchten sich unsere Zungen und als ab sie sich in einander verschlingen wollten.

Wir kamen zum Sitzen auf meinem Bett, die dort zum Packen auf mich wartanden Kleidungsutensilien mussten mit kurzen Handbewegungen auf dem Teppich weiter warten.

Meine Hand streichelte ihre Brüste über ihrem Top und ich bemerkte wie sich ihre Brustnippel steif unter ihrem straff unter ihrem enganliegenden Stoff aufstellten. Mir war klar, dass sie sich ihren BH im Bad schon ausgezogen hatte. Es war wunderbar ihre Nippel leicht zu zwirbeln, sie holte dabei tief Luft. Sie küsste meinen ganzen Kopf, Augen, Haare, Nase, Wangen, meinen Hals, ein betörendes Gefühl.
Meine Hand streichelte Ihren Bauch und ich faste sie unter ihren Minirock und hatte auch schon mit den Fingerspitzen den rasierten Haaransatz ihrer Schamlippen berührt. Sie war bereit, Ihre Strumpfhose und der Slip waren mit Sicherheit auch im Bad geblieben.
Sie zog an meiner geöffneten Bluse und meinem BH. Ich half ihr und dann zogen wir die Reste unserer Wäsche aus, wir waren beide geil und wollten nur noch uns. Ich sagte, beim Versuch mich aufzurichten: „Ich muss zur Toilette, rieche bestimmt." „Bleib hier, ich will deinen Geruch...", zu mehr kam ich nicht, wie waren wie besessen von einander. Ich küsste sie von ihren Brüsten abwärts, Nabel, Oberschenkel, glitt zum Knie und ihre Beinen, saugte an ihren Zehen. Es war ein wunderschönes Gefühl. Sie glitt an mir etwas herunter und wollte mit Ihrem Mund und ihrer Zunge in meine Grotte, die nach meinem Gefühl voller Saft stand. Ich öffnete meine Schenkel, als ich auch in der Höhe Ihres Schoßes zum Ruhen kam. Sie sagte: „Pass auf, ich habe noch etwas die Regel, ich habe noch das Tampon drin. Kannst du rausziehen wenn du möchtest, aber dann leg das Handtuch drunter, was sie unter dem Bett hervorzauberte und unter ihrem Po legte.
Sie küsste mich begierig und ich konnte ihr nur sagen: „Pass du auch auf, denn wenn ich komme, kommt immer ein Schwall Flüssigkeit..., Vorsicht ich kann es nicht halten" und nach einigen weiteren Sekunden ihrer intensiven Leckspiele und den an mir saugenden Lippen konnte ich meinen Orgasmus nicht unterdrücken. Ich bäumte mich mehrmals auf und wollte alles

zurückhalten was aber den Druck meiner Flüssigkeit, der Sophie entgegen schoss, sicher nur noch steigerte.
Sophie genoss sichtlich meinen Orgasmus und stöhnte nun ihrerseits je fester, als mein Mund Ihren Schambereich berührte. Ich zog behutsam am Faden ihres Tampons, der sich langsam aus ihrer Kioto löste und nun in meiner Hand lag. Er war an seinem abgerundeten Vorderteil noch von rotem, also schon sauberem, Blut getränkt. Ich war wie von Sinnen. Sophie wog sich hin und her, stöhnte voller Erwartung und ich meinerseits voller Begierde, ihren Saft in mich aufzunehmen zu können. Sophie begann zu zittern und zu schreien, sie schrie ihre Wollüstigkeit heraus und ihre Hände umklammerten das obere Bettgestell. Sie entglitt meinem Mund und ich saugte an ihrem Tampon, wie an einem süßen Bonbon. Langsam sackten wir in uns zusammen und blieben noch ganze Weile so gegenseitig liegen. Wir atmeten den geilen Geruch unserer Geschlechtteile ein. Wir waren wie in Trans.
Unsere Gedanken fanden nach und nach zurück an den Ort, wo sie hingehören. Die Nüchternheit kehrte zurück. Ich ging als erste ins Bad, spukte den Tampon aus, fing an mich deshalb zu ekeln, spukte mehrmals das Wasser der Mundspülung aus und stieg in die Badewanne. Ich lies das Wasser ein, nahm Badeseife und bespülte mit dem Duschschlauch meinen Oberkörper, es war ein wohliges Gefühl. Nach einigen Minuten kam auch Sophie, fragte lächelnd, ob ich böse sei und ich zeigte mit der Hand, dass sie sich mit in die Wanne legen solle. Wir besprachen über alle Nebensächlichkeiten der Welt. Fast eine Stunde reagierten wir uns in der Wanne liegend ab, mussten ab und wann heißes Wasser zuführen.

Nach einer Weile streichelte sie mit ihrem rechten Fuß meine linke Brust, sodass sich meine Warzen voll ihr entgegen stellten. Ich meinerseits schloss die Augen, genoss diese geile Streicheleinheit und mit meinem Fuß tastete ich mich langsam zwischen Ihren Beinen.

Ich öffnete mit dem großen Zeh ihre Schamlippen und drang wenige Zentimeter in sie ein. Sie sagte nur: „Weiter, komm, komm, tiefer, tiefer, fester." Ich spürte Ihre Geilheit und sagte ihr: „Komm, mein großer Liebling, steht auf, ich will mit dem Finger in dich rein." Sie stand vor mir. Diese tollen lange Beine, ich sah gerade auf Ihre Schamlippen und nahm meinen Zeigefinger und steckte diesen in Ihre Grotte, dann einen zweiten, einen dritten, meine Handflächen spannten schon. Aber als sie immer wieder sagte: „Jaaa, komm, tiefer, fester", konnte ich nicht anders, ich verschwand mit meiner Hand in ihrer Grotte. Ein unbeschreiblich warmes Gefühl umgab meine Hand. Langsam versuchte ich meine in sich schon verkrampften Finger zu lösen. Jede Bewegung gab ihrer Wollust neuen Auftrieb. Wir waren beide beglückt. Immer wieder zuckte sie mit Ihrem Unterkörper auf mich zu. „Ich muss jetzt Pipi, komm raus, bitte schnell." Ich zuckte nicht: „Ich komme nur raus, wenn du über mich stehen bleibst, ich möchte deinen salzigen Natursekt spüren". Ein Schwall von Sophies Saft und ihrem Urin ergoss sich zwischen Ihren Beinen, dann auf meinem Kopf, Gesicht, in meinen nach oben geöffneten Mund. Ich versuchte alles in mich aufzunehmen, ich schluckte einige Male und erbrach kurz darauf alles sofort wieder heraus.

Sophie stand noch unschlüssig, wie waren fast nüchtern. Wir duschten uns gegenseitig ab, rubbelten und mit dem Badetuch „R 2" ab und legten uns ins Bett. Aneinandergeschmiegt schlief ich ein. Als ich gegen 5:00 a. m. auf die Toilette musste, kam Sophie angezogen und fertig zum Gehen aus dem Bad. Wir küssten uns und sagten gegenseitig danke.

„Marta, das was heute war, hat solange nicht stattgefunden, bis wir es wieder beide wollen, als unser Geheimnis."

Ich war froh und sagte noch: „Bis bald, die Adresse gebe ich dir auf dein Handy, bevor ich abfliege, aber jetzt muss ich noch schlafen." „Ich habe dich lieb, bis bald." Die Tür schloss sich und ich war fertig für den Rückflug, aber bis mein kleiner Freund mich abholt musste ich und konnte ich noch ein paar Stunden schlafen.

*

Bogota, 19:52 p.m., Gate 61

Die Maschine landete planmäßig, jedoch das Auschecken dauerte sehr lange. Meine kleinen Präsente waren unbedeutend und als sich für mich die elektronische zweiflügelige Tür öffnete, musste ich mich erst kurz an die wartenden, durcheinander schreienden Massen, gewöhnen. Es war ein untrügliches Zeichen, Bogota hatte mich wieder. Ich schob meine zwei Rollkoffer vor mich her, konnte aber kein bekanntes Gesicht als meinen Abholer erkennen. Plötzlich und ein wenig unerwartet kommt ein Mann mit Schirmmütze eines Taxifahrers mit einem großen Pappschild „Mujer Marta Quesada?" Es war nicht zu übersehen. Ich steuerte auf meinen Namen zu und Simon nahm mich in den Arm. Wir konnten uns nur trennen, durch die anhaltenden Druck der uns anrempelnder, ungeduldigen anderen Fluggäste. Ich war total überrascht Simon hatte mich wieder und ich Simon. Ein Helfer, es war Max, er übergab Simon und er dann mir einen riesigen Strauß langstieliger roter Rosen. Meine Koffer waren schnell verladen und die Fahrt in die Innenstadt war voller Glück unseres Widersehens.

Die Überraschung nahm kein Ende. Max hielt an, jedoch erkannte ich unser Haus nicht, zumindest nicht sofort. Plötzlich wackelten meine Knie, als ich ausstieg. Um unsere erste Etage war ein in der Höhe unserer großen Fenster ein durchgehendes Spruchband, auf dem stand in großen Buchstaben:

> „Marta, ich liebe dich, möchtest du meine Frau werden? Enrice"

Ich war überwältigt, weinend umarmte ich Enrice. Die ganze Aktion blieb nicht ungesehen. Auf der, dem Haus gegenüber liegenden Straßenseite blieben Spaziergänger stehen, viele klatschten laut in die Hände, manche vorüber fahrenden Autos hupten und an den Fenstern der Nachbarhäuser winkte man dem Geschehen, uns zu. Auf diese Weise lernte ich meine Nachbarn von Angesicht zu Angesicht kennen. Max hatte die Koffer ins Haus gebracht und in der Haustür standen Dorle, Carlos und Latifa. Es war ein Wiedersehen wie bei einer Neugeburt. Immer noch konnte ich mich nicht beruhigen vor tiefer Freude.

Erst im Haus kam ich zur Ruhe. Meine Blumen standen schon in einer riesigen Bodenvase. Latifa sagte mir, mich heimlich auf dem Mund küssend, nur: „Marta, Simon hat an alles gedacht, willkommen, du hast mir gefehlt, es gibt viel zu erzählen."
Dorle sagte zu mir: „Ich wünsche Dir alles Glück dieser Welt. Juan ist seit gestern auf See und die Kinder sind eine Woche bei Juans Schwester an der Küste." Dann kam Chefkoch Carlos aus der Küche und begrüßte mich an sich drückend mit den Worten: „Na, willkommen in der Familie."
Latifa und Simon hatten alles organisiert, selbst auch den Abend. Latifa kam mit einem Tablett, reiche uns allen ein Glas, wie konnte es anders sein, mit meinem milden Lieblingsschampangner und gab Simon ein Zeichen: „Liebe Marta, es sich Gottes Wille, dass es Dich gibt und es ist mein Wille, dass Du heute für einige Monate nur noch am Alkohol nippen darfst , nicht mehr und nicht weniger. Ich glaube, dass ich auf die hier anwesende Gesellschaft eifersüchtig werden kann, denn wir alle lieben Dich, nochmals herzlich Willkommen", alle stießen mit mir an, wobei es mir schwer fiel, ich konnte schon wieder vor Tränen kaum aus den Augen sehen. Wir aßen alle gemeinsam. Latifa und wohl mehr Carlos, hatten

gekocht, meine Lieblingsspeisen, darunter natürlich meine Lieblingsnachspeise, Pudding, Eis und Sahne. Das Essen war sehr lecker, tolle Stimmung. Ich gab allen meine kleinen Mitbringsel.

Für Simon ein Büchlein „ Hurra, ich werde Papa", für Carlos auch ein Büchlein
„Hurra, ich bekomme eine Schwiegertochter", Dorle und Latifa erhielten das Büchlein „Hurra, ich werde Tante". Diese lustige Buchreihe mit vielen Anregungen, Hinweisen auf Gefahrenstellen des täglichen Lebens, fiel mir in einer Bücherei bei der Ankunft auf dem Madrider Flughafen auf, als ich auf der Suche nach der Post war, um den Brief an Tante Iren aufzugeben.

Mit Simon verschwand ich kurz in meinem Zimmer. Wir küssten uns, ich nahm symbolisch seinen Antrag an, nachdem er sich als werdender Vater bekannte. Wir verabredeten uns für morgen, er wolle mich am späten Nachmittag abholen. Ich hatte im Prinzip nur den Wunsch, in Ruhe auszupacken, Waschmaschine einschalten, in Ruhe mit Latifa sprechen, schlafen, morgen ausschlafen, vor der Messe noch zur Beichte und Haare waschen.
Dorle wollte noch wissen zu meinem Treffen mit Tante Iren, ob es ihr gut geht und ob sie sich eine Reise nach hier vorstellen kann, sie kann, ich konnte Dorle beruhigen. „Sie bekommt jetzt vielleicht in absehbarer Zeit dazu auch einen Grund, oder?" Dorle lachte und war schon auf der Treppe. Max war wieder da, das Spruchband rollte er gerade zusammen, Carlos hatte mit Dorle den Abwasch gemacht und so war ich wieder zu Hause und etwas glücklicher als zuvor. Max fuhr Simon und Carlos nach Hause und sie nahmen Dorle mit. So brauchte Dorle nicht noch mit dem Zug fahren.

Latifa hatte mit Alicia gesprochen, liebe Grüße waren zu

bestellen und für Mittwoch hatte ich schon einen Termin bei meiner Gynäkologin, zur endgültigen Beweislage.

*

Verzeihen?

Die Staatsanwaltschaft gab mir einen Termin vor zur abschließenden Entscheidung meinerseits zu den laufenden Anzeigen damals gegen unbekannt. Mit meinem Rechtsanwalt verabredete ich ein Treffen, zwei Stunden vor dem genannten Termin. Es waren zwar noch drei Wochen Zeit, aber nach und nach beschäftigte ich mich mit den Ereignissen, einige Nächte auch in Träumen.
Bei der Beichte sprach ich mit dem Kaplan und wir trafen uns im Anschluss der heiligen Messe in der Sakristei.
Kann ich verzeihen? Das war ein Kardinalproblem meiner Gedanken.
Der Kaplan, ein für mich inzwischen bekannten Geistlicher, ein sehr rational denkender Mensch.
„Marta, Gott verzeiht allen Menschen, wenn diese bereuen, bereuen heißt Buße tun. Auch Morder und Vergewaltiger, Diebe, einfach allen Menschen ohne Ausnahme. Die Frage, die nur jeder für sich beurteilen kann ist, ob derjenige, der gesündigt hat, auch mit seinem Herzen, für sich und vor Gott Buße tut.
Aber Buße meine ich nicht die irdische Gerichtsbarkeit, Buße vor Gott, wenn er nicht an Gott glaubt, dann Buße aus seinem Herzen heraus, ganz für sich.
Wenn du zu deinen schlimmer Erlebnissen Genugtuung haben willst, überlass das das der irdischen Gerichtsbarkeit. Nimm selber nichts dazu in die Hand, erhebe nicht die Hand, symbolisch gesprochen.
Frage dein Herz; was wäre aus dir geworden, wenn es diese Qual nicht gegeben hätte?

Frage dein Herz, wie es dir heute geht, was du heute fühlst, ob du nicht verzeihen kannst, wie Gott dir im Leben für manche Sünde vergeben hat. Jesus hat selbst am Kreuz seinen Peiniger, er hat Judas verziehen."

„Danke Hochwürden, ich denke nach, ich habe ohnehin einen Termin bei Ihnen, gestern im Pfarrbüro gemacht. Ich möchte mich auf meine Heirat vorbereiten und mit meinem zukünftigen Mann zu Ihnen kommen."

„ Gott ist mit dir."

*

Mehrmals habe ich mir in Gedanken eine Gegenüberstellung gemacht mit den zwei Fragen, wohl wissend, dass dies allerdings hypothetisch ist:

1. Was wäre aus mir geworden, wenn es den Überfall nicht gegeben hätte?
   Ich wäre zu Enrice gezogen, die Pizzabar gereinigt, vielleicht abends beim Bedienen geholfen, liebevoll eine Familie gegründet, wir hätten in kleinen Verhältnissen gelebt, sicher glücklich und unbeschwert.

2. Was ist jetzt aus mir jetzt geworden?
   Ich bin beruflich sehr engagiert, anerkannt, verdiene viel Geld, kann mir Vieles leisten, liebe viele Menschen, zwei Frauen und besonders einen Mann, bekomme ein Kind von ihm, wir bereiten die Familiengründung vor, leben glücklich, auf hohen materiellem Niveau.

Auswertung: ich bin glücklich, ich wäre glücklich geworden bei beiden Männern.

Einziger Unterschied ist die materielle Sicherheit, aber macht Geld glücklich, allein? Nein! Meine Analyse geht nicht auf, es gibt keinen Gewinner, keinen Verlierer. Es gibt aber eine Übereinstimmung: Glück und Familie, allerdings mit Enrice, wie auch mit Simon. Ich kann niemand verdammen, denn ich lebe im Glück und ich hätte auch vorher im Glück gelebt.

Mit jedem Male, da du einem anderen verzeihst,

schwächst du ihn und stärkst du dich selber.

(Lateinamerikanisches Sprichwort)

Ich weiß, dass viele Geiseln ihr Leben ließen. Ich sehe sie bei dem Überfall, ich sehe sie von der Machete getötet, abgeschlachtet liegen, während der Gefangenschaft und durch die Befreiung. Aber auch viele Rebellen sind tot. Die gefangen genommenen Rebellen sitzen für Jahre, bis zu lebenslang in Gefängnissen und Straflagern. Diejenigen, die heute noch auf der Flucht sind, will und kann ich nicht mehr hassen, aber denen verzeihen, ich weis nicht. Ich kann nicht den Holländer hassen, mit denen ich gute und verständnisvolle Gespräche führte, der mir bei dem Fluchtversuch half, den furchtbaren russischen Rebellen, der mir letztlich das Blut ausdrückte bei dem Froschbiss.
Ich kann denen nicht verzeihen, aber hassen kann ich sie auch nicht. Der Rebellenvertreter, ja das war der Schlimmste, der mich x- Mal vergewaltigte und mich nahm, aber seine Schuld ist gesühnt, er ist tot. Ob er den Tot verdient hat kann ich nicht sagen.
Jeder Mensch hat ein Recht zu leben. Nur Gott entscheidet.
Ich will nicht verzeihen, aber ich hasse nicht, nicht mehr.

*

Wenn Gott spricht,

fordert er immer zu einer Antwort heraus,

sein Heilswirken erfordert die Mitwirkung des Menschen,

seine Liebe wartet auf eine Erwiderung.

Joseph Alois Ratzinger / Papst Bendikt XVI

4. Kapitel: Familie

*

Überraschungen

Die Verlobungsfeier fand im 3. Monat einer sich gut entwickelnden Schwangerschaft im kleinen Familienrahmen im ersten Haus am Platz statt. Die Feier diente im Wesentlichen der Vorbereitung der Hochzeit, die schon für drei Monate später fest geplant war. Einmal wollte der Kaplan den Termin vor der Entbindung und zweitens, wollten wir es auch, des Kindes wegen. Ich ging mit Simon einmal wöchentlich in die Vorbereitungsstunde in die Sakristei zu meinen Kaplans. Simon konnte ich überzeugen auch zur sonntäglichen Messe mitzugehen. Das Aufgebot war bestellt und im Rathaus lagen die Unterlagen zur staatlichen Trauung. Die entfernten Gäste waren eingeladen und was Tante Iren betraf, hatte sie schon das Ticket von uns erhalten. Das Kommen von Enrice wollte Sophie in die Hand in die Hand nehmen, aber dazu berichte ich später.
Unsere WG war mehr ein Mittelpunkt geworden zum Treffen und Verabreden, mitunter auch ein Ruheraum, wenn einer von uns Abstand brauchte von den jeweiligen stressigen Arbeiten aber auch von eventuellen Ruhephasen, die in unseren Beziehungen an und wann wünschenswert waren.

Latifa führte mit Carlos ein zwar harmonisches, aber örtlich getrenntes Leben. Mehr zu den Wochenenden fuhr sie fast immer mit auf das Boot, machte sogar einen Segelschein und durfte somit ein Boot mit bis zu fünfzehn Knoten auf Binnengewässer führen. Sie nahm sich drei Wochen Urlaub und beide segelten in dieser Zeit mit einem gemieteten Segler um die Insel Madagaskar. Ich konnte mich nicht satt sehen an den Natur- und Tieraufnahmen.

Ob Latifa und Carlos sich einmal ganz zusammentun werden steht in den Sternen. Der Altersunterschied von fast fünfunddreißig Jahren scheint keine Rolle zu spielen, sie verstanden und gaben sich wie alte Kumpels, die sich mitunter auch zu lieben schienen. Nein ich wusste das, denn Latifa und ich hatten keine mir bekannten Geheimnisse. Sie war sehr ausgeglichen und oft auch sehr glücklich. Aber keiner von uns, weder Simon, noch ich konnten das Verhältnis exakt charakterisieren.

Mit Latifa hatte ich das letzte Mal körperlichen, sexuellen Kontakt in der Nacht, nach meiner Rückkehr aus Europa. Wir hatten uns alles vom Herzen gesprochen, dazu nun meine Schwangerschaft, meine absolute feste Bindung mit Simons und zudem ihre Zweisamkeit mit Carlos. Dazu kam auch einmal ihre Beichte, dass sie sich schon zweimal mit ihrer ehemaligen Lebens- und Liebespartnerin Yenly getroffen hatte, die ihrerseits wieder eine feste Lebenspartnerin hatte, aber wohl beide sich so ganz aus den Köpfen nicht heraus waren.
Der hohe Lebensstiel von Carlos bescherte ihr ein sehr komfortables Leben, dass Latifa auch genoss.

Simon suchte für uns ein eigenes Haus. Carlos, sein Papa tobte, aber Simon wollte losgelöst von jeder Bevormundung mit mir leben. Ich unterstützte ihn mit dieser Herangehensweise, aber ob nicht eine große Wohnung reichen würde, fragte ich immer wieder. Hier kam aber der Stiel der Familie immer wieder heraus. Er wuchs schon immer in einem großzügig geführten Haus auf und eine Wohnung wäre für ihn ein Graus. Fast wöchentlich besichtigten wir ein Anwesen.

Es hatte viele Diskussionen gegeben bezüglich meiner Tätigkeit nach der Entbindung. Mein Job aber machte mir sehr viel Spaß, ich ging in dieser Tätigkeit quasi auf. Ich wollte keinen Tag zu Hause bleiben, dazu kamen notwendige Reisen, zwar meistens

im Inland, aber auch schon innerhalb des Kontinentes. Also funktioniert alles nur mit einer Nanny, zumindest an diesen Tagen, wo ich arbeite, oder gar auf Dienstreise außerhalb von Bogota bin.
Insgeheim hatten wir uns einen Plan zu Recht gelegt. Wir wollten, dass Latifa mit ins Haus von Carlos zieht und dann Simons Tante zu uns kommt und das Kind nimmt, mit einigen anderen Arbeiten, zu denen ich durch meinen Job zeitlich kaum kommen würde. An diesem Plan arbeiteten wir kontinuierlich unter dem Sprichwort: „Jeder Tropfen höhlt den Stein."
Latifa hatte ich hier schon auf diese Idee gebracht. Sie konnte allerdings diesen Weg nicht ebnen. Sie wäre aber einverstanden, wenn Carlos sie fragen würde, ein erster Etappensieg.

Wir hatten uns 11 Häuser mit Anwesen angesehen, von einer großen modernen Finka, bis zu einem kleineren Haus, mit etwas Garten, aber alles übersichtlich, auch mit Simons Gedanken, dass, wenn einmal sein alter Herr Papa nicht mehr kann oder schlimmer, er ja dann das elterliche riesige Anwesen übernehmen müsste und dass dann das kleinere Haus noch verwertbar ist.

Zur letzteren Variante mit dem kleineren Haus entschieden wir uns, unter dem Vorbehalt unsere anderen Planungen. Für den Fall, dass Carlos diesen Weg nicht akzeptierte, würden wir ein großes Anwesen übernehmen mit einem dann notwendigen Bankkredit.

Simon und ich, wie luden Carlos und Latifa eines Tages ein, Wir brauchten eine Entscheidung. Simons Idee bestand darin, dass wir am Tage nach der Hochzeit in das neue Anwesen ziehen sollten, zudem war ich dann Anfang des 9. Monat und somit kurz vor der Entbindung. Im Weiteren war ja in vier Wochen der Hochzeitstermin herangerückt. In einem Monat war ich also Simons Frau und somit dann keine Seniorita mehr, sondern Mujer Uraba. In Ruhephasen, wenn ich im Bett lag, spürte ich erste Bewegungen des Kindes. Simon wollte keine Ultraschallbesichtigung, wie er immer sagte, um das Geschlecht zu erkennen. Wir sollten uns überraschen lassen. Ich stimmte diesen Kompromiss zu, wenngleich es eine werdende Mutter gerne wüsste, allein um praktische Dinge, wie Farbe der zu kaufenden Oberbekleidung, etc. vorher schon vorbereiten zu können. Aber Simon sagte, dass wir das Geld haben um dann sofort das Richtige kaufen zu können. Er machte sich immer lustig, wenn ich davon sprach. Ihm war es nicht eilig, jetzt schon ein blaues oder ein rotes Mützchen zu kaufen. Wenn ich es nicht aushalten würde, solle ich zwei kaufen und dann das nicht benötigte im Waisenhaus abgeben. Die Kinder, die keine Mütze haben, denen ist die Farbe egal, Hauptsache sie frieren nicht.

Am Vorabend unseres Treffens mit Carlos und Latifa, mussten Vater und Sohn geschäftlich verreisen. Sie übernachteten in Medellín und sprachen sich bezüglich der jeweiligen Zukunftsgedanken aus, insbesondere unserer geplanten Heirat und unserer Pläne. Beide schmiedeten einen Plan der sich am kommenden Tag für Latifa und zum Teil auch für mich sich neu eröffnete.
Wir aßen zu viert in einem Restaurant, dann kamen nach und nach die Überraschungen heraus:
    1. Carlos war schon immer für das Besondere. Er wolle Latifa ein Geschäft unterbreiten, dass da lautete: Sie bekommt einen Brillantring geschenkt. Dafür muss sie die WG verlassen und zu ihm ins große Haus ziehen. Sie bekommt zwei eigene Räume, nämlich die, die jetzt noch von Simon bewohnt sind, der „rausgeschmissen" wird. Diese zwei Zimmer sind ihr eigener Bereich. Sollte sie einen anderen Freund sich nehmen, muss sie innerhalb von 3 Monaten ausziehen.
    Carlos entnahm seiner Jackentasche ein kleines Päckchen und gab es Latifa mit einem Kuss. Nun sah ich Latifa auch einmal weinen vor Rührung.

Eine weitere Aufgabe musste sie abnicken, die Haushaltsführung, denn er wolle neben dem Sohn auch die Schwester aus dem Haus jagen. Das war der Preis. Unter dem Beifall aller unterschrieb Latifa einen von Carlos vorbereiteten Liebesvertrag.

2. Eines der elf besichtigten Häuser gefiel mir sehr gut. Wir verwarfen diese Idee, wegen der Größe und den notwendigen Kosten für den Erwerb, als auch der Unterhaltung. Aber die zwei Männer hatten ja einen Plan mit vielen Überraschungen.

Dieses Haus war nun für unsere neue Familie bestimmt, wobei in die Anliegerwohnung Carlos Schwester, bzw. Simons Tante mit Familie ziehen sollte. Sie war dann die angestellte Nanny und die neue Hausmeisterin für innen und außen, allerdings ohne Auto fahren zu müssen, wie Max das im alten Haus tut.

Es war unglaublich, wie beide alles organisiert hatten und wie sie die Finanzierung
absicherten.

Wir alle waren glücklich und Carlos wäre nicht Carlos, wenn er uns nicht nach dem Essen alle in einen Kleinbus eingeladen hätte, mit dem Max schon vor dem Restaurant stand und zusammen mit der Tante samt ihrem Mann auf uns vier warteten und ab ging es.

Wir besichtigten das neue Anwesen und wir alle drei Frauen weinten wie auf Bestellung vor Glück.

So kann es, dass in den nächsten Wochen neben der Hochzeit auch diverse Umzüge organisiert werden mussten. Max, einige Handwerker unter dem Management von Carlos und Simon wurde alles termingerecht abgearbeitet. Ich bekam diese häuslichen Veränderungen meistens Abend von Latifa oder Simon mitgeteilt.

Mein Job nahm mich voll in Anspruch. Ich ging darin auf, hatte die Abteilung als neuen Direktionsbereich neu gestaltet und erste Erfolge zeichneten sich für den Konzern ab. Ich wurde mehr und mehr auch in der kolumbianischen Männerwelt der Chefs respektiert und geachtet. Mir war klar, dass dies nur solange funktioniert, wie ich Erfolge aufweisen kann und vielleicht auch, wie mich ein Chef, wie mein englischem Vize nach außen wirken lässt. Zu keinem Zeitpunkt verspürte ich, dass er in mir mehr sah, als nur eine gute Mitarbeiterin. Ich merkte, dass er meine Gesellschaft genoss und gern mit mir zusammen war. Er Zeigte mir allerdings nie mehr, er war stets ein Gentleman.

Zu Sophie hatte ich einen sehr engen dienstlichen Kontakt und für das Private war auch noch nach den wöchentlichen Videokonferenzen noch Zeit, oder manchmal Abend über Skype. Sie hatte meinen Hinweis betreffs eventuell auf Enrice zuzugehen aufgenommen.

Von ihr erfuhr ich auch als erste, dass sie Enrice über einen Bekannten dazu gebracht hatte, sich mit ihr zu einem Informationsgespräch zu treffen. Sein Interesse war geweckt mit der Variante, zunächst in Madrid sich einzuarbeiten und sein Englisch zu vervollkommnen und dann in Tansania zu arbeiten. Meine Idee ging mit auch viel Glück voll auf, aber vor allem, dass sich die junge Liebe entwickelte und dabei sich eine nie gedachte Lösung des Zusammenseins anbot.

Eines Tages erhielt ich überraschend eine Mail von Enrice:

„Hola Marta, ich danke dir für deine Kontaktnahme in meiner Sache. Die Stelle hier bietet mir einen „altersgerechten" Neuanfang, eine Lebensperspektive für mich und meine afrikanische Freundin.

Ich möchte dir herzlich danken und nehme deine, mir „nur" angebotene Freundschaft an.

Dir, liebe Marta alles Liebe und Gute, Enrice."

Diese Mail war für mich und Simon freudiger Anlass ihn zur Hochzeit einzuladen, was auch Sophie gerne in die Hand nehmen wollte, dies zu organisieren.

Eine Woche vor dem Hochzeitstermin kam Tante Iren. Ich holte Sie vom Airport ab. Sie wurde von mir von einem Sozialarbeiter der Fluggesellschaft, einen Mann für die besonderen Fälle mit einem Schild um den Hals übergeben. Sie war gut drauf, obwohl ja ein zehnstündiger Flug mit zweimaligem Umsteigen, so in Madrid und in New York anstrengend für Jedermann, und insbesondere für eine über fünfundachtzigjährige Frau ist. Sie saß bequem in einem kleinen offenen Elektroauto und wurde durchs weitläufige Flughafengebäude chauffiert. Lachend, freudig lagen wir uns in den Armen. Ich fuhr sie zu Dorle, dort konnte sie gut wohnen, zudem auch ihr eine Hilfe, zumindest eine Abwechslung für sie und den Kindern sein, zumal ja Juan noch sechs Wochen auf See war.

Sophie kam fünf Tage vor der Trauung nach Bogota, führte ein Meeting mit meinem Bereich durch, abends verabredete ich mich kurz mit Ihr in ihrem Hotel. Aus Zeitgründen war Latifa dabei und beide wollten dann einen Mädchenabend mit mir organisieren, natürlich im Kleinformat, denn man musste auf meinen Zustand Rücksicht nehmen. Beide verstanden sich ausgezeichnet, gleich von der ersten Minute an.
Im Prinzip kannten sich beide von den wechselseitigen Berichten meinerseits. Aber neben dieser Organisationsvorgabe hatten sie auch noch zu tun mit der Überraschung durch Enrice. Er war nach einem Monat Arbeit im neuen Job schon fast sechs Wochen in Afrika. Er musste zurück, allerdings mit einem einwöchigen Überraschungsmeeting in Bogota und einer angeblichen anschließenden Fete des Konzerns, allerdings mit Partner. So kam es, das Enrice schon einige Tage in Bogota war mit seiner Freundin, diese, noch dazu Ende des achten Monat schwanger. Ich hatte Sophie mehrmals gefragt, aber sie wiegelte ab, ich soll mich überraschen lassen und soll nicht mein schlechtes Gewissen aufbauen: „Lass einfach los, es gibt kein schlechtes Gewissen, merke dir das gefälligst!!!"

Die Umzüge waren erfolgt, die WG aufgelöst und Latifa hatte erste Probleme mit dem Haushalt, es gab zu jedem Bericht, sei es von Carlos, als auch von Latifa viel zu lachen. Beide nahmen es leicht, mehr satirisch. Aber Latifa bekam noch einmal wöchentlich eine Putzfee. Es war quasi unsere Putzfee aus der WG- Wohnung. Sie war zuverlässig, dachte mit, war sehr vertrauensvoll und ein wenig zur Freundin geworden. Die Familie von Carlos Schwester ging mit dem neuen Haus voll auf. Wir hatten neben dem getrennten Wohnbereich auch die Sitzecken im großen Garten getrennt voneinander in Übereinstimmung gefunden, sodass wir zusammen getrennt wohnen und leben konnten. Das Kinderzimmer war eingerichtet und eine Bekannte von Simon hatte sich bemüht dem Kinderzimmer einen schönen, aber noch neutralen Einrichtungsfaktor zu geben, aber mit mir einen Deal von Frau zu Frau abgeschlossen noch an den Tagen, wo ich nach der Entbindung noch im Krankenhaus liegen werde, die Zimmerneutralität dann aufzuheben.

*

Jungfrauenfeier

Die Hochzeit begann traditionsgemäß mit dem getrennten Treffen der noch Junggesellen und den Jungfrauen, sofern sie dies noch sind. Simon hatte einen großen Freundeskreis. Während er seinen Abschied groß feiern wollte, habe ich mich in einem nur kleinen Frauenkreis, mit Latifa, Sophie, Dorle in Sophies Hotel getroffen. Ich hatte noch Lisa eingeladen. Sie war die treue Dame der ersten Stunde im Team, als ich im Job einstieg. Sie wurde auch bei der neuen Struktur für mich zur rechten Hand.
Da sie aber ein Meeting für mich wahrnehmen musste in einem kurz vor der Fertigstellung stehenden Wasserkraftwerkes, wollte aber später zustoßen. Ach ja, meine, nein jetzt Latifas Putzfee war auch gekommen.

Mir war nie klar, dass so ein Weiberabend, auch ohne viel Alkohol sehr anregend und lustig sein kann. Schon nach der ersten Stunde musste ich meinen Bauch festhalten.

Ich bemerkte, dass Latifa mit Sophie etwas im Schilde führten, zumindest etwas organisiert hatten. Ich hatte mir einen Klavierspieler zur Unterhaltung gewünscht und Sophie hatte wohl ganze Arbeit gemacht. Um 22:00 mussten wir uns aus hotelinternen Gründen in einen anderen Gastraum begeben. Als wir umgezogen waren, war plötzlich Musik aus dem gerade bezogenen Raum. Es waren meine drei Freunde aus der Madrider Hotelbar, als ich mich am Abschlussabend mit Sophie traf und ich den Mexikaner immer ansehen musste.
Aber um noch einen draufzusetzen, traten auch noch sechs afrikanische Gospelsängerinnen auf, darunter sogar eine jüngere Frau. Diese fiel dadurch auf, dass sie zum einem schlank und zudem noch schwanger war, mindestens im letzten Monat. Der Auftritt des Chores dauerte fast eine halbe Stunde. Ich war begeistert, vor Freude rannten wieder einige Tränen. Die Sängerinnen hatten noch einen weiteren Auftritt am Abend, wollten aber meine Einladung zu einem Drink nach der Rückkehr ins Hotel, wo auch sie alle wohnten dann später annehmen.
Meine Freude war vollkommen.
Später bei der Hochzeit, verriet mir Sophie, dass sie sich bei ihrer Dienstreise nach Daressalam im Anschluss an einem Konzertmeeting mit Enrice traf und dieser ihr seine Freundin vorstellte. Bei dieser Begegnung erzählte Jamine von ihrem Hobby, dem sonntäglichen Gospelgesang in ihrer Kirchengemeinde. Sophie erkannte die Chance der Überraschung, die neue afrikanische Konzerttochter sponserte den Chor, als einen karikativen guten Zweck und kleidete den Chor ein, der Chor probte statt einmal der Woche nun vier Wochenlang dreimal in der Woche. Selbst die Medien waren präsent, zumal es nicht üblich ist, namenlosen Leuten zu helfen,

noch dazu einem Kirchenchor. Aber Sophie, ganz Geschäftsfrau erklärte den Journalisten, dass der Mutterkonzern nicht nur Sport fördere, sondern auch in kulturellen Aspekten denkt. Dies brachte ihr viel örtlichen Beifall ein und insbesondere wurde der stets gescholtene europäische Energieriese etwas menschlicher in der afrikanischen Presse, wie im TV gesehen. Der Sprecher der Geschäftsführung des Mutterkonzerns rief sie an und gratulierte zu dieser spontanen Idee, wie man mit wenig Geld, viel helfen, aber auch viel Öffentlichkeit bewegen kann und dem Motto: „Wenn doch alle meinen Direktoren einmal mit solchen Ideen aufwarten würden, als Millionen den schon überbezahlen Profis in den Rachen zu stecken. Nun bekam sie eine zusätzliche Verantwortung aufgebürdet, in den alle Werbemaßnahmen des Konzerns mit einem Einzelwert ab hunderttausend Dollar von ihr zu genehmigen sein. Im Übrigen, hatte er sich nach dem eigentlichen Hintergrund erkundigt. Er fragte: „Ob jetzt schon die Kirchen angelaufen kommen und um Sponsoring nachfragen?". Ich hatte ihn gefragt: „Wollen sie das wirklich wissen." „Ja natürlich, und nun aber genau, Mujer Sophie, sofort." „Da müssen sie mir aus ihrem Werbeetat erst ein Tasse Tee mit Milch ausgeben", antwortete sie und so wurde Sophie in das Heiligtum des Konzerns gebeten und musste sofort zum Rapport. Nach der Unterhaltung soll er lauf gelacht haben und gab ihr fünf Kisten spanischen Rotwein mit, drei Kisten müssen ins Büro nach Afrika, eine davon für den Chor, einen für die Pfarrei und einen für mich, wenn ich dort einmal bin und mit dem Pfarrer trinke. Die restlichen Kästen standen als Präsent mit einem persönlichen Glückwunschschreiben im kleinen Saal des Hotels, wo wir feierten. Die Krönung war, dass die Kirche sonntags einige Besucher mehr hatte, als sonst üblich.

Alle Chormitglieder nahmen für eine Woche Urlaub von Familie oder Arbeit und begaben sich als Chor zum ersten Mal in ihrem Leben auf eine Reise, gleich zu einem fernen anderen Kontinent.

Es war im Prinzip, wie in einem Film, denn der Chor wurde von einem schwarzen Journalisten begleitet, der auch sich um das Organisatorische kümmern musste.
Dafür bekam die Zeitungsredaktion auch die Dienstausgaben bezahlt, allerdings mit der Festlegung, dass alle Texte und Fotos vor der Veröffentlichung Sophie vorzulegen waren, die dann über die Freigabe entschied, schließlich war hier eine private Feier zu berücksichtigen. Der Chor trat nun in Bogota fünfmal auf, eben bei mir, jetzt bei den Junggesellen, zur heiligen Messe am Sonntag in meiner Kirchengemeinde und natürlich zur kirchlichen Trauung und am Abend bei der Hochzeitsfeier und vor allem mittendrin, Enrices schwangere Jamine.
Mein Pfarrer war wie aus dem Häuschen, verteilte Handzettel und ein Kirchmitglied seiner Gemeinde, der beim örtlichen Sender in Bogota tätig ist, baute das Auftreten der Gospeltruppe in seinen kulturellen Mitteilungen ein. So war die Messe zum ersten Male in der Kirchengeschichte des wendigen Pad're nicht nur bis auf den letzten Platz gefüllt, es war brechend voll und der Küster improvisierte, in dem er zwei Lautsprecher vor der Eingangstür aufstellte und damit das ganze Straßen Areal beschallte.
Da nun nach der Messe der Chor nicht raus kam, blieben viele Messebesucher vor der Kirche stehen und warteten, auf das, was jetzt kommen sollte. Zum anderen war ja am Aushang angeschlagen, wer da nach der Messe heiratet, ein Kind zur Taufe kommt, oder, was auch immer. Die Messe dauerte fast 45 Minuten länger, da der Pad're, trotz dem helfenden Kaplan nicht nachkam mit der heiligen Kommunion, und die bereitstehenden Hostien fast aufgebraucht waren, zum Glück, nur fast.

Zurück zu meiner Weiberfeier, nach zwei Stunden kamen meine Gospelsängerinnen zurück.
Sophie als oberste Organisatorin lies den Tisch erweitern und platzierte mich und sich selbst, wie auch Latifa um. Allein aus dem Grund, dass keine der Damen spanisch sprach und wir uns

ja etwas unterhalten wollten.
Natürlich, allein aus Gründen der Schwangerschaft, fühlte ich mich der Jüngeren zugetan und wir hatten angeregt unser Thema. Kurios war, dass unsere Geburtstermine nahe beieinander lagen. Meiner in sieben Wochen und der ihre zwei Wochen früher. Sie erzählte von der Angst den Flug anzutreten in diesem Zustand. Ich beruhigte sie, da ich von vielen Flügen wusste, dass Frauen noch im neunten Monat fliegen, zudem, dass das Personal für solche Fälle geschult ist. Aber das war wohl nicht die Angst, denn eine Chorkollegin als Krankenschwester in einem Krankenhaus für Unfallchirurgie tätig war. Ich sagte lustig: „Da hast Du Dich ja doppelt abgesichert." Wir tranken beide einen winzigen Schluck auf unsere werdenden Babys und auf unsere Brüderschaft, Jamine hieß sie. Sie allerdings wusste schon das Geschlecht, ein Mädchen, es soll Josephine- Marta heißen, welch ein Zufall, aber schön.

*

Wir kamen tief in der Nacht nach Hause. Überrascht waren wir, dass jeder auf den anderen wartete, um Neuigkeiten auszutauschen. Simon kam vielleicht dreißig Minuten später als ich, er wähnte mich aber schon Stunden schlafen, weit gefehlt, denn auch Frauen können gut feiern, selbst mit wenig Alkohol!
Die zweite Nacht bewohnten wir unser neues Haus. Alles war frisch, neu und noch ungewohnt, obwohl unsere gute Fee, es uns so wohnlich machte, wie nur möglich. Sie hatte sich bemüht, zwar nach ihrem Geschmack, aber doch die jeweiligen persönlichen Dinge aus meiner Wohnung und die aus der von Simons Domizil, in Sichtweite zu legen, oder zu hängen.

Wir mussten von den jeweiligen Überraschungen erzählen. Etwas wunderte mich doch, denn der Auftritt des Chores war auch Gegenstand der besonderen Betonung seitens Simons.

War es ein Zufall? Aber soviel Zufall konnte es wohl auch nicht sein. Es konnte ja nur von Latifa und Sophie herrühren, diese Frage sollte sich bald lösen, aber sicher erst übermorgen, wenn wir auf beide Frauen trafen. Jedenfalls war diese Überraschung gelungen.
Simons Freunde hatten sich etwas ganz Besonderes ausgedacht. Er bekam eine dreitägige Luftschifffahrt über die Anden geschenkt Alle hatten zusammengelegt, wobei drei Freunde am Existenzminimum lebten, wurde für sie natürlich mit gesammelt. Also, der gesamte Club gönnte sich dieses wohl einmalige und wohl doch sehr kostspielige Erlebnis. Aber viel mehr konnte Simon nicht erzählen, denn er blieb plötzlich stumm, kein Wort kam aus ihm raus, nur leise Geräusche eines, für die nächsten Jahre wohl lauter werdendes Schnarchens.

Eines lies mich auch bei Simons leisen, ins Monotone übergegangenen Geräuschen nicht einschlafen. Je später der heutige Abend wurde, je mehr Wein nachgeschenkt wurde, umso mehr kamen sich Sophie und Latifa sich näher, in Wort und Gestik. Sophie fragte mich am frühen Abend, gerade als der Chor zu seinem zweiten Auftritt unterwegs war, ob ich bei ihr im Zimmer, vielleicht noch mit Latifa einen Jungfrauen-Abschiedsdrink nehmen würde. Vielleicht wäre es auch besser, wenn ich im Hotel schlafen würde, wegen meinem Zustand, etc.
Nein, natürlich nicht, Simon hatte Max gebeten mich und Dorle zu fahren. Alicia wollte Laufen, zumal ihre Wohnung nur einen Block entfernt war. blieb noch Latifa. Mir wurde klar, dass sie mit Sophie bis zum Schluss und mit unbekanntem Ausgang bleiben würde. Ich überlegte und stellte mir die Frage: „Bin ich eifersüchtig, möchte ich mit Sophie oder mit Latifa schlafen, oder sogar einen Dreier unter Frauen?"
Es kam aber insofern ganz anders, Carlos kam später ins Hotel und holte Latifa ab.
Nein, ich war nicht eifersüchtig, aber Lust jetzt mit beiden

Frauen ins Bett zugehen, die hatte ich. Am liebsten hätte ich beide jetzt angerufen um diesen Wunsch zu nennen. Jetzt hatte ich Mut, etwas Alkohol hatte ich trotz allgemeinen Warnungen getrunken, aber nur etwas.

*

Familienzusammenführung

Der letzte Tag vor der Hochzeit verlief zwar stressig, aber auch nicht spektakulär.
Garderobe, Haare, Hotelrestaurant, Absprachen, Anrufe, Schuhe, alles Familienprobleme, die fast jeder Leser und Leserin auf dieser Welt hinter sich gebracht haben. Alles war geschafft, gerichtet, vorbereitet. Der morgige Tag konnte kommen, ich, nein ich glaube auch Simon war aufgeregt.
Nur um 7:00 p.m. hatten wir einen Termin. Danach sollte der Tag ausklingen.
Wir fuhren mit mehreren Blumensträußen zu unseren toten Angehörigen, zu Carlos Ehefrau und Simons Mutter, auf einen anderen Friedhof zu Simons Großeltern. Dann holten wir noch Dorle ab und fuhren zu einem Ehrenhain, für unbekannte Verstorbene und für jene, die nicht wissen, wo ihre Angehörigen liegen oder wo Angehörige weit weg und quasi nicht erreichbar sind. Hier ist immer ein reges Treiben. Menschen ohne Geld legten zum Gedenken einen kleinen Stein auf den Hain, mache Blumen. Carlos nahm sich mit dem Fahren viel Zeit, er wollte genau um 8:00 da sein, was mich wunderte, er sagte nur: „Ich habe mir einen Routenplan gemacht und den will ich minuziös einhalten", wir lachten, noch. Ich war schon einmal hier, als ich hier in Bogota ankam. Ich nahm meinen Blumenstrauß und steuerte den Hain an. Dorle hielt mich etwas ab, und zeigte auf Carlos, der uns zu einen jener Steinplatten führte, wo man mit dem Namen des, oder der Verstorbenen eingraviert ist.

Ich und auch Dorle waren sichtlich gerührt, allein von der Geste der Familie mit uns hierher zu gehen, um unsere Familie auch zu ehren, aber nun noch die Gravur, das war zu viel. Wir standen vor einer, in die Erde versenken blau-grauen Granitplatte mit der schlichten Gravur
„Familia Quesada". Mit Dorle lag ich mir in den Armen und wir weinten.

Unerwartet sagte Carlos: „Wer ist denn das, der da auf uns zusteuert, was der da bloß von uns will?" Viele Menschen wurden auf uns aufmerksam und Simon ging mit seinem Vater etwas abseits um uns drei die Zeit und den Abstand mit Respekt zu begegnen.

Wir drehten uns instinktiv in die Richtung um, in die Simon und Carlos schauten. Völlig unerwartet stieß Dorle, fast schreiend: „Gonzal.", sackte in sich zusammen und fiel ohnmächtig um. Nur Simons Reaktionsvermögens ist es zu verdanken, dass sie nicht kopfüber auf die Steinplatten fiel. Ich erkannte meinen Bruder Gonzalos, meine Knie versagten mir, ich lag in den Armen meines Bruders, während Carlos Dorle wieder aufrichten konnte, es war eine nicht wiederzugebene Situation entstanden, voller ungläubiger Überraschung.

Dieser Überraschungscoup, mein, vorweggenommenes Hochzeitsgeschenk war den beiden Männern gelungen. Ich kann erst am späten Abend dazu, nachdem ich Zeit brauchte alles zu realisieren, dazu Carlos und Simon zu danken. Es war mehr Geschenk dabei als ich jemals hätte erwarten können. Wir fuhren alle gemeinsam in unser neues Haus und Carlos, wie auch Simon ließen uns Drei allein, wir brauchten Zeit, unsere lebende Familie war beieinander und unsere Verstorbenen lagen nun auch zusammen, wenn auch symbolisch. Unsere Familie hatte sich wieder.

Was war passiert? Beim Durchstöbern von Bildern meiner Familie, als Kind zu Haus, dann in der Schweiz und später vom Studium, hatte Simon auch etwas gefunden, dass auf Gonzalos Aufenthalt in Australien hinwies, wo er nach dem Medizinstudium, als Praktikant nach Australien im Rahmen des Universitätsaustausches ging und nie wieder nach Hause kam.
Simon und Carlos setzten viele Hebel in Bewegung um ihn aufzuspüren, was ja auch gelang.
An dem Tag, wo beide Segler wieder einmal in Medellín übernachteten waren sie bei einem TV- Sender in der Redaktion einer Show, die sich um vermisste Schicksale bemüht und diese dann zusammenführt. Diese Show ist sehr bekannt und die Redaktion wurde mehrmals ausgezeichnet, da sie viel für das Land zur Einigkeit und Aufarbeitung geleistet hatte. Viele Kriegs- und Bürgerkriegsopfer werden heute noch vermisst. Mit deren Hilfe kam der Erfolg zusammen. Sie sprachen dann einige Stunden mit Gonzalo über eine TV- Standleitung von Angesicht zu Angesicht und nun ist er da.
Gonzalo war heute Morgen über New York hier angekommen und sich eine Woche Zeit genommen.
Die ersten drei Jahre seines Aufenthaltes hat er fast auf der Straße gelebt, kein Einkommen.
Wer in Australien kein Einkommen hat, lebt so wie hier am Rande der Existenz und auf der Seite, die kein Mensch sehen will und wo Leute mit Geld einen Bogen machen, zumindest die meisten Menschen.
Er hatte als Einwanderer Glück, in einem Slum war eine Schießerei und er als Unbeteiligter war mittendrin. Das Glück war seine Ausbildung und seine Lebenserinnerungen. Er konnte helfen und war seither dort ein anerkannter Arzt, nur ohne Geld. Die Presse wurde auf ihn aufmerksam und so war der Anfang gemacht, er konnte seinen Facharzt abschließen und erhielt die Aufenthaltsgenehmigung. Erst mit der Heirat ist er nun Australier. Gonzalo ist verheiratet, drei Kinder im noch schulpflichtigen Alter.

Er ist seit einigen Monaten Chefarzt in einer großen Klinik und behandelt traumatisierte Patienten, vor allem jetzt Soldaten und Kinder, welche pausenlos von den Kriegsschauplätzen nach Australien eingeflogen werden, so aus Afghanistan und jetzt auch aus Libyen.

Wir alle Drei sind uns sicher, dass die Familie trotz der Entfernung zusammenfindet, der Anfang ist gemacht und eine erste Idee ist in sofern geboren, dass der älteste Sohn Gonzalos zunächst einen Beruf erlernen solle, möglichst in einem spanisch sprechendem Land. Obwohl seine Kinder zweisprachig aufwachsen, ist deren Spanisch natürlich nicht so toll, da die Mutter der Kinder eben nur englisch sprechen kann.
Bis in die Nacht hinein gab es viel zu erzählen und ein Besuchsplan musste auch erstellt werden, morgen Hochzeit, dann ein Tag bei Dorle mit Tante Iren, die er ja morgen neu Kennen lernen wird. Dann wollen die Männer noch etwas unternehmen und die Woche ist doch so schnell um. Da wir die Flitterwochen meinen dienstlichen Obliegenheiten ohnehin verschoben haben, kommt nun eine weitere Urlaubsvariante, Australien, hinzu.

*

Unsere Hochzeit sollte ja eine reine Familienfeier werden, zumindest von meiner Seite aus. Ich hatte ja nur eine sehr dezimierte Familie, Dorle und mein „stiller", jetzt plötzlich, mir als Geschenk präsentierter australischer großer Bruder, sonst niemand. Simon und Carlos nahmen zwar darauf Rücksicht, machten mir aber klar, dass sie ja eine gestandene, wohlhabende Sippe sind. Sie nicht einzuladen hieße, einen dritten Weltkrieg herbeizuführen, also ein Kompromiss.
Sie alle hatten Geld und waren über Generationen mehr oder weniger durch eigene Arbeit zu Reichtum gekommen.

Ich fühlte mich aber bei solchen Gedanken an meine arme Kindheit erinnert.
Dabei machte ich sicher auch manchen Fehler, wenn ich an das Leid anderer dachte, und mir manchmal eine Bemerkung nicht verkneifen konnte. Carlos war zwar ein Familienmensch, deshalb brauchte er aber nicht sozial sein, denn Sorgen brauche sich kein Familienmitglied zu machen, alle waren gut versorgt.
Ich war für die neue Familie nun das soziale Gewissen, so immer Carlos, aber sie respektierten dies und nahmen sich Manches an. Letzten Endes, bewiesen sie ihren Charakter meiner Familie gegenüber. Der Stein, mein Bruder, das stetige Einbeziehen meiner Schwester Dorle und manches mehr.
Zu keiner Zeit bekam ich meine arme Herkunft vorgehalten, es gab nie Unterschiede für mich zu erkennen. Bezüglich meines sozialen Gewissens versprachen Sie mir drei ganz besondere Geschenke, nur für mich allein. Ich war sehr neugierig auf die noch zwei ausstehenden, denn das heutige Geschenk zu meiner Familie hatte ich noch zu verkraften. Aber alles war geheim, alles blieb geheim. Es war ganz allein Simons und Carlos Überraschung. Ich hatte mehrere Versuche gemacht, aber weder Latifa, noch Simons Tante versicherten mir glaubhaft, nicht eingebunden zu sein. Somit wurde meine Geduld auf die Probe gestellt.

*

zwei Trauungen

Meine, unsere, letzte Nacht vor der Trauung konnte ich nicht einschlafen. Mein Bruder war unterwegs ins Hotel. Die letzten zwei Stunden waren Simon und Carlos noch bei uns und erfreulicher Weise verstanden sich die Männer sehr gut, man duzte sich und fachsimpelte nach einigen Glas Wein, halt, mein Bruder trank nur Bier, über den Unterschied lateinamerikanischer und australischer Frauen, wobei sie meinten, dass sie sich in einem sehr ähnlich sind, nämlich, dass Frauen nichts vergessen zu können.

Es war sehr verwunderlich, die Vorbereitungen verliefen ohne weitere Aufregungen, Kleid, sehr schlicht, nicht auftakelnd, keine Schleppe mit typischen Schleier tragenden Kinder, Schuhe und meine Haare, alles wie geplant. Simon sah einfach toll aus, Frack, mit heller Hose, alles stimmte. Eine Kutsche wollte ich nicht, also Auto. So bin ich mit meinem Bruder, der mich zum Altar führte, von Max gefahren worden und Simon hat hatte es wieder mal übertrieben. Er wurde mit seinem Vater von einem Freund gefahren. Dieser hatte aus der ersten Baureihe eines Fords, der 1923 in Kolumbien gefertigt wurde, ein Hingucker für den männlichen Kenner.
Als wir in die Straße zur Kirche einbogen, bekam schon wieder einen fast Herzinfarkt. Menschenmassen standen vor der Kirche. Die Straße und der kleine Platz, waren sonst, an solchen Tagen, beschaulich und gut überschaubar. Aber heute nicht, selbst Max, der grundsätzlich alles weiß, was sich auf Bogoter Straßen abspielt, heute nicht. Vielleicht wieder so eine der Überraschungen von Carlos, mitnichten.
Die der Trauung vorangehender Messe war mit Verspätung zu Ende gegangen. Ein Teil, ein großer Teil der Besucher wollten nun die Brautleute ansehen, einige warteten vielleicht auf ein Autogramm vom Chor.
Mit Not und im Gedränge ließ man uns passieren, man klatschte zu uns, wie einer, ins Stadion einziehender Profimannschaft. Aber es war meine Hochzeit und ich ließ mich auf dieser Woge gleiten.
Die Trauung war sehr ergreifend, nach dem berühmten „JA", dem Anstecken der Ringe und dem Kuss, sangen die Gospels und ich konnte meine Tränen nicht unterdrücken. Auch Simon war wohl doch überwältigt. Vor der Kirche mit nicht wenigen Schaulustigen gaben uns die Gospeldamen noch Brot, Salz und überschütteten uns mit Reiskörnern, was ja Glück und Reichtum symbolisieren sollte.

Unsere Gäste gratulierten uns und ein besonderer Gast stand vor mir, der vor zwei Jahren mein Mann hatte werden sollen, Enrice. Dies war sehr emotional und für uns beide sehr erregend. Aber vielleicht zum Glück, es war wenig Zeit, viele Gäste drängelten und wir sagten uns noch, „Bis gleich". Eigenartig, Simon begrüßte Enrico nicht gerade als unbekannten Gast oder gar als fremden Mann, nein, man kannte sich, denn Simon war schon bei ihm in Hotel und jetzt erfuhr ich auch, dass er mit zum Junggesellenabschied dabei war. „Was doch Männer so selbst in die Hand nehmen können!", dachte ich.

Der Weg zu den Autos führte über den Platz, der wohl an die hundert Meter lang war. Längst dieses Weges standen Straßenmusiker, die ansonsten die Innenstadt bevölkerten um ihren Lebensunterhalt einzuspielen. Einige waren von ihrem Leben in der Nähe von Alkohol und Drogen gekennzeichnet. Sie spielten aber heute auf wunderbarer Weise für mich, alle hatten mein Lieblingsinstrument, die Panflöte mitgebracht und spielten. Wir blieben bei jedem Spieler stehen, Simon gab mir für jeden einen Dollar, den ich in ihren Hut, Mütze, auf die Decke oder in die Instrumentenbox gab, als symbolische Anerkennung ihrer Leistung.
Später erzählte mir Simon, dass er sich eine Genehmigung von der Stadtverwaltung und der zuständigen Polizeiwache erkaufen musste und dass es den Spielern im Vorfeld eine Anerkennungsprämie zahlte.

Die Autos wurden gewechselt, Simon übernahm das Steuer des Oldtimers, die Gäste bestiegen einen Bus und ab ging es zum Rathaus um hier staatlicherseits offiziell zu heiraten. Dieser Akt war auch sehr betont feierlich, wenn gleich sachlicher.
Vor Beginn der Zeremonie sammelte Simon nochmals die Ringe ein, da sich das Anstecken der Ringe nach dem Jawort und der Unterschrift wiederholte. Beim: "Sie dürfen jetzt die Braut küssen", hatten wir die wenigsten Probleme, denn geübt ist geübt.

Unsere Trauzeugen, Latifa und ein Freund Simons machten in der Kirche, wie auf dem Standesamt eine gute Figur, woben sich Latifa mit ihrer lustigen Gestik beschwerte, das es für ihren Dienst nichts zu Trinken und zu Essen gibt. Carlos und Latifa waren heute ausgerechnet spät dran und konnten nicht frühstücken. Latifa sagte immer: „Leute, die Hunger haben, sind böse."

Simon hatte hier auch an viele Details gedacht um mich zu erfreuen. Aus einem Waisenhaus, das von einflussreichen Geschäftsleiten finanziell getragen wird, waren sieben Kinder da, die mit Ihrem Geigen, kolumbianische Weisen spielten. Für mich ein anerkennender Segen und für die Gruppe eine Möglichkeit, Gelerntes öffentlich vorzutragen. Simon hatte hier auch Gutscheine mit den Namen der Kinder und die der Musiklehrer vorbereitet, die er mir für die Übergabe zuschob.

Dies war notwendig, damit die Kinder auch wirklich den Lohn ihrer Arbeit ernteten und das nicht die Leitung alles in einen Topf des Heimes steckt.

*

So konnten die Kinder in einem bekannten Kinderkaufhaus Waren ihrer Wahl und ihrer Sehnsucht kaufen. Simon hatte mit dem Heim vereinbart, dass ich zu einem noch zu vereinbarenden Termin mit der Betreuerin und den Kindern zum Einkauf gehen werden.

soziales Hochzeitsmenü

Latifa atmete auf, denn jetzt gibt es was zu essen, dachte sie, aber weit gefehlt. Wir fuhren vorneweg, der Bus hinter uns, mit kolumbianischen Hochzeitsgeräuschen, denn nicht die Motoren liefen heiß, sondern die Hupen.

Ich kannte ja den Fahrplan auch nicht. Simon sagte, dass wir im Hotel den Saal angemietet haben um dann nach den zwei Trauungszeromonie dort zu feiern. Als wir dann am Hotel vorbeifuhren, sah ich verwundert zu Simon, der gerade diesen fragenden Blich von mir erwartete. Aber kein Wort, sein Augenzwinkern ließ mir sagen: „Geduld."
Latifa schien ihren Hunger nicht auszuhalten. Aus einem Geschenkkorb eines Freundes, der mit im Bus saß, borgte sich Latifa eine Keksschachtel um danach freundlichen dreinzuschauen.

Der Freund gab diese Geschichte am Nachmittag im Hotel, bei der Gratulation preis, indem er sich wegen der halb aufgefressenen Plätzchen lachend entschuldigte.
Wir hielten unmittelbar an einem Platz vor einer dieser vielen traurigen Suppenküchen eines der großen Armenviertel an, direkt vor dem Eingang zu einer diesen Favelas. Hier wohnten vor allem zugereiste Menschen aus dem Lande, ohne Wohnsitz. Es waren die Ärmsten der Armen ohne auch nur den Hauch einer Perspektive zu haben. Ich dachte, es wäre hier ein kleines Volksfest, was ja in der vielen verschiedenen Bogoter Stadtvierteln oft zu erleben, bzw. beim Vorbeifahren zu sehen ist.
Simon hielt an, ein Pad're und ein illegaler Bürgermeister, besser der Sprechen des Viertels begrüßten uns. Es waren Tafeln aufgestellt. Die Tische waren voll besetzt, vielleicht zweihundert Menschen, man verstand kein Wort, Kinder sausten wie Fliegen überall herum.
Ungläubig nahmen auch alle, unsere Gäste aus dem Bus Platz und harrten der Dinge die da kommen sollten. Eine Mikrophonanlage war aufgebaut, der Pad're bat mehrmals und eindringlich um Ruhe, in sichtbaren Abstand bemühten Polizisten der vorbeirollenden Autoverkehr nicht zum Stehen zu bringen und beobachten auch unsere Veranstaltung.

Carlos hatte diese Veranstaltung organisiert und auch mit der Polizei abgesprochen. Max verteilte an die Polizisten Lunchpakete.

Dann wollte Carlos einige Worte sprechen. Ein Sicherheitsmann schoss einmal in die Luft, es war ein bekannter Ton ruhig zu sein.

Ein kleines Podest war aufgebaut, Carlos und der Pad're stiegen auf. Der Pad're begrüßte unsere ganze Gesellschaft in einer, für die Bewohner sehr unkomplizierten, aber doch verständlicher Sprache an. Dann ergriff Carlos das Wort:

„Leute, uns geht es besser als Euch, ich habe heute eine Schwiegertochter als Geschenk bekommen. Marta komm hoch, alles wollen Dich sehen!" Ich stieg zu Carlos auf das Podest und gesellte mich zwischen den beiden Männern. Die Massen johlten wieder, kamen aber zu Ruhe als Carlos weiter sprach. Ich habe durch Marta gelernt, wie es ist arm sein zu müssen, wie es ist Hab und Gut zu verlieren. Ich habe auch gelernt, dass es nicht nur ein Wunder geben muss, um was aus seinem Leben zu machen. Marta war als Kind so arm wie ihr heute seid!

Weil sie es kennt, und weil es meiner Familie besser als Euch geht haben wir mit dem Pad're und Euerm Sprecher einen Verein gegründet der folgende Aufgaben hat:

1. Die Suppenküche bleibt bestehen, sie wird nicht geschlossen, auch wenn die Stadt kein Geld mehr zuschießen kann.
2. Jeden Tag können die Kleinkinder gebracht werden, um sie auf die Schule vorzubereiten, eine Lehrerin und zwei Erzieherinnen haben wir schon eingestellt.
3. Eine Kleiderkammer ist eingerichtet, jeder kann kommen und sehen, ob geholfen werden kann. Aber ein Sicherheitsmann achtet darauf: kein Alkohol, keine Drogen!

Die Finanzierung ist für das erste Jahr gesichert und ich werde bemüht sein, Freunde zu finden, die den ständigen Betrieb sichern.
So, Leute, die Suppenküche und die Räume sind neu renoviert und ich lade Euch jetzt ein, mit uns gemeinsam die Hochzeitsmahlzeit einzunehmen. Übrigens, das Besteck und das Geschirr bleibt hier, wehe dem…" Ein riesiger Beifall brandete auf und das mit dem Besteck und Geschirr wurde mit zustimmendem Beifall quittiert. Der Sprecher löste vor dem Eingang eines renovierten Hauses mit der Suppenküche ein darüber gespanntes Tuch und es kam ein Schild mit der Aufschrift:

„Tafelgesellschaft Marta e. V. – Willkommen"

Auf dem Podest baute sich der Chor auf und die Gospelsongs von den schwarzen Damen ernteten riesigen Beifall. Zwar in Englisch gesungen und textlich nicht verstanden, wissen insbesondere die ärmste Gesellschaft von dem Inhalt dieser Lieder; Freiheit, Gleichheit, Brüderlichkeit, Gott und das Leben. Selbst die örtliche Presse und ein TV Sender kamen herbei, denn solche spontaner Ereignisse, noch dazu des sozialen Inhalts gab und gibt es nicht viele. Ich war wohl der glücklichste Gratulant Carlos und Simons gegenüber. Simon sagte mir, dass auch er selbst überrascht war, denn es war seines Papas Idee und er hat keinem etwas davon gesagt, doch nur eins hatte er sich ausbedungen bei der Organisation, dass er für das Mittagsmenü verantwortlich ist. Diese Überraschung war ihm ja gelungen. Als die Damen mit ihrem Programm fertig waren, kam unser Hotel in Form eines Catering ins Spiel. Sie servierten einen Hauptgang aus der kolumbianischen Küche an alle Anwesenden. So ruhig wie beim diesem Essen war es lange nicht, sagte der Sprecher oder Bürgermeister.

Etwas war schon verwunderlich, denn Carlos sprach von dem Nichtmitnehmen von Geschirr und Bestecken, dabei hatte Carlos darauf wert gelegt, dass alle, auch unsere Gesellschaft auf Pappteller mit Plastebestecken essen. Dem Hotel sagte er, er wünsche es genau so und nicht anders. Wohlgemerkt, ein fünf Sternehotel ist da wohl sehr pikiert.

Carlos hat aber gesagt, wenn sie nur auf edlem Porzellan servieren können, dann bestellt er das ganze Essen, 325 Portionen, in einer einfachen Küche Bogotas. Bei der Essenszahl liefen sicher auch beim Chefkoch die Dollars vor Augen und sie machten alles wie er es wünschte. Auch keine Werbung des Hotels durfte aufgestellt werden, denn Carlos machte dem Hotelmanager klar, dass wohl kaum einer seiner Hochzeitsgäste nicht einmal das Geld haben, um auf der Toilette im Hotel zahlen zu können, ganz zu schweigen ein Gericht. Carlos wollte es sehr gut, für alle gleich und dem Niveau angepasst, haben.

Später erfuhr ich, dass von dem Rummel in diesem Problemviertel der Stadt durch den Radio- und TV- Nachrichten aufgeschreckt, der Bürgermeister und sein Sozialmann ins Hotel kamen und sich nun einbringen wollten im Sinne dem Hochzeitspaar zu gratulieren und Carlos zu einem Tork einzuladen über diese Veranstaltung. Aber Carlos lehnte an. Er brauche kein Fernsehen um etwas Soziales zu bewegen. Auch lehnt er es ab den Verantwortlichen nachträglich eine Bühne zu geben. Carlos berichtete von sieben Gesprächen mit verschiedenen Dienststellen der Stadt um alle Genehmigungen, die auch noch Geld kosteten, zu erhalten. Sie zogen ab, wie mit Wasser begossene Hunde.

Allerdings war eine Kolumne in der überregionalen Zeitung zu lesen, dass sich die Stadtoberen über diese Eigeninitiative eines Geschäftsmannes bedankten im Sinne, warum nicht auch andere. Hoffentlich war dies auch ein eigener Ansporn für diese Leute dachte ich.

Carlos hatte sich ausbedungen, dass während des Essens keine

Getränke gereicht werden. Er wollte in keiner Weise provozieren, weder mit Mineralwasser oder gar Getränke alkoholischer Art.
Wir wurden mit ehrlichem Beifall verabschiedet, es war wunderschön. Wir wechselten in unser Hotel um den restlichen Tag in einem angemessenen Rahmen zu verbringen.

*

Hochzeit, Teil 3

Carlos steht auf, alle klatschen und freuen sich, auf die Festrede des Hausherrn:

„Liebe Hochzeitsgäste, mein lieber Sohn Simon, meine liebe Tochter Marta, ja Marta, ich sage ganz bewusst nicht Schwiegertochter, du bist für mich eine Tochter und ich nehme dich mit Freuden in meine, in unsere Familie auf. Üblicherweise sprechen die Eltern zu Euch und den Hochzeitsgästen. Heute machen wir ja sowieso vieles anders. Essen habt ihr alle schon von mir spendiert bekommen, hoffentlich habt ihr Besteck und Teller nicht geklaut. Um etwas zu trinken zu bekommen, müsst ihr Marta gut zuhören. Komm Marta sprich zu uns."

Mit etwas wackligen Beinen stand ich auf, mein Herz pochte.
„Meine Lieben, danke, dass ihr alle gekommen seit um Simon und mir zu gratulieren. Ich spreche jetzt, obwohl ich in eine Familie einheirate, die auch meine Familie ist, ohne manchen von Euch bisher persönlich kennengelernt zu haben. Der Tag ist noch lang und da haben wir alle miteinander Zeit uns kennen zu lernen.
Mein Leben ist in den letzten zwei Jahren, insbesondere in den vergangenen Monaten lebenswert geworden. Ich bin beschenkt worden mit dem Wertvollsten, dass das Leben zu verschenken

hat, dem Leben, der Familie und der Liebe.
Carlos, du nennst mich Tochter und nun in der Doppelfunktion auch noch Schwiegertochter. Da deine Familie schon immer sehr groß ist, kommt es wohl nicht an, noch mehr Mitglieder zu bekommen.
Schuld bist du selber und deshalb danke ich dir und meinem lieben Simon. Danke, dafür, dass ihr meiner Familie eine neue Heimstatt in Bogota gegeben habt und mit dem Geschenk, in Form meines Bruders in Person.
Mit den Erlebnissen rund um die zwei Trauungen und ganz besonders mit dem Mittagsessen habt ihr mir aus der Seele gesprochen und ich habe meine Kindheit gespürt in der Form, dass man im Leben auch etwas geben muss, etwas geben, zudem der Einzelne in der Lage ist und wenn es nur ein Wort der Wärme und Herzlichkeit ist. Manches Wort wiegt vieles Andere im Leben auf.
Ich danke euch allen von Herzen. Ich wünsche Euch allen viel Freude am heutigen Tag, sowie Wärme, Liebe und Gesundheit. Danke und Gott segne uns alle.
Lieber Simon, dass mit dem Toast und den Trinken übernimm bitte du."
Ich war froh fertig zu sein mit meiner mir gewünschten Ansprache. Ich hatte Niemanden dabei angesehen, sonst hätte ich meine Tränen nicht unterdrücken können. Ich umarmte Simon und Carlos und überhaupt alle, alle, alle.
Nach einem Auftritt meiner inzwischen zu Freundinnen avancierten afrikanischen Freundinnen überbrachte Jamine mir Glückwünsche vom Chor und sagte ganz am Schluss: „Marta, jetzt möchte ich Dir meinen zukünftigen Mann und den Papa von Josephine- Marta vorstellen." Jamine ging zum Platz von Enrice und da machte es bei mir klick. Ich rief Simon dazu und alle lagen wir uns vor Freude in den Armen. Die Feier war im vollen Gange, es wurde getanzt, viel getrunken, viel geredet.
Simon hatte noch ein Zimmer genommen, damit ich mich stundenweise zurückziehen konnte, denn es strengte mich schon

an und der Bauch mit dem was da drinnen sich so bewegte, tat das seinige hinzu. Latifa und Dorle standen mir zur Seite, während Sophie, mit zwei Handy bestückt im Foyer des Hotels geschäftlich zu tun hatte.

Der Chor, wie auch Enrice und Sophie bewohnten ebenfalls im Hotel, auch einige auswärtige Gäste von Simons Seite waren hier einquartiert. Gonzalo wohnte auch in einem unweit entfernten Hotel, ich hatte ein gutes Gefühl mit allen zusammen sein zu können. In einer späten Stunde, ich stand mit Latifa und Sophie am Geschenktisch, wo auch die zwei Kästen Wein vom großen Chef standen.

Wir waren in ausgelassener Stimmung, lachten zusammen und eine von uns sagte, dass wir uns den Dreier wohl aufheben müssen, bis nach meiner Entbindung. Alle lachten wir, wobei ich doch etwas argwöhnisch zu beiden sagte: „Ihr reicht euch wohl nicht? Ich bin eine verheiratete Frau, die bald Mutter ist..." Sie versicherten, dass sie auf mich warten und ich soll Latifa das nächste Mal mit nach Madrid bringen.

Als ich nach einer Ruhephase zurück in den Saal kam, war Gästezuwachs zu verzeichnen.

Der Pfarrer und der Kirchenvorstand waren zum Gratulieren gekommen, aber nein, er hatte uns ja während der Trauung schon gratuliert. Carlos und Gonzalos hatten sie eingeladen. Er kam nach zwei Beerdigungsfeiern und brachte den Vorstand noch mit, vielleicht als Alibi. Man bedankte sich herzlich über das Ergebnis der Messe. In der gesamten Diözese hatte eine Messe noch nicht soviel Zulauf, als heute, der Chor, alles so wunderbar. Jetzt wollten sie auch einen Kirchenchor aufbauen. Wir wünschten dazu Erfolg. Sophie sagte, wenn sie auch so gut sind wie unser Chor heute, ladet sie diesen dann nach Madrid ein. Auf jeden Fall hatten sie Gefallen an unserer Feier, auch das Essen und Trinken mundeten.

Tante Iren schien etwas zu kurz gekommen zu sein, in Bezug auf Familie, aber Dorle versprach ihr in den nächsten Tagen mit ihr zum Ehrenhain zu gehen um sie teilhaben zu lassen.

Verkneifen konnte sie sich auch nicht den Spruch: „Ich weiß nicht, vielleicht passte der Enrice doch etwas besser zu Marta, was denkst du? Na, wenn es Gott denn so gewollt hat, wer weis, so soll es sein, ich bin ja eine alte Frau."
Damit war das Kapitel abgeharkt und in den fast vier Wochen Aufenthalt, hatte sie nur Angst um ihren Garten, der ja doch in guten Händen war bei Ihrem Freund.

*

Carlos- Enrice

Die Hochzeit war allseitig gut überstanden, wenn auch Carlos übermütig, wohl etwas zu viel durch einander getrunken hatte. Aber an der Seite seines neuen Arztfreundes Gonzalo und einer sich kümmernden Latifa hat auch er es nach einigen Tagen hinter sich gebracht, wie Latifa erzählte, denn er zog mit meinem Bruder bald wieder um die Häuser und waren sogar einen Tag miteinander auf dem Boot.
Carlos war richtig traurig, als mein Bruder zurück nach Sydney musste. Er hatte keinen Urlaub bekommen, aber man sah sich ja bald wieder und für den Sohn haben die beide auch einen Plan geschmiedet.

Ich hatte noch zwei anstrengende Tage mit Sophie in meinem Büro, dann musste sie zurück. Mit Enrice und Jamine traf ich einmal kurz zusammen, wobei kein richtiges Thema aufkam. Nur mit Jamine konnte ich mich toll unterhalten. Wir hatten gleiche Interessen und waren zudem beide zum ersten Male werdende Mutter. Natürlich versprachen wir uns voneinander zu hören. Enrices Ziel bestand darin nach einigen Jahren zurück nach Spanien gehen zu wollen als Familie Valdez.

Das Leben nahm Normalität an, was man als normal bezeichnen kann, wenn der Bauch wächst, das Kind strampelt,

die Brust weh tut, wegen der Anspannung des Drucks der Muttermilch. Simon bemühte sich sehr um mich, nahm alle Launen von mir in Kauf. Ich ging in den letzten zehn Tagen täglich für ein, zwei Stunden ins Büro. Ich wollte nichts anbrennen lassen, hatte zu wenig Zeit einen echten Stellvertreter einzuarbeiten, trotz meiner guten Bürofee, was die Organisation und was das Finanziellem betraf.
Mit viel Freude erhielt ich eine Mail mit dem Absender Enrices. Es war ein Foto von Jamine und ihrem Baby und dem Text: „Danke für die schönen Tage in Bogota und ein lieber Gruß von Mutter & Tochter, Enrice, bis bald, Euch alles Gute und Gott ist mich Euch."

Seit Wochen beschäftigten wir uns mit der Namensgebung unseres Kindes, wo wir nach wie vor nicht wussten, ob Junge oder ob Schwester. Am Ende hatten wir aus vielen Varianten zwei Kompromisse gefunden und auch einvernehmlich miteinander vereinbart:

        Junge: Carlos- Enrice
        Mädchen: Estonia- Iren

Wir waren beide froh, erleichtert und empfanden Freude auf die Wehen, um endlich meine freudige Qual zu beenden.

Als ich aus dem Krankenhaus kam und etwas Ruhe eingekehrt war und ich zu mir finden konnte, schieb ich eine Mail an Sophie und Jamine:
„Hola, ihr Lieben alle, mit dem Mailanhang grüßt das jüngste Mitglied einer glücklichen Familie Uraba: Carlos- Enrice, 4.573 Gramm, 49 Zentimeter, Mutter gesund, Vater stolz, bis bald, Besus Marta."

Eine Frau flog mit besonderem Stolz aus Bogota in Richtung Málaga, via Madrid: Tante Iren.

Das Christenleben beginnt mit Gnade,

es muss weitergehen mit Gnade und

es endet mit Gnade.

Corrie ten Boon

5. Kapitel: Normalität meines Lebens

*

mein Entschluss

Vor zwei Stunden bin ich in Madrid angekommen. Latifa nahm sich eine Woche Urlaub um mit mir zu fliegen, ein gegebenes Versprechen an Sophie, wie aber auch an Tante Iren. Der von Sophie mir vorgegebene Zeitplan lies für Privates wenig Raum und so flog Latifa gleich von Madrid nach Málaga, wo sie von Tante Iren abgeholt wurde, das heißt, die jungen Nachbarsleute von Iren fuhren sie holen.
Nun, da ich sie in guten Händen weis, kann ich mich einchecken, mich bei Sophie kurz melden, morgen zum Termin, 10:00 Uhr Meeting in der Konzernzentrale.
„Mein lieber Simon, zum ersten Mal seid ihr allein, meine beiden Männer. Ich bin gut gelandet, Carlos kann auch beruhigt sein, Latifa ist auch gut bei Iren angekommen. Ich gehe jetzt schlafen, bin müde, denke aber an Euch. An meinen kleinen Carlos einen dicken Kuss.
Besus, deine Marta, bis morgen."

Schweißgebadet wache ich auf, es ist in Madrid sechs Uhr einunddreißig, zumindest zeigt der digitale Leuchtstrahl der Uhr dies an. Ich überlege, zu Hause ist es jetzt sieben Stunden früher, Moment, 11.31 p.m. Simon und mein Carlos schlafen schon, was habe ich erlebt, ich fühle mich schmutzig, will baden, mein Zimmer hat nur eine Dusche, schade, also duschen. Ich lasse den durchsichtigen Vorhang auf, sitze in der Dusche, das warme Wasser über mich laufen lassend. Ich denke, was war, was war?
„Ich höre wieder den Hubschrauber über uns und sehe Mimi, eine meiner Geiselkollegin mit glühendem Holzscheit in den trocknen Busch laufen, ein Schuss, ein Schrei, Mimi fällt

getroffen zum Boden, immer wieder schreiend und mit wohl letzter Kraft fällt das Holzscheit ins Unterholz. Es brennt das sengende Moos, Rauch steigt auf, ein Söldner wirft sich auf die am Boden sich herumwälzende Frau. Vier weitere werfen Planen auf das Feuer und wedeln mit Palmenblätter den Rauch, damit sich dieser verteilt um von oben nicht erkennbar ist. Mimi liegt völlig ruhig am Boden, aus ihrem Hals läuft viel Blut, wie ein Rinnsal auf dem Boden, Richtung Feuer. Vom Messer tropft Blut auf ein auf dem Boden liegendes Bananenblatt.

Wir werden mit Gesten gezwungen auf dem Boden liegen zu bleiben, ohne uns zu bewegen, kein Laut, wir haben Angst, alle haben Angst, ich und meine Kollegen haben Angst um unser Leben, die bewaffneten Männer haben Angst vor dem Hubschrauber. Nun sind schon drei Frauen tot, die wie ich, aus dem Bus heraus gekidnappt wurden.

Nach über einer Stunde dreht der Hubschrauber ab. Juan gibt den Befehl, alles abbauen, in zehn Minuten Abmarsch zu B13, einem freien Ausweichlager. Juan sagte, der Helikopter der Armee kommt wieder, er braucht Sprit, aber wir haben keine Zeit, in 45 Minuten müssen wir eine Fallenspur legen. Wie auf Kommando schwärmen die Männer aus, arbeiten minuziös den Plan ab. Wir Frauen müssen wie geplant die Küche räumen. Mein Rücken tut noch weh von langen liegen auf dem Boden ich bekomme nur schwer mein Packet auf meinen Rücken. Ich überwinde meine Skrupel, ich laufe zu Mimi, sehe sie nicht an, ziehe ihre Schuhe aus und ziehe sie mir an, wir haben die gleiche Größe. Jetzt brauche ich nicht mehr mit den Bastschuhen laufen. Wir haben schon die nächste Anhöhe erreicht, als Juan einem verbliebenen Mitstreiter das Sprengkommando gibt.

Ein lauter Knall, Feuerschein, dann ist und bleibt es ruhig. Mimi ist vergraben mit allen Utensilien, die wir zurücklassen müssen. Eine Sprengung deutet für die Armee nach Jagdsprengfallen, zumindest versuchen sie alles, um darauf zu deuten.

Einige frische Tiere sind wichtig und Tiere gab es fast zu viele, für mich jedenfalls, noch dazu zu gefährlich.
Dieser Marsch dauerte vielleicht 3 Stunden, dann machten wir Pause und am frühen Morgen ging es weiter, wir hatten den Niederwald erreicht, konnten unentdeckt marschieren nur mit dem Problem des Sumpfes, den Schlangen und wandernden Exen. In diesem Fall waren die Männer aber gut, es entging ihnen kaum eine Schlange, oder Exe. Nach fast 3 Tages- und Nachtmärschen erreichten wir das B13. Unser, mein Lager, bis zur Befreiung. In diesem Lager wurde ich sieben Mal genommen, sieben Mal gegen meinen Willen gebraucht. Vier betrunkene, schmutzige Männer benutzten mich wie rohes Fleisch, dass man danach einfach liegen lässt. Drei Mal wurde ich genommen als ich meine Menstruation hatte. Das hat einen Kerl so angemacht, dass er nicht genug bekam von meinem Blut. Er trank es voller Wollust, er biss mich sogar, dass noch mehr Blut fliest. Über eine Woche hatte ich einen Verband zwischen den Beinen, in meinem Schritt. Ich konnte viele Tage nicht laufen, lag nur oder hüpfte.
Langsam drehte ich die Temperatur meines Duschkopfes höher, mir wurde kalt. Ich konnte mich nicht rühren, ich war nicht müde, war nur aufgeregt, ein bisschen Angst hatte ich auch, ich überlege, soll ich jemanden anrufen? Wen? Sophie? Rezeption? Alles Quatsch, ich trockne mich ab, bemühe die Rezeption, brauche einen starken Kaffee, ein, besser zwei Espresso. Sie sollen dreimal Klopfen, ein bisschen Angst doch noch?

Der Kaffee ist genießbar, aber ich scheine der einzige, oder der erste Gast am heutigen, gerade begonnener Tag zu sein, der um diese doch unchristliche Schlafenszeit nach einem großen Espresso fragt. Im TV sehe ich im Kanal VIVA Musikgruppen, leider für mich keine bekannten, alles englische Gruppen. Ich sehe nicht, ich versuche entspannt meinen Traum zu vergessen. Eine Tablette, noch vier Stück zähle ich, mit der, die in meiner Hand rollt.

Schlucke ich eine, dann verschlafe ich Frühstück und Meeting mit Sophie, nehme ich keine, döse ich einfach weiter, noch vier Stunden bis zur Frühstück, Sophie kommt ins Hotel. Ich beginne mich zu freuen.
Mir fällt viel Vergangenheit ein. Ich fasse den Entschluss, ich schreibe alles auf, Alicia hatte Recht, es macht mich frei, ich fühle es einfach.

*

lesbisch zu zweit und zu dritt

Die Begrüßung war überaus herzlich, Sophie kam auf mich zu, ich floss einfach weg, Sophie fragte nach Familie, Flug, und vielem mehr, ich konnte nicht anders: „Sophie, ich möchte dich, komm haben wir noch Zeit? Ich bin verrückt nach dir?" Wir verließen den Frühstückraum, fuhren mit dem Lift zur 3. Etage und lagen uns nach wenigen Augenblicken in meinem Zimmer in den Armen. In Windeseile zogen wir uns aus und fanden uns, wild küssend auf meinem Bett liegen. Sophie fand erst jetzt Worte, pass auf, ich habe meine Regel erst gestern bekommen, ich blute stark. Das wollte ich nicht hören, ich küsste Sophie wild, ich küsste ihre Augen, biss zart in ihre Wangen. Ihre hoch aufstehenden Brustwarzen geilten mich regelrecht auf, sagte ihr Worte, die im normalen Alltag nicht über meine Lippen kommen. Aus dem Mund von Sophie kam ein zufriedenes Ächzen, sie wälzte sich hin und her und lies mich gewähren. Ich leckte Ihre Brustwarzen und dann lockte mich ihr Geruch, ich lag mit meinem Kopf auf Ihren geschlossenen Schenkel und machte sie mit meiner Zunge nass. Langsam öffnete sie ihre Schenkel und ich erblickte ihre eingeklemmte Einlage, mit Blut durchdrängt.
Langsam zog ich die Einlage heraus und meine Nase vergrub sich in ihren Schenkel, mein Mund in ihre Schamlippen und meine Zunge schob sich in ihr rosa schimmerndes Inneres.

Sophie zuckte herrlich mit ihrem ganzen Körper, entspannte sich langsam zusammen, ließ mich aber gewähren. Ihrerseits küsste sie meinen Bauch, Schenkel und drang mit Ihren Fingern in mich hinein.
Dann schob sie ihren Kopf tiefer und leckte meiner Pospalte entlang und ihre Zunge umkreiste meine Rosette. Ich hielt es nicht aus, ich konnte meinen Orgasmus nicht aufhalten, ich lies mich einfach los, lies alles von mir, ich floss aus. Erst langsam kamen meine, vielleicht unsere Gedanken zurück.
Wir gingen unter die Dusche, nahmen das schmutzige Oberbettzeug mit in die Dusche. Wir küssten uns und wurden langsam sachlicher.
Sophie sagte mir: „Wir sollten noch Latifa ab Freitag hier haben, dann machen wir uns drei schöne Tage, nur für uns." Der Letzte Kuss im Lift, dann Sachlichkeit und das Meeting kann beginnen. Ehe wir das Hotel verließen ging noch Latifa zur Rezeption und sagte, dass ihr Gast ein gesundheitliches Problem hatte und die Bettwäsche gewechselt werden müsse. Sie gab für das Etagenteam einen Umschlag mit dreißig Dollar. Damit war unser Malheur behoben, ich fühlte mich wohl. Mein verlorenes Frühstück wurde mir von einer Sekretärin in den Konferenzraum gebracht. Die Konzernarbeit wurde nur durch sms und Mails an Latifa und Simon unterbrochen. Zu Haus war alles o.k., klein Carlos schien seine Mutter nicht zu vermissen, ich war in Ruhe und konnte mich sorgenfrei bewegen. Simon lies mich wissen, dass er meine Entscheidung teile, mit dem Buch zur letzten Aufarbeitung zu beginnen. Wichtig ist, so sagt er, was ich mir zumute.

Ich telefonierte mit Tante Iren und sie versicherte, dass Latifa pünktlich nach Málaga abgefahren sei. Aber gerade habe ich den Hörer meines Zimmertelefons aufgelegt, klingelt mein Handy. Eine sms von Latifa: „Fliege wie geplant, bin 9:21 p.m. in Madrid, besus Lafi".

Latifa kam pünktlich an. Während der Flug nur eine knappe Stunde andauert, braucht man Geduld und zudem auch Zeit für das Ein- und Auschecken. Geduld, die weder ich noch Latifa aufbringen wollten, wir wollten zueinander. Ich war direkt vom Konzern zum Airport gefahren. Sophie stellte mir, bzw. uns ihren Dienstwagen zur Verfügung, während Sie den ständig überfüllten Bus nahm.

Sophie war heute am Abend eingebunden in einer Familienfeier und hatte keine Zeit mehr am Abend. Ich war auch ziemlich abgeschlafft von den stressigen Tagen in Madrid und der Jetlag scheint sich bei mir erst in den kommenden zwei bis drei Tagen nach Ankunft in der anderen Welt zu wirken.

Unsere Freude war groß uns zu sehen. Sie checkte in meinem Hotel ein, wir hatten für Sie ein Doppelzimmer reservieren lassen. Im Restaurant saßen wir noch eine Stunde zusammen und ich hörte ihre Eindrücke vom Besuch bei Tante Iren. Die Tante hat nun wohl doch ein Alter erreicht, wo sie an der Grenze der Leistungsfähigkeit angekommen ist. Der lange Aufenthalt in Kolumbien und vor allem die Flugbelastungen hatten Zeichen hinterlassen, die noch jetzt ihre Auswirkungen zeigt. Latifa erkannte inzwischen Defizite ihres Gedächtnisses. Sie zeigt Lücken im Kurzzeitgedächtnis, sie vergisst phasenweise gerade Besprochenes. Trotzdem, es waren für Latifa sehr schöne Tage, zumal sie das erste Mal in Spanien und in Europa ist. Schon aus diesem Grunde zählt ein direkter Kontakt mit Land und Leute zweifach, als jede organisierte Führung in einem Tourismusbus. Die Nachbarn von Iren nahmen zweimal Latifa mit an das Mittelmeer. Insbesondere Gibraltar war für sie eine politische Lehrstunde. Auf dieser Fahrt fuhren sie auch nach Tarifa. Die vielen Erzählungen von Enrice über das Surferparadies und seiner Pizzabar machten Latifa neugierig.

Diese Neugierde wurde gestillt. Sie war begeistert, die vielen Surfer zu sehen, den peitschenden Wind mit dem Sand an der Haut, der ohne Brille und ohne Schutz der Haut schmerzt.

Noch nie hatte sie Windsurfing in so einer geballten Masse sportlicher Höchstleistungen gesehen, von manchen Sportsendungen im TV abgesehen.
Meine Arbeit war beendet und die verbleibenden drei Tage waren Urlaub, Erholung und Entspannung. Der morgige Tag war vorgesehen, Latifa Madrid zu zeigen und ich selbst
hatte hier noch Nachholbedarf, obwohl ich heute zum vierten Male schon hier bin.
Wir verabredeten uns zum Frühstück, gegen 8:30 a. m., denn gegen 9:00 Uhr hatte Sophie uns einen Mitarbeiter organisiert, ein echtes Madrider Urgestein, der uns die Geschichte der Stadt und das Land näher bringen wollte.

Wir kamen am späten Nachmittag ins Hotel zurück, wir waren geschafft, geschafft von der immensen Kultur und der reichen Geschichte des Landes. Wir waren überwältigt von den gesehenen Sehenswürdigkeiten, wohl wissend, dass man an einem Tag nur ein Teil kennen lernen kann, aber wohl erahnen!
Für mich war an diesem Tag heute wieder mein Wunsch erneuert worden, einmal einige Tage hier Urlaub mit der Familie zu machen, dass muss Simon sehen. Also ein zusätzliches Ziel für unsere geplanten Flitterwochen. Diesen ersten Urlaub nach meiner Jobaufnahme ist ja den Flitterwochen gewidmet. In einem Monat soll es so sein, klein Carlos sollte dann aus dem gröbsten heraus sein und ohne Eltern, allein mit unserer Fee bleiben können.
Nach einem kleinen Imbiss, unweit vom Hotel ist ein türkischer Dönerimbiss. Hier hatte ich schon einige Male meinen Heißhunger gestillt. Latifa war erst sehr skeptisch mitgegangen. Sie war begeistert, zehn Minuten im Stehen appetitliches Essen zwischen schneidigen Bankern, neben an der Flasche hängenden Freaks und modernen jungen, einfachen Menschen. Das ist auch ein Erlebnis für Latifa gewesen. Im Hotel hätten wir sicher zwei Stunden gebraucht um den Hunger zu stillen, ohne an den Preis zu denken.

So konnten wir uns noch in unsere Zimmer zurückziehen um zu Ruhen bis Sophie uns abholt. Sie hatte uns in ein Varite`erestaurant eingeladen.
Ich lag auf meinem Bett und meine Gedanken waren zu Hause bei meinem kleinen Schatz. Ich nehme meinen Laptop und schreibe eine Mail nach Hause.
„Meine lieben Männer, zuerst sage ich euch, dass ich euch liebe und Sehnsucht habe. Simon, ich möchte dir, ich muss dir, etwas von Europa zeigen. Bitte schreibe Madrid in unsere Reisevariante mit auf. Latifa kam gut an und sie ist von Europa begeistert. Dein Papa wird sich einige Reisewünsche anhören können. In drei Tagen komme ich wie geplant zurück, ich rufe noch an. Achtung Simon: solltest du zwischen den Windeln Zeit finden mir zu schreiben, freue ich mich, Smiley. Tausend Küsse an euch, mit einem Gruß an die Fee. Besus Marta."
Ich muss doch eingeschlafen sein, denn durch ein Summen meines Laptops werde ich wach, eine Mail. Ein Blick auf die Uhr zeigt auch an, mich langsam zu Recht zu machen.
„Meine geliebte Marta, danke für dein Lebenszeichen. Ich wünsche dir noch diese drei Tage Erholung. Wir warten auf dich. Der Puder ist ausgegangen, Tante holt heute neuen Puder, hatte etwas zu gut gemeint mit dem Pudern, der Boden musste auch gewischt werden, na ja, sie wird es dir ja erzählen und sich lustig machen über meine väterlichen Ungeschicklichkeiten. Ich habe heute mit Gonzalo gesprochen. Dir einen Gruß von ihm. Er hat auch nach Latifa gefragt!?? Sie muss ja auf ihn einen tollen Eindruck gemacht haben. Papa lässt Euch beide grüßen. Er war vor einer Stunde bei mir, er ist auf dem Weg zum Boot.
Gonzales würde es sehr begrüßen wenn unsere Reiseziel Australien heißen würde. Ich möchte auch gerne. Vielleicht fliegen wir über Europa, aber hier liegen mir die Städte Madrid, Paris, Rom, Berlin und Moskau sehr am Herzen und dann zehn Tage Australien. Dein Bruder schlägt uns vor: eine Woche Rundreise und dann 4 Tage Ruhe bei seiner Familie.
Aber darüber sprechen wir ja sicher noch, nur einige Gedanken

dazu, weil du heute so vom Madrid geschwärmt hast.
Mach du jetzt einen Plan zur nächsten Diskussion, aber nicht per Mail, sondern auf unserer Couch, oder besser im Bett..., habe Sehnsucht und auch Nachholbedarf, oder? Mir fehlt dein wunderschöner, warmer Körper, der Duft deiner Haut und, und...
Ich liege auf dem Fell und unser Carlos hier dazwischen. Muss aufhören, denn die Familie Tante will spazieren gehen und mit Carlos angeben.
PS: Ich denke, er pinkelt zu viel und immer dann wenn ich mit dem Trockenlegen fertig bin, werde ihm wohl, wie bei Onkel Bativar, einen Schlauch einführen und dann alles in einen Beutel laufen lassen. Ich brauche dann nur einmal am Tag diesen zu leeren und vor allem sind meine Hemden dann nicht versaut..., gut?
Besus, Dein geschaffter Mann, besus, Simon".

„Das muss ich Sophie und Latifa lesen lassen, zum totlachen", dachte und freute ich zugleich.

Gut gelaunt und voller Erwartungen saßen wir im Lido mit einer guten Sicht, auf die Bühnenmitte. Sophie gab uns ein Programm und ich freute mich. Der Berliner Friedrichstadtpalast gab sich für einige Tage Madrid die Ehre und gastierte genau mit jenem Programm, vor dessen Plakaten ich stehen blieb, als ich zum Kongress in Berlin weilte. Dem Ballett gingen schon tolle Kritiken voraus, es solle mit Weltspitze sein, auf Augenhöhe mit jenen Brasilianischen Balletts, die gerade auf unserem Kontinent hoch im Kurs standen. Das schöne in diesem Varietee war vor allem, dass man an einem Tisch sitzen kann und den ganzen Abend bewirtet wird. Vor und nach dem Programmmittelpunkt spielt eine Lifeband.
Latifa erzählte von ihrem Erlebnis mit mir, als wir am Nachmittag beim türkischen Döner waren. Wir waren in guter Stimmung. Latifa hatte anfangs schlechte Laune, noch aus der

Familienfeier heraus, der sich aber schnell in unserer Gesellschaft legt. Man machte ihr wiederholt Vorwürfe, dass sie noch mit siebenundvierzig Jahren keinen Mann hat, geschweige Familie. Diese ewigen Diskussionen kotzen sie an, obwohl es ja auch stimmte. Vielleicht sollte ich es wirklich mal wissen, wie es mit einem Mann ist. „Ich könnte mir sogar vorstellen mit einer Frau und einem Mann zusammen zu leben. Aber eine Frau und einen Mann, also ein Paar zu finden, das Bi- sexuell ist, um diese Lebensart ausprobieren zu können. Aber ich habe ja Euch und wir freuen uns ja darauf. Also Ladys, alegre, wie wir zu sagen pflegen." Der Rotwein schmeckte mir, Latifa und Sophie wollten aber für sich eine herbere Sorte bestellen.
Das Programm war toll und die deutschen Künstler, allem voran die schlanken Frauen mit den langen Beinen, wurde vom Publikum mit tosendem Beifall für ihre Arbeit belohnt. Nur der deutsche Moderator mit seinem schlechten Spanisch war überflüssig, aber die vielen Anwesenden bemerkten dies ja vielleicht nicht, oder waren höflich. Gegen Mitternacht ließen wir uns ins Hotel fahren und nahmen noch eine Flasche aus der Hotelbar mit in Latifas Zimmer. Wir hatten nun zwei Tage nur für uns drei Frauen. Die getrunkenen Flaschen bewirkten schon, dass manches Wort schwer über die Lippen kam. Latifa stellte Musik ein und war dabei einige Kerzen an zu zünden um das grelle Licht des Deckenstrahlers herunter zu drehen. Sophie hatte eine Idee, sie breitete eine Decke auf dem Teppich aus und dirigierte uns auf der Decke unter dem weitläufigen Teppich des Zimmers. Wir kamen in einem Kreis zum sitzen, die Weingläser waren in Griffweite, ich jaulte, denn der Boden war mir zu hart, dann plötzlich den anderen auch. Ich stand mühsam auf, alle lachten über meine unsportliche Art aufzustehen. Aber alle waren froh, als ich ihnen ein Kissen unter Ihrem Po schob. Dann noch ein „Alegre" und Sophie erklärte die Spielregeln. Wir machten Flaschendrehen. Jeder, auf den der Flaschenhals zeigt, musste machen, was der Flaschendreher wollte.

Dann war der Verlier an der Reihe und so weiter, wir lachten uns kaputt, denn weder Latifa noch ich kannten das Spiel. Sophie sagte, dass dies ein Spiel ist, was die Kinder beim Kindergeburtstag spielen, natürlich etwas anders als wir jetzt. Die Kinder bekommen kleine Geschenke, oder so ähnlich. Sophie drehte die Flasche und der Hals zeigte in Richtung Latifa. Sophie, sagte: „Latifa macht sich die Haare auf."
Jetzt drehte Latifa die Flasche und ich war voller Erwartung auf das, was ich zu tun hatte, Haare können es nicht sein, meine sind kurz. "Marta knöpft sich die Bluse auf und legt den BH ab." Ich drehte und wieder war Latifa an der Reihe. Ich entschied: „Latifa zieh Deinen Minirock aus." Gesagt getan. Wir kamen gar nicht mehr zum Trinken, hatten hochrote Wangen, in meinem Bauch kribbelte es. Alle wurden wir erregt. Nach einer Weile war ich komplett ohne Kleidung, Latifa hatte noch ihren Slip an und Sophie hatte nur noch ihren Top. Wir wurden immer kribbliger. Der Flaschenhals zeigte auf mich und Latifa, die letzte Flaschendreherin befahl was zu tun sein. „Sophie, du küsst jetzt die Martas Nippel." Das ließ sich Sophie nicht zweimal sagen. Sie rutschte auf allen Vieren zu mir und schon kreiste ihre Zunge abwechselnd um meine Nippel, die steil auf ragten, fast schon wehe taten, als ob sie weiter wachsen wollten. Latifa musste bremsen, denn ich hatte zu drehen und nach zwei Drehungen waren wir alle ohne Kleidung. Sophie drehte noch einmal und der Hals zeigte auf Latifa, die als Letzte des Spiels sagte, was zu tun sei.
„Mädels, jetzt ist allgemeines Küssen angesagt, kommt zu mir." Sophie küsste Latifa an Kopf und Hals und ich übernahm ihre Brüste und streichelte ihren Unterleib. Wir waren wie von Sinnen. Ich legte meinen Kopf auf Latifas Unterschenkel und streichelte Sophies Po, ihre Unterschenkel und meine Zunge taten das Ihrige. Während Sophie die Brüste von Latifa küsste, kam sie meiner Zunge entgegen und so lagen meine Lippen genau vor ihren, sich langsam öffnenden Schenkel. Ich war bemüht mit meiner Zunge zwischen ihre Schamlippen

einzudringen und streichelte mit meinen Finger entlang ihrer Pospalte. Hier fühlte ich ihre Rosette. Ich machte meine Finger nass, indem ich meine Finger in Latifas Mund steckte, und sie daran saugte. Ich machte mit den nun nassen Fingern ihre Rosette nass. Langsam erhöhte ich etwas den Druck und ich drang ein wenig in ihre Rosette ein. Der Widerstand wurde schwächer, Sophie gab auf, sie lies meinen Finger gewähren, ich war mit dem Zeigefinger fast komplett eingedrungen, als ich einen Widerstand spürte, der mit meinem wachsenden Druck mich zurückdrängen wollte. Es war ein schönes perverses Spiel, auf das ich mich konzentrierte. Plötzlich bemerkte ich an meinem Unterschenkeln, das Latifa mich aussaugen wollte. Es war ein überwältigendes Gefühl. Keiner wollte unseren gegenseitigen Treiben Einhalt gebieten, wir waren wie im Trans. Alle kündigten wir unseren Orgasmus an und alle sagten „Vorsicht", es gibt eine Schweinerei, wenn ihr nicht aufhört. Es kam, wie es kommen musste, es kam wie wir es erwarteten, es kam so, wie wir es auch wollten. Wir wollten nicht aufhören, wir wollten von jedem alles, was dieser zu geben hatte. Wir wollten uns!

Das Saugen zwischen meinen Beinen war so stark, dass ich fast explodierte. Über Latifas Gesicht lief mein Saft in Strömen und noch saugte sie an mir. Das machte mich jetzt so an, dass ich das Spiel mit Sophie so weiter führte, indem ich Sophie alle Hemmungen nahm. Ich war mit dem Fingernagel schon aus ihrem After und sah den braunen Kot in Form von zarten Stangen auf meine Brust fallen. Ich war wie besessen, ich wollte immer mehr davon spüren. Ich animierte Sophie: „Lass alles raus, lass alles Kommen, los, mach weiter!" Sophie hörte nicht auf. Plötzlich bekam Latifa ihren Orgasmus, sie zitterte am ganzen Leib und sackte in sich zusammen. Nur Sophie rührte sich leicht bewegend über mich hin und her. Ich rutschte neben Latifa, deren Hände mich und Sophie streichelten. Sie lag in meiner Nässe und fühlte sich darin wälzend sichtbar wohl. Ich rieb mir den Kot auf meiner Brust und über den ganzen Unterleib Sophies. Sie sagte:

„Komm in mich rein, komm, ich brauche das. Meine noch saubere Hand strich über Sophies Schamlippen und mit zwei Fingern drang ich in sie herein. Wollüstig wälzte sie sich und quittierte ihre Lust mit einem Orgasmus.
Langsam realisierten wir unseren ausgelassenen Sex, der wohl von Jedermann als pervers eingestuft werden wird. Aber es ist im Leben, insbesondere beim Sex alles erlaubt, was allen Beteiligten gefällt. Fast gleichzeitig stiegen wir auf. Ohne auch nur ein Wort zu sagen nahm Latifa die nasse und verschmutzte Decke, rollte sie zusammen und stopfte sie in eine Plastetüte, aus der sie Sophie herausbrachte. Ich ging mit Sophie in die Dusche. Wir rieben uns gegenseitig unseren extremen Dreck ab.
Zwischenzeitlich hatte Latifa alle Fenster ihres Zimmers aufgerissen und kam zu uns unter die Dusche. Hier kamen unsere Gedanken langsam wieder in geordnete Bahnen. Unser Verstand war wieder eingeschaltet und wir fanden unsere Worte wieder. Wie aus heiterem Himmel lachten wir uns gegenseitig an. Die Welt hatte uns wieder. Unsere gegenseitige Nähe lies wieder Lust in uns aufkommen.

Wir trockneten uns ab und fanden uns alle drei in dem Doppelbett Latifas wieder. Die Luft im Zimmer war rein. Unser Parfüm nach der Dusche regte unsere Gefühle wieder an. Sophie übernahm wieder die Regie. Sie hatte ihren doppelten Dildo mitgebracht und bat Latifa, ihr diesen einzuführen, Sophie grunzte dabei wohlwollend. Sie bat dann, dass sich Latifa auf sie setzte und ihrerseits sich auf den Dildo setzt. Dann setzte ich mich auf ihren Hals, sodass sie mich an meiner Muschi lecken konnte. Latifa fasste mich an meine Brüste. Ich konnte mich nicht lange halten und unser frivoles Trio fiel auf die Seite, alle johlten wir. Dann wechselten wir zwei Mal diese Stellung und ohne dass noch einer von uns einen weiteren Orgasmus bekam, fanden wir die Ruhe und wachten spät am Vormittag auf. Die Fenster waren noch auf, Kerzen abgebrannt, aber der Fernseher war noch an. Ich musste dringend Pipi machen und bemühte vorsichtig über Latifa steigend, aus dem Bett zu kommen. Ich stellte automatisch noch den TV aus und schloss die Fenster, da es doch zwischenzeitlich kalt im Zimmer war. Als ich in Richtung Bad war, kam Sophie hinterher. „Marta, lass mich trinken, ich bin unersättlich." Ich saß schon auf dem WC und Sophie legte sich auf den Läufer vor mich hin, den Kopf anstoßend an das WC- Becken. Sie reichte mir die Hände und ich kniete jetzt hinter Sophie, machte meine Beine breit, sodass ich über Sophies Mund kam. Ich brauchte eine Weile, meine Hemmungen zu überwinden, dann konnte ich den Strahl meines Urins nicht mehr aufhalten. Er ergoss sich über Sophies Mund, ihrem Gesicht und das was Sophie nicht in sich aufnahm, rann auf den Boden. Sophie grunzte begierig und ich war erleichtert, hatte aber dieses Kribbeln wie letzte Nacht. Ein Geruch von Urin sammelte sich in der Luft, der nicht abstoßend wirkte, im Gegenteil, er animierte uns. Auch ich wollte den Appetit nach dem Geschmack des doch so salzigen gelben Natursekt nicht mehr unterdrücken. Sophie stellte sich hin, sie triefte, Rinnsale liefen von Ihrem Körper. Sie zeigte auf die Erde, dass ich mich legen solle. Nach nur wenigen Sekunden kam ich in den Genuss. Meine Augen brannten, mein Mund lief voll, ich schluckte, hustete, schluckte, die Textilläufer waren voll mit Flüssigkeit getränkt, der Boden schwamm. Während wir zu Ende kamen und uns aufrichteten kam Latifa mit dem sehnlichsten Wunsch auf die Toilette gehen zu können. Als sie diese schöne Schweinerei sah, wollte auch sie mit uns pinkeln. Sophie und ich setzten sich auf den warmen Boden der Dusche und Latifa stellte sich über unsere Köpfe. Ein warmer Regen ergoss sich über uns. Wir waren wieder verrückt aufeinander. Sophie dirigierte Latifa und stellte sie sich vor sich und begann sie abzulecken. Ich streichelte ihren Po, der sich vor meinem Gesicht auftat und bohrte meinen Mittelfinger langsam, erst gegen ihren Willen, in das After Latifas. Dies musste ihr gut bekommen, sie animierte mich tiefer zu bohren und es kam so, wie bei dem Spiel mit Sophie. Die Aktivitäten bei Sophie und Latifa nahmen ab.

Latifa stand ruhig, fast regungslos und urplötzlich zuckte ihr ganzer Körper. Ich zog meinen Finger aus ihr heraus und das Verlangen nach dem sich duschen, verstärkte sich. Sophie und ich zogen die Textilläufer mit in die Dusche. Wir duschten uns sauber, wuschen die Badtextilien und trockneten uns gegenseitig ab. Die feuchten Badetücher reichten aus, um danach das Bad von unseren Exzessen zu reinigen.
Wir blieben bis zum Nachmittag noch in den Betten. Allein der Hunger und der Durst auf Kaffee und Tee war Antrieb uns zu recht für die Welt zu machen. Wir aßen im Hotel, gingen gemeinsam spazieren und brachten am frühen Abend Sophie zum Bus, der sie direkt vor ihre Tür brachte, zumindest fast vor die Tür.

Wir verabschiedeten uns und sprachen von einem Geheimnis, bis wir uns irgendwann und irgendwo wieder treffen. Unsererseits ließen wir den Abend ausklingen, packten unsere Sachen, checkten die Mails. Am nächsten Morgen ließen wir uns zum Flughafen fahren. Allerdings mussten wir noch einige Präsente für unsere Liebsten kaufen.

Für unsere Männer kauften wir je ein Basekap mit einem Segelmotiv und für meinen kleinen Carlos hatte ich während der Woche schon einige Kleidungsstücke und eine Rassel gekauft und nach einigen Stunden wurden wir fast in der Nacht von unseren, sehsüchtig auf uns wartenden Männern, von Vater und Sohn in Empfang genommen.

*

Meine neue Liebe zur Familie

Ich lag Simon lange in den Armen, er hatte mir gefehlt. Ich hatte auf dem Rückflug nochmals seine Mail gelesen und in den Worten und zwischen den Worten war viel zu entnehmen, mit dem ich mich auf dem Rückflug beschäftigte.
Eine der ersten und häufigsten Krisen junger Ehen ist dann sehr gefährlich, wenn die Frau schwanger ist und oft lustlos ist und kein vordergründiges Interesse am Sex hat. Das war bei mir nicht so. Wir hatten uns oft lieb, bis hin zu Ende des achten Monats hinein. Als ich aus dem Krankenhaus mit unsrem Carlos nach Haus kam, fand ich mich geschwächt. Simon nahm wochenlang Rücksicht auf mich. Erst nach einem Telefongespräch mit Mama Iren gestern Abend, vor dem Schlafengehen, machten mir Sorgen. Sie erzählte, dass sie nach dem ersten Kind ihren Mann gegenüber monatelang den Wunsch nach körperlicher Liebe nicht nachkam und unwillig war. Das war dann für ihren Mann ein Grund, sich einer anderen Frau zu nähern und er schaffte sich eine Freundin an. Das gegenseitige Vertrauen war weg und es lag immer ein Schatten über der Ehe.
Dieses „Pass auf!" von Iren ging mir durch den Kopf. Das soll mir nicht passieren, dachte ich. Es ist wie ein unsichtbarer Hilfeschrei Von Simon, aus dem Mund von Iren:

„Pass auf!"

„Simon, ich liebe Dich, ich habe Sehnsucht nach dir gehabt, ich freue mich zu Hause zu sein." „Ich auch mein Schatz". Noch in dieser Nacht hatte ich mit Simon Verkehr und ich gab alles, zudem ich nach den letzten zwei Tagen in Stande gewesen war. Ich ergab mich seinen Gefühlen hin, lies ihn meine Gefühle spüren und setzte auch meinen rationalen Verstand ein, ich wollte ihn nicht enttäuschen. Ich hatte keinen Orgasmus bekommen. Ich bemühte mich aber ihn das nicht merken zu lassen.

Er war in dieser Nacht, in dieser Stunde ein doch glücklicher Mann. Ich baute für einige Augenblicke mein schlechtes Gewissen ab.

Die Beichte, um die ich meinen Pad're außerhalb der obligatorischen Wochenendtermine bat, half mir mental sehr. Ich fühlte mich als eine glückliche Frau. Simon nahm ich als glücklichen Mann wahr.
Die persönlichen Erlebnisse der letzten Wochen und insbesondere der jüngsten Tage, aber vor allem das schon genannte Gespräch mit Tante Iren zu ihrem Eheproblem, dass durch ihr maßgebliches Verhalten ihrem Ehemann gegenüber herbeigeführt hatte. Ihr Problem war aber, dass sie es jahrelang nicht wahrhaben wollte. Erst mit der Zeit nach dem Tod, als sie ihr Leben nochmals vor ihren Augen abspielte, kam sie zu dieser Erkenntnis, dass sie maßgeblich die Ursache gesetzt hat. Rein instinktiv, ohne konkrete Beispiele meines Denken und Handelns zu kennen, sprach sie über diese, ihre Erfahrung zu mir.
Nur der kleine unscheinbare Satz von ihr zu mir am Telefon neulich: „Sophie, vergiss über die Liebe zu deinem süßem Baby nicht deinen Mann. Vergisst du die ehelichen Pflichten deinem Mann gegenüber nicht. Beachtest du nicht, was ich versäumt hatte, ist dies der Anfang vom Ende einer gerade gegründeten liebevollen Familie."

Ja, diese drei Sätze in einem Gespräch, von einer mich liebenden alten Mujer, die schon das Eine und das Andere auch vergisst, veranlasste mich zum ernsthaftem Nachdenken, gerade zu einem Zeitpunkt, vielleicht fünf vor zwölf Uhr.
In den Tagen nach meinem Heimkommen ließ mich die persönliche Situation in meinem unmittelbaren Umfeld nicht mehr los. Ich realisiere nach und nach mein Verhalten. Ich wurde mit der Befreiung, nach 34 Lebensjahren neu geboren,

hatte in den letzten 3 Jahren ein neues, anderes Leben Kennengelernt.
Das Zitat „Umfeld formt den Menschen" scheint mich willenlos eingenommen zu haben. Ich wurde hofiert, habe alles in mich aufgenommen, habe gehandelt und das Leben in mich aufgenommen.
Ich bin dabei mich zu finden. Meine Familie soll der Mittelpunkt meines Lebens werden. Der Job, durch den ich mein Selbstbewusstsein über mein Umfeld hinaus entwickelt habe, ist für mich zu einem wichtigen Bestandteil in meinem Leben geworden. Allen, die dies ehrlichen Herzens gefördert haben und nicht ausschließlich auf meine besondere Situation abgestellt zu haben, bin ich herzlich verbunden. Leider werde ich es nicht erfahren, vielleicht will es auch nicht erfahren um mir eventuelle mögliche Enttäuschungen zu ersparen. Ich will mich lieber erfreuen mit all jenen Menschen.
Seit Tagen verlasse ich mein Haus nicht gerne, weil ich nicht die Nähe und Wärme, die mir mein zu Hause entgegen strömt, genießen kann, aber, wo auch ich in diesem Moment keine Liebe und Wärme geben kann.
Vielleicht bin ich geläutert, ich komme jeden Tag mit Freude nach Hause, in den Pausen schreibe ich und empfange manche Sms an und von Simon. Noch nie, auch nicht in den Wochen vor der Hochzeit empfinde ich soviel von dem Inhalt: „Ich liebe dich und freue mich auf dich." Ich bin dabei meinem Job der Familie unterzuordnen, bzw. meinen Job so auszuführen, dass die Familie nicht zurück treten muss. Selbst unserer Hausfee fiel es besonders auf. Sie musste sich nicht mehr so oft um unseren Carlos kümmern. Sie musste im Gegenteil öfter fragen, ob sie mit Carlos herausfahren kann, bzw. ob sie unseren Süßen mitnehmen kann. Es kam in diesen Tagen zu einen tollen Miteinander zwischen Simon und mir. Wir hatten immer häufiger Sex, immer dann, wenn er oder ich es sich wünschte.

Ich brauchte mich nicht darauf zu konzentrieren, ich konnte meinem Gefühl freien Lauf lassen.
Ich fühlte mich nicht in Gefühlen zu Sophie und Latifa gefangen. Im Gegenteil, ich fühlte meine eigene Freiheit, meinen eigenen Willen, ich war mehr und mehr glücklich.

*

Simon war mit seinen Papa zum Boot gefahren und Latifa hat diesen Tag genutzt, um mich, um uns, zu besuchen. Sie und ihr Carlos hatten eine unsichtbare Veränderung wahrgenommen, die in unserer Familie unmerklich vor sich ging.
Wir waren nicht mehr so oft gemeinsam unterwegs, bei Ihnen oder bei anderen Freunden, geschweige Kino oder Theater. Vielmehr gingen wir in Familie spazieren, fuhren allein aufs Boot oder spielten Schach. Besonders Letzteres war sonderbar, denn ich schenkte Simon zu einem Geburtstag ein Schachspiel. Zuerst spielte Simon mit mir Dame und nach und nach führte ich ihn an Schach heran, bis es ihm Spaß bereitete. Ich brachte ihm neulich aus der Stadt ein Schachbuch „Kasparows Eröffnungsvarianten" mit.
Erst gestern, nach dem Staubwischen sah ich es auf der Anrichte liegen, die Fee hatte es wohl vergessen, es zurück ins Regal zu stellen. Innen lagen zwei Merkzettel, ich schmunzelte, als ich es Latifa zeigte.
In der Gefangenschaft war ich mit einer der Personen, mit der höchsten Bildung. Der Lehrer war ein passionierter Schachspieler. Er brachte mir die Regeln bei und nach relativ kurzer Zeit war ich ihm ein ebenbürtiger Gegner. Im Nachhinein war es auch ein unsichtbares Merkmal zum Erhalt meines Lebens vor Schlimmeren, dessen ich permanent ausgesetzt war.
Am Morgen nach unserer Hochzeit war ich noch mit Simon zum Hotel gefahren, um uns von der Band, von Simon. Jamine und dem Chor zu verabschieden. Sie flogen im Laufe des Tages zurück nach Madrid und Daressalam.

Als wir im Hotel ankamen waren alle noch beim Frühstück, nur der kleine mexikanische Pianist spielte mit dem Hotelpianist etwas abseits sitzend, in einer Sesselecke Schach. Ich bemerkte schnell, dass der Kolumbianer ein Schlitzohr war und meinen Freund etwas betrog, um es höflich auszudrücken.

Er änderte einige Schachregeln beim Setzen der Figuren in schnellem hantieren seiner Hände zu seinem Vorteil einfach ab, ohne dies so schnell zu realisieren. So konnte bei ihm zum Beispiel schon einmal der Turm schräg verrückt werden.
Nun half ich dem Mexikaner und zwang das Schlitzohr zum ehrlichen Spielen. Er verlor zweimal und jedes Mal wenn ich ab und an mit Simon oder anderen Gästen das Hotel betrete werde ich vom Pianisten hofiert, aber mit mir spielen, dass will er nicht.

Latifa erzählte von letzten Neuigkeiten, von zwei langen Telefonaten mit Sophie, von einer vorzubereitenden Familienfeier, Carlos hat kommende Woche Geburtstag und vielem mehr.
Gerade das Thema Sophie und die Verbindung Latifas zu ihr war für mich Anlass, über meine neue Gefühlswelt zu sprechen. Ich fand einen Weg, meinen Standpunkt ihr darzustellen und bezog mich da auch auf mein Glauben, den ich nicht mehr verletzen möchte. „Latifa, ich habe es mir nicht leicht gemacht, aber meine Entscheidung steht und Gott ist mein Zeuge. Es werden keine sich solchen Beziehungen, wie die unseren, so schön diese Stunden auch waren, nicht wiederholen. Ich bin mit mir und mit Gott im Reinen. Ich will das Glück meiner Familie über alles stellen, mag es auch Situationen geben, wo mir dies sehr schwer fallen könnte. Ich hoffe, dass du und auch Sophie dies akzeptieren werdet, oder?" „Selbstverständlich Marta, du bist meine Freundin und wirst es immer bleiben. Wir waren und sind immer für einander da und respektieren deinen Willen. Ich denke, dass dies auch Sophie nicht anders hält, wobei ihr ja dienstlich miteinander verwurzelt seid. So wird sich sicher einmal

die Gelegenheit ergeben, dass wir, bzw. du mit Sophie über deine Gedanken sprechen kannst. Falls ich einmal zum Thema unseres Geheimnisses mit ihr ins Gespräch kommen sollte, dann nehme ich deine Meinung so mit, ist doch klar, meine liebe Marta."

Mir war ein Stein vom Herzen gefallen. Ich wollte diese Klarheit gegenüber Sophie und Latifa.

*

Es ist Sonntag, am Nachmittag fahren wir zu Carlos, er hat Geburtstag und eine kleine Feier vorbereitet. Ich sitze mit Simon zur Messe. Meine Arme beginnen zu schmerzen, klein Carlos schlief darin und so wollte ich mich nicht bewegen. Die Messdiener bereiteten die Kommunion vor und durch das Schellen des mehrfachen Glockengeläutes, erschreckte sich unser Kind und schrie plötzlich, fast so laut, wie die Orgel spielte und der Chor aller Gläubigen. Simon nahm ihn mir ab und ging für einige Minuten ins Freie. Ein Messdiener, der die Kollekte einsammelte, kam zu meinem Platz: „Der Pad`re wünscht sie nach der Messe zu sprechen, bitte warten sie vor dem Eingang."
„Was will er nur, hab ich bei der Beichte etwas falsch gemacht?"
Simon kam gerade zum Empfang der Hostie, dem Brot Jesus wieder zurück. Im Anschluss der Messe, erzählte ich Simon von der Bitte des Pad`re.
Klein Carlos war inzwischen wieder der friedfertigste Mensch der Welt, er schlief im Kinderwagen seinen gerechten Schlaf. Simon gab ihm noch die Flasche, es half.
Am Eingang verabschiedeten der Pad`re und der Kaplan die Gläubigen und kam dann auf uns zu.
„Ja ich grüße sie herzlich, wir haben ja bald Taufe von dem lieben Burschen. Aber mein Anliegen ist etwas anderes." und wurde gleich direkt und fragte: „Wollen Sie sich nicht beruflich verändern?" Simon und ich schauten uns an und sahen sicher

etwas verdattert aus, denn auf eine solche Frage waren wir im Entferntesten nicht vorbereitet, ehe auf solche Fragen, wie zum Beispiel: ob wir finanziell helfen können, denn der Glockenturm wartet auf eine sichtbar notwendige Instandsetzung, o.a.
.

Pad`re erzählte, dass die weltweit agierende UN-Hilfsorganisation M. für den Standort Kolumbien einen Manager oder Managerin sucht. Anforderungen seien ein Universitätsabschluss, internationale Kontakte und Erfahrungen, Mehrsprachigkeit und organisatorische Fähigkeiten. Der langjährige Leiter, ein Europäer, war in Bolivien, während der Besichtigung örtlicher Hilfsprojekte versehentlich getötet worden. Er wurde verwechselt mit Leuten eines dort agierenden britischen Ölkonzerns. Aufgebrachte Indios hatten eine Gruppe Weißer angegriffen, wegen der enormen Umweltschäden, unmittelbar in ihrem Lebensraum. „Schau doch mal ins Internet, dort ist die Stelle international ausgeschrieben unter www.help-m...co. bitte, du kannst das, vielleicht erfüllt dich diese Aufgabe, nur wenigsten Mal schauen. Ich bin seit einigen Jahren Mitglied im Verwaltungsrat dieser Organisation."
„Danke, sie wissen doch nichts von mir, ob ich das überhaupt kann, trotzdem danke. Ins Internet schaue ich gerne, aber ich suche doch keinen Job." „Marta, danke, dass Du wenigsten versprochen hast in deinen Computer zu schauen, mehr will ich auch nicht. Übrigens, denke nicht, dass ich dich nicht kennen würde. Ich kenne dich vielleicht besser als du dich, bis bald."
Auch Simon war etwas erstaunt zu dem Anliegen des Pad're. Wir verabschiedeten uns freundlich.
Simon lies das keine Ruhe und während ich mich um Klein Carlos kümmerte und mich fertig machte, um zu seinem Papa zu fahren, hörte ich den Drucker Blätter auswerfen, die Stellenausschreibung.
Fast eine Woche hat uns das Thema beschäftigt, wir haben hin und her überlegt und abgewogen. Der Familiengedanke überwog

am Schluss, Simon ließ mir absolute Wahlfreiheit und versprach jede Entscheidung zu akzeptieren. In meinen derzeitigen Job genieße ich hohe Anerkennung, verdiene sehr viel Geld, bin viel im Ausland, viele Dienstreisen und vielleicht ein Drittel meiner Zeit auf Reisen.
Der neue Job bedeutete auch Anerkennung, zumindest innerhalb Kolumbiens, verdiene nur die Hälfte des derzeitigen Gehaltes, bin selten auf Dienstreise.

Nach zehn Tagen rief mich der Pad're zu Hause an und zeigte sich ganz beglückt, dass ich mich auf die Stellenausschreibung hin beworben habe. Ich fragte ihn lachend, ob er einen heißen Draht nach ganz oben habe.

*

Ich kam mit Sophie und meinem Vizechef überein, dass ich zum Jahreswechsel den Staffelstab an meinen inzwischen entwickelten Stellvertreter übergebe und aus dem Konzern ausscheide. Eine aufregende Zeit meines Lebens ging zu Ende und eine neue Zeit, die der Familie gewidmet sein soll ist eine logische Schlussfolgerung.
Ein Monat nach der Taufe und sechs Monate nach unserer Hochzeit machte ich mit Simon Urlaub. Die angedachte Weltreise wurde in einen zehntägigen Familienurlaub, der etwas knapper werdenden Gehaltseinkünfte meinerseits geschuldet, bei meinem Bruder.

*

Es ist heute Montag, Klein Carlos ist in der internationalen Kinderbetreuung, ich erziehe ihn zweisprachig. In der Hilfsorganisation habe ich mich, nach inzwischen fast sechs Monaten gut eingefunden. Mein Arbeitsrhythmus gestattet mir mehr Freizeit und die Dienstzeit frei zu planen.

Ich habe noch den Rosenkranz in der Hand, meine Taschentücher liegen nass um mich herum.
Ich sitze verheult vor meinem Schreibpult. Ich habe mich mit Simon gestritten, er hat das Haus mit zuschlagender Tür verlassen, er hat auch Außerhaustermine und vor dem späten Abend sehe ich ihn nicht.
Ich schreibe an meinen Erlebnissen und habe schon die Hälfte dieser schlimmen Zeit aufgearbeitet. Heute kann ich aber nicht schreiben, meine Hände zittern und einen klaren Gedanken kann ich auch nicht fassen.
Was war eigentlich der Grund, ich muss überlegen. Der Streit begann heute, als ich zu Simon sagte, er solle den Jungen zu den Deutschen bringen. Aber er hatte was gegen den internationalen Kinderverein. Dort sprechen alle, auch die Mitarbeiter nur Deutsch, es sind alles Muttersprachler, ihre Partner arbeiten bei der Botschaft und im Goetheinstitut Bogotas. Simon kann nur Spanisch und ein wenig Englisch. Es hat sich so bei ihm ergeben, ist ja auch nicht schlimm und durch mich hat er ja immer einen Dolmetscher zu Hand. Jetzt aber bringt der Junge natürlich deutsche Vokabeln mit nach Haus und dann spreche ich mit ihm Deutsch und Simon Spanisch. Wir waren uns einig, dass das erste Jahr stressig wird und wir konsequent bleiben müssen. Im Beisein des Kindes spreche ich nur Deutsch mit ihm und Simon nur Spanisch. Simons Angst ist, dass er sich dann aussuchen kann, zu wem er kommt und auf wen er hören muss. Aber das ist doch dann unsere Konsequenz darauf zu achten.
In der Vorschule und Schule kommt dann noch Englisch dazu, aber als obligatorische, zweite Fremdsprache. Simon ist und war deshalb genervt und hat auch nur halbherzig zugestimmt.
Am Vortag hatte er etwas Ärger mit seinem Papa, bezogen auf Büroprobleme, und ich weiß es nicht, vielleicht habe auch ich einen Anteil an dem Streit. Ich möchte mit Simon sprechen.
Oder ich nehme den Jungen heraus und er lernt es so, wie es mit der Schule auf uns zukommt, schade.

Meine sms:
„Hola, Simon, wünsche dir heute Erfolg, wenn du willst, nehmen wir Carlos aus dem Verein heraus, ich koche heute selber. Schreibe mir vorher, wann du nach Hause kommst. Ich liebe dich, Besus, deine Marta."
Mir war jetzt leichter ums Herz, obwohl eine Chance für Carlos weg ist, egal, wird schon alles gut", dachte ich."
Am Abend, Carlos schlief schon den Schlaf des Gerechten, Simons Antwort:

„Ich liebe dich auch, bin erst gegen 10:00 zu Hause, bin im deutschen Goethe- Institut und habe ersten Unterricht „Deutsch für Ausländer", Kuss, dein Simon."

Ich weinte vor Freude und Glück!

*

In der Ehe muss man einen unaufhörlichen Kampf

gegen ein Ungeheuer führen, das alles verschlingt:

die Gewohnheit!

Honrè de Balzac